U0755253

本书获

2022 年贵州省出版传媒事业发展专项资金资助

《贵州文艺批评丛书》编委会

主 任 ◇ 欧阳黔森　王 焱

编 委 ◇ 刘大先　李朝全　李 震　李明泉　李遇春

　　　　李 怡　杜国景　吴 俊　肖远平　汪 政

　　　　张中良　林 岗　卓 今　郜元宝　柴永兴

主 编 ◇ 颜同林

《贵州文艺批评丛书》第一辑

树与枝：新环境里的诗路之旅

赵卫峰 ◎ 著

贵州出版集团
贵州教育出版社
·贵阳·

图书在版编目（CIP）数据

树与枝：新环境里的诗路之旅 / 赵卫峰著. —— 贵

阳：贵州教育出版社，2024.3

（贵州文艺批评丛书.第一辑）

ISBN 978-7-5456-1563-0

Ⅰ . ①树… Ⅱ . ①赵… Ⅲ . ①诗歌评论—中国—当代

—文集 Ⅳ . ①I207.22-53

中国国家版本馆 CIP 数据核字（2024）第 069425 号

树与枝：新环境里的诗路之旅

SHU YU ZHI : XIN HUANJING LIDE SHI LU ZHI LÜ

赵卫峰 ◇ 著

出 品 人	赵玲宇	
责任编辑	车龙欢　李洪芳	
出版发行	贵州出版集团　贵州教育出版社	
地　　址	贵阳市观山湖区会展东路 SOHO 区 A 座	
	（电话 0851-86828567　邮编 550081）	
印　　刷	山东临沂新华印刷物流集团有限责任公司	
开　　本	787mm×1092mm　1/16	
印　　张	24.25	
字　　数	302 千字	
版　　次	2024 年 3 月第 1 版	
印　　次	2024 年 3 月第 1 次印刷	
书　　号	ISBN 978-7-5456-1563-0	
定　　价	68.00 元	

总　序
新时代对贵州文艺批评的呼唤

　　当我们说到贵州新文学时，最重要的一个观念乃是地域文学的观念，即贵州新文学在整个中国新文学格局中是一个典型的地域性存在，它并不是特别强势、发达，让外界所羡慕或赞赏。文学有中心和边缘的区别，中心和边缘是相对的。上海、北京等地的新文学往往站在全国的高度，具有全国性、中心性的特点。贵州新文学身处边缘，虽然有地域文学的优势，但在很多方面往往以一种局限、不足的姿态出现在世人面前。

　　如果大家对贵州新文学的发展历程和贵州新文学研究界的现状有所了解，就会发现另一个相伴随的特征，即被低看或被低估。贵州新文学没能得到一个应有的、公正的、客观的评价，这一现象有两方面的原因：第一是我们本身的文学发展所取得的成绩并不显赫；第二是贵州文学界力量往往很分散，贵州的文学创作和文艺批评没能拧成一股绳，缺乏一种整体性力量。

　　基于此，我们郑重提出两个很重要的概念：一是文学黔军或者文艺黔军的命名；二是贵州文艺批评的正名。这两个概念很少大范围流行，也很少被各方面关注到。

首先，提到文学黔军，甚至会有人怀疑贵州能构建起一支兵强马壮的文艺军队吗？黔军在整个中国近代史上的形象、地位、作用并不被外界所特别期待，何况文学黔军？总之，怀疑论居多，这一切和贵州地域的历史、传统与文化积累有密切的关系。地处西南腹地的贵州是典型的山区，长期以来山高谷深，土地贫瘠，交通不便，地理条件如漏斗一般，无论降雨如何丰富，可依然保存不下如此充沛的雨水。文学上的积累不足、传承不够与地域的特征有着密切的关系，使它长期以来处于一个封闭的、偏远的、欠发达的大西南区域之内。贵州新文学在文学传承、作家队伍建设上一直处于薄弱环节。在传承方面，贵州作家之间的衔接不够紧密，代际传承明显不足。因为各种原因，有些重要的贵州作家在文坛上莫名其妙地消失了，贵州作家的消失和退隐现象，也无形中影响了本土文学的积累和发展。

其次，贵州文艺批评（从历史积累来看以文学为主）既缺乏厚实的基础，也和文艺创作不相称、不对等，容易被外界所忽视。站在贵州文艺批评的高度，包括文学在内的贵州文艺创作与批评存在着这样一种情况，就是我们对自己的文艺、自己的队伍、自己的存在往往是以一种自卑的方式来看待。贵州文艺及其批评有时也如地理的漏斗一般，没有层层累积起来，文学积累不足十分典型。

众所周知，要想成军必得先有领军人物，必须有一群志同道合者，这样才能形成队伍，有队伍才能相互竞争，源源不断地产生优秀作品。正可谓"嘤其鸣矣，求其友声"，在文学领域，文学黔军需要文人们互相支撑、互相欣赏。最近十多年来，贵州政治、经济、交通、思想文化的发展和改变在全国有目共睹，地方文学、文艺也发展到了一个重要的历史关头。换言之，贵州文艺及其批评在整个中国发出自己的声音，并切实得到外界的平视和尊重，已欣逢其时。

贵州新文学的再出发，是文学黔军在新时代的使命与责任。文学黔军在这个语境中有两层含义：第一层是对贵州新文学一百多年来的回顾；第二层是站在当下，希望建立黔军的规模，打出文学的新口号，闯出一条贵州文学不断发展壮大的新路。如今，贵州与全国一样经过脱贫攻坚之后摆脱了绝对贫困，真正实现了全面建成小康社会的阶段性目标。贵州的整个外部环境都发生了重大的变化，贵州新文学已经站到了一个新的历史起点上。放眼贵州文坛，以"60后""70后"为代表的第四代作家，以"80后""90后"为代表的第五代作家就是新时代贵州文坛的中坚力量，历史的重任自然就落在这两代作家身上。

贵州文艺批评，自然源自文艺黔军。我们这次集结起来，希望扛起这面旗帜，团结带领更多的本土文艺批评工作者做出更为扎实的研究工作。贵州文艺批评需要正名，更需要呵护、关心和支持。在与贵州教育出版社同人的交流过程中，我们都认为关于贵州地域的文艺批评，应该有扎实的研究做基础，应该有一定的规模和效应，不同学者的教育背景、学术训练、思想视野不同，自然会呈现特定地域的政治、经济、法律、文化、教育等人文方面的诸多面相，文艺批评的健康发展，自然会大力助推文艺创作的繁盛。贵州教育出版社推出的这套《贵州文艺批评丛书》，将是实现我们共同理想的第一步。贵州文艺批评的同人们一定会为遇到贵州教育出版社这样的知音而倍感欣慰！

《贵州文艺批评丛书》这一辑的出版，以及后续推出的续集，将标志性地让贵州文艺批评发展壮大起来，枝繁叶茂，真正让我们回望和回报贵州这片神奇的土地。无疑，这是新时代贵州的人文景观。我们以自己的方式、声音，响应新时代对贵州文艺批评的呼唤。

以贵州文艺批评为旗帜，我们再出发。

颜同林

2023 年 2 月于贵州师范大学

自　序

　　"书被催成墨未浓"，这里，李商隐此句我是望字挪用。如今，书主要不是指书写，键盘也在写作工具阵营中突起。事物的变化有些会显得缓慢，有些则飞快，快与慢之间难免会有问题滋生，正如诗歌文化的传统与现代的关系，以及它们各自内部的关系，细观都错综复杂。

　　而从大面上看，进入 21 世纪的中国诗歌文化发展稳中有进，同时亦持续多样化呈现，变化更多地体现于局部与细微之处。这是新一轮雅俗共建共赏共融的过程，诗歌文化通过常见且常规的信息传播、事件与活动、概念制造与具体文本评读交流得以普及性彰显，但不再是常规印象之树状，或圈子式固定，而多是变身为枝叶式的具体纷呈，也因而更显得灵活而动感。其中，数字化传播环境起到了极大的推动与协调作用，或者说它们互为因果。

　　数字化传媒及信息环境当然并非孤立，而与城市环境、工商与消费环境共生互动，逐步同步成熟。在这诗歌与诗人共享的新时空里，数字化环境已然是相对鲜明的主线，它贯穿着影响着甚至在很大程度上主导着生命与生活环境，也让诗歌文化随之显现多种多样多向纹理，更新与持续的辨认始终是必需的，正如"问题"总是常论常新。这也是本书的潜在背景或"根本"：身在新环境，面对新问题。

传播现象其实也是文化与精神脉象的映现。网络作为新的信息传播工具，作为新型的精神参照环境，与诗歌文化动静可谓相辅相成，网络环境的生成及变化动力其实也是经济发展的结果使然，它导致了诗歌文化各类板块状态的与往不同及渐变，诸如诗意的泛化、诗歌创作标准与传播尺度的芜杂、各类诗歌媒体弱化或转化，以及诗歌文化局部实际进入了"流量"及营销现象等，同时，女性诗歌、少数民族诗歌在新的历史时期也发生着题材、审美趣味与观念的转向，诸如此类。于此，本书上编旨在从宏观上，对新传播环境中当代诗歌文化的变移状态进行辨识。它们也是此前已结集的相关类型观察的再持续。

诗歌情况主要体现于诗人的实践。本书中编系对部分诗人写作的解读和评论，选择的诗人包括鲁迅文学奖、全国少数民族骏马奖获奖诗人，台湾地区诗人，外国诗人和创作上可圈可点的代表性诗人等，以求从不同类型的个案达到以点带面之效。这些篇章当然仅是个人关于诗歌的审美判断，但它们在此集中，想能相对有效地提供一种当代诗歌在不同年龄、不同地方、不同文化观念区间的现时貌状。它们也许并不能构成一幅整体的诗歌流变图，但至少是多维的可观的佐证构成。

生于20世纪80年代的"80后"诗人与网络环境伴生，既是网络环境的受惠者，也是网络信息时空里诗歌文化扩展后的最大一波承担群体，相对于传播与阅读的"纸本时代"的前辈和先行者，他们与网络传播及在此基础上的诗歌文化相互"改造"和"改写"。应该说，我是国内较早和较多对"80后"诗歌群体的执着关注者及主要观察者之一，也局部参与和构建了这一代"诗歌史"。如今，"80后"诗人大都已届中年，本书下编作为对一代写作者状态的现场考察个案，亦像从树林中撷取常绿枝节，这些"枝节"或切片仍然带有可观和有效的档案性质。

那种集文学性、文本性、学术性、难度性相结合的诗歌评论或许是时间最期待的，或许这种境地始终在不可抵达的"远方"。但努力不懈却是必需的，脚踏实地的真正的"在场"也是。"诗意"的生成流变图谱与观察的更新认识，始终在路上。

与前行者与后来人一样，我们都在路上。

目　录

上　编

树丛：传播现象与精神脉象辨识

"经济大革命"中的诗意扩张与诗性辩证

——新世纪中国诗歌脉象简观

当评说新世纪诗歌，显然主要以 20 世纪后期作为参照，这表明某种不可割裂与延续。若说 20 世纪 80 年代"朦胧诗"是以"文化大革命"作为相对的精神对应坐标，20 世纪 90 年代"第三代诗歌"突兀于"社会转型期"，新世纪以来的诗歌则缚于"经济大革命"并短兵相接。在城市化、工商业化、数字化、全球化等众所周知的现实环境里，机遇与难度是同等的。在当代传播的强劲裹挟下，中国诗歌旧貌与新颜同步，时现尴尬之状与蹒跚之象。综合观之，这是一个诗意广泛扩张下的"诗歌俗化"时代，也是一个传媒主导的"泛诗时代"，同时还是一个过渡中的"浅诗时代"，它们总体属于一个诗歌新时代前的必然过渡期。

一、诗意的扩张与日常生活审美的普遍

新世纪诗歌面临的大气候是举国以经济为中心，物质生活

环境动态更新，古今中外诗歌文化在盛大传播推动下同步显露，文化消费也因此滋生更多的可能。具体的诗歌在文化大餐桌上并不紧要，但"诗意"却日益浓郁，自然而然，"诗意"与生俱在，但"诗意"的获得却不一定由具体的诗歌来执行和完成。

这对诗歌形成了倒逼，与其说时代需要的是诗歌，不如说是根深蒂固的传统诗歌文化熏就的风雅想象或说精神装饰，日常生活审美化大意如此。日常生活艺术化，艺术日常生活化，体现了物质与精神文化的共同进步，从中，人们都感受到了审美主体性存在，即使在这实现的过程中不乏自然本能和感官意味。

扩张也是普及，诗在其中难免尴尬而蹒跚。以"跨界"这被诗界活动常用的"新概念"为例，非诗领域及活动本就在挪用、借用无所不在的诗歌及诗意，但它们一般不会自称"跨界"，诗界强调这个源于弱势。这其实又证明了"诗意"的存在也可以与现行诗歌生产几乎无关。渐渐地，类似20世纪的"经济搭台文艺唱戏"，诗界被动介入，或主动投身及趋于时尚娱乐、进而参与进文化消费的现象已成常态，但实际影响力很难定论。"跨界"方式在可以推动传播和普及之时，也隐约体现诗界本身向往流行、主动融入可融之处的倾向，它在努力牵导诗歌传播、和谐雅俗疆界的同时，亦表明了诗歌自身对世俗精神生活的扩容诉求。

与诗歌写作本身可以不关联的"诗意"扩张，总是不时逾过诗歌的既有印象与常规边界，反映物质环境的容纳、硬度和要求。在硬环境的基础上，时代与生活的变化几乎都可以归为来自精神层面的诗意诉求与自在普及：一个有意思的广告，有装修创意的楼堂馆所，一场光声电舞合力的联欢、朗诵活动，甚至用心的居家装修及生活用品。数字化产品更能反映这种诗意的随时随地性，电脑、手机，以及具体的游戏、动漫……这些物事常让人以为"感觉好极了"，并常会被泛指为"很诗意"；事实上，"诗意"作为一种精神桂冠与文化礼服，有时亦可针对一篇好小说、好散文和散文诗。

"诗意"当然更贴近具体的身心，或者说诗歌作为个体的人的精神需要的重要性，在这个时代更突出了。从主流传播层面看，诗歌明显影响一个时代和社会的神话已然终结，而事实上它是改头换面、改弦易辙、自拆围墙、化整为零，依附于"诗意"扩张与日常生活的审美持续绽放。在此过程中，其分化、细化并不影响它的实在、健在和自在，若只以其在主流（传播）文化中的位置与份额来判断它的重要性，已不确切。

所以，随着传播特别是网络与自办媒介的承载，随着报刊的宽容与扩容、出版阶段的门槛变动，当诗歌从 20 世纪 90 年代的"边缘化"转为"通俗化"阶段时——或称业余化诗歌写作阶段时——它首先仍是具有积极意义的；其传播界面也与以往明显不同，空间相对宽敞，亦有更大选择度。一个"短、平、快"的、重在参与的、参与者众多的、出于个人爱好的、自发写作的诗歌通俗化时代的出现，似乎是大势所趋。这种趋势表明了时代需要，体现了人民诗歌素质的普及与提高。其优劣情况无论以后怎么总结评说，这种大面积的抒情与抒写对诗歌本身来说，无疑是有益的参考。

"诗意"无所不在，尴尬便也难免。一种观点认为，当代诗歌没有通过有效文本体现对时代诗意的完好捕捉，极少有作品与诗人受到普遍认可；另一种观点则认为，当下是诗歌最好的时代。来自不同层面的分歧都可以理解，其实更是一种提醒：

物质时空里的"诗意"蔓延，以及社会层面的诗歌认识与印象，与现时的专业化诗写不是一回事。但诗歌评判却又是必须以来自诗歌内部的、出于术业本能要求的相对更高更严的标准，这种自律自洁让诗歌在比较甄别、批评判断、阶段争鸣研究中保持质量存在与提升的可能。

综合观之，由经济变化带动的"诗意"强势融贯精神生活与物质生活，对诗歌的影响是必然的，通俗化诗歌表达及业余写作实践与无所不在的当代传播粘连，也是一种应变。而精神生活无止境，"诗意"总是需要更新，诗界的诗歌与社会层面的"诗意"如何更好沟通和相互充实，将是下一阶段诗歌面临的事情。

二、诗性的隐匿与诗人概念的变化

诗性是使诗成为诗而非其他的一种内在精神气质，我更愿称之诗歌教养而非单以艺术性视之。也由于它更多地体现人与自然、心与自在的关系，当社会环境变化，当数字化、城市化、工商业化轰烈而临，物质与消费作用融入具体的生存与生活，它仿佛一个宁静而自足的田园突遭意外。

于是，诗意的自在与茂盛，和诗性的涣散与隐匿，形成不甚鲜明但实在的对比。特别在新世纪初，随着传播、消费和种种文化娱乐的影响与怂恿，诗歌写作的被动感加剧：所谓的诗歌在现时空的存在，有时与"诗人"无关，有时并非完全是指诗人在主动地创作，而是"诗歌"及其创作被新一茬时间、空间所引诱、逼迫或塑造；"诗歌意义""诗歌理想""诗歌精神"等约定俗成的既有概念都在这前所未有的过程里，出现了不同程度的模糊。

"经济大革命"环境中，在传播极度盛行的时代里谈个人立场与独立精神似乎奢侈，但仍必须要谈。如果精神的独立与创新成为泡影，语言的小聪明就终是一时之昙花。苛刻而言，新世纪以来的诗歌与诗人给时代的印象总体平淡，与文化的温差变化和文学的潮起潮落保持了距离。但当下这种很现实、漠然而中庸的表现，实则从上世纪末期的文学"边缘化"时期就已发端。世纪之交以后，诗歌与诗人呈现出更多实用与骑墙主义倾向，身受物质财富之惠，寄生于现时代却又普遍地对之抱以习惯性的歧视和调侃反讽，当诗界充满调侃、自虐、讽喻、自嘲、粗糙、自满、游戏小品文式的分行，以此作为身份体现、炒作立身之精神策略，诗歌的确定性和独立性就出现了危机。

这样的情况或许不会持久，但依然是突出的。当诗者在市场经济的轨道上、在庞然信息时空中不得不面对写作资源共享的事实时，作为诗歌文体生长点的求异、创新精神降为其次，"存在"也随着感官化体验及享受而驱逐了必然的抒情理性。越来越多的诗人个体缺乏对复杂文化的揉捻能力，在新的机遇中，在文化与社会环境的变化中身不由己，在物质基础变化后和城市化进程中，缺乏自我调整能力和对人性的深度挖掘与判断力。

从网络为代表的传播变化可见，诗歌昔日在精神生活里的中心位置因物质文化、传播方式的丰富而被取代或挤压，种种观察与评论下，诗界或与诗有关的尴尬、被动与畸象被揭示出来，批评之声屡见不鲜。问题当然主要来自内部，诗歌所提供的人性面貌脱离实际，对生与身的艺术感受和写作观念在开放性的传播空间混杂对立，而敞门入场的诗歌网络一时泥沙俱下，对时与事欠缺判断和良好语言想象，审美观紊乱，类似情况在新世纪初期尤为明显。

客观看，热情的传播把一个个写作者急促换上"诗人"的服装推到时光 T 台，并非要表明他们是这个时代有特异功能的代言人和有成就者。诸多诗类活动仅仅是仪式性、形式性的文化娱乐表现，诗歌和其他交流、传播、活动、事件在传媒的帮助下如火如荼、此伏彼起，有时只是表明在这个物质文化与精神文化交相辉映的舞台上，曾有一把"交椅"是留给诗歌的。毕竟，广义的文化生活广场里，影视音体美以及还可细分的时装、玩具、游戏等更感性、更刺激感官、更具消费特性，而诗歌及文学至少是有前提的：它重要但绝非随时随地的需要，它首先是语言的产物，写作与阅读皆是需要脑力劳动、需要静心于书卷的业余爱好。板凳要坐十年冷，这个常识被键盘打字速成浓缩了。

进一步说，诗人无非是一种有特殊爱好和有一定专业技能的人。在"经济大革命"的环境里，在这人类栖居的"世界"上，同样是文化生活、精神需要，能够满足文化娱乐需求的途径很多，但不一定在诗人那里，甚至也不一定在诗歌——这种按一定规则或潜规则将语言分行排列的模型里。而纵观新世纪诗歌与诗人之种种不适、矛盾或乱象，我们也会恍然，所谓变化，以变化之，如今已可见，早期的聚众审美狂欢在反复围观之后其实已有所冷静，一度笼罩诗界内部与网络界面的喧嚣、不安、焦虑气息，正在逐步淡化改善。

而时空的压力还在持续。公共文化、大众精神文化生活及其需要，是一个通力合作的结果，时代的变化早已并且在持续给予诗歌与诗人若干提醒和暗示，新的时空表明资源是共享的，物质生活日益富足、精神世界日益多种多样，它明里是敞开的，实质是内敛的。诗歌的形式与表达、内容与题材和种种观念、经验，实则已遭遇前所未有的瓶颈，问题的有效解决仍有赖于下一时段诗人的自觉与自我完善。

诗在，诗人在，诗歌精神必然在。即便现在的诗人不多谈及诗性意义、诗歌信仰，但他们却是身体力行的。这大约也就够了。坚持本身也是一种自我完善。从这个角度说，我们又必须客观肯定新世纪以来的诗歌成效，它与20世纪80年代诗歌的比较其实不在同个平面，当古今中外诗歌文化资源不断被利用开发，当诗歌的生存环境和发展空间不断受到创新压力，在这个时代持续进行诗歌写作，本身就是知难而进。

诗歌曾经"中心"过，它适应社会，适应人们的需要。就新世纪里的诗歌与诗人来说，时代环境之移变让它们作为现时空精神文化的引领作用发生改变，但仍是时代的特殊的见证者和记录者，更是一个庞然的抒情时代的主要参与者和参照者。相信假以时日，那些由于诗人的年龄、性别、职业、经济情况、生活环境、知识程度，以及特殊的政治、经济和情感的个人经历与生活方式等造成的差异、形成的阻碍会逐步缓解，观念与才能将会统一，会有更多真才实学的诗者从"诗歌社交"的雾气里脱胎换骨，脱颖而出。

三、浅诗的盛行与工艺诗歌的产生

具体到写作本身，类似"共识"仍值得再提醒：众声喧哗却无独领风骚者，整体敏感、聪明、有激情却无独秀的个体，诗歌个人性的缺省状态日益呈现，诗歌信息传播盛况空前，诗歌本身则显出集体性的平庸。

而其实，"浅诗歌时代"的盛行与"诗歌的传媒写作时代"和"诗歌的写作资源微利时代"互为因果。信息密集、消费主导、观念消长，这既形成了诗写诸多方面的共享与"大同"，也形成了以传播求认同的从众逻辑；媒介的兴盛使个体的写作不能不融入、并较快呈现于公共信息视野，貌似自在的"个人写作"其实又暗显个体的被动与从众。

自网络铺开之始，几乎就意味着诗歌全面进入一个不可测控的通俗普及时代或"浅诗歌时代"。全国诗作年产量据称"以千万计"，它直接压扁了写作难度和阅读门槛，感官代表感觉，感觉压倒知识，依古守成式的观念牵引着诗歌鼻子，抄袭、仿写情况变本加厉……诗歌写作的平淡、同质和过多业余化也让诗歌文化表现力、影响力相对低微。沮丧的结果难以避免：观念及表达方法趋于相对稳定，文本质量相互距离不再，一首诗引起反响的情况并不多或并不持久；一个选本、一个奖、一首诗、一个诗人能最大限度地获得诗界的普遍认同的可能性也有了"难度"。

也因此，关于文本"标准"、诗歌"难度"以及"好诗歌"标准的关注与研讨成为新世纪以来关于诗歌发展的常事。对文本的多方测量与多样评定当然体现了参与建设的积极性，"评奖""最佳选本""好诗歌""好诗榜""十大民刊""佳作品读""经典诗歌"以及"召唤当代李白"之类的呼吁屡见不鲜，种种原因却使这种关于尺度的研讨反复陷入无序无止的分歧，最后无果而终。

难度当然是复杂的变量，它体现理性评判的愿望，但易说难做。我以为，新世纪以来被频频提议的诗歌难度问题不用解更不需要解，它会自行过滤处理并且已在进行中。

总体看，新世纪以来的诗歌路径是多车道并行，多向多样又时有交会。在主流意识形态诗写之外，"通俗诗"与"翻译体"最为显态。"通俗诗"（日常性审美及口语化表达）可谓新世纪以来最为壮硕的一枝。围绕它的话题主要有二：内容的雅俗之争、语言的文学与非文学性之争；由此延伸出的是其形式建设效果之争。在充分肯定其优势与益处之外，我以为新世纪以来广义的口语诗的问题，不在于它是诗歌的语言表达还是日常生活用语的所谓艺术再造，而在于它可能存在一种本末倒置的前提性思维，即从果到因。这让若干"通俗诗"貌似朝向语言艺术、倾向人性本来面目、贴近生活，实际上却事倍功半。另者，其情绪化、实用性和取巧功能也时有过度，即它的大部分属于一种可以速成速效、可在成品半成品基础上复制加工的"工艺诗歌"范畴。通俗易懂是其形式表征，而其将情绪化标语、纪实新闻短语、广告词、宣传品、杂文小品、日常交际语等"信息"进行杂烩的特征，使之极易取得阅读认同。长远看，通俗诗看似好写然非人人可写，且很难写好。所以我说口语诗人为数多多，代表者却总是几个。

其次是"翻译体"。当代诗歌素质的普遍提高，翻译的主动性与选择度更宽敞，这一枝日益丰腴，亦源于传播条件的逐步成熟，它让新一代人增加了瞭望和理解世界的可能。西方诗歌的影响力对20世纪初期和后期"朦胧诗""第三代诗"的积极作用已有目共睹，20世纪90年代至今，虽然我们也会看到诸如"高校""学院"诗群对其主动创造和变异，如以反讽、荒谬、戏谑来深入测试、多维刻画当代人身心的多样线面，但正如日常性口语队伍的含混情况，翻译体诗歌大军给世人的印象同样参差不齐，个别诗人临空蹈虚成癖，仿袭成性，一些"80后"诗人直接就以"60后""70后"的所谓"知识分子写作"作为模本。

"翻译体"的突出印象是"梦里不知身是客"，诗人的心理矛盾跃然纸上。一方面，寄身寄生于"中国"的当事人会出于崇洋或好奇而将这一套待完好消化的话语体系视为另类、时尚、高雅而心理自足，言必称希腊或出口不离欧美；另一方面，"翻译体"有意无意会以非中国的美学取向与本土传统诗歌文化路线拉开距离，诗人通过接受和依靠阅读资源激发写作冲动，甚至形成心理习惯。作为一种知识探索兴趣的这类写作倾向是必要的，如何将个人性文化想象与实在的生命环境、生存处境有机对接，也是迟早需要解决的命题。

以上分类并不准确，仅是考虑到公众的普遍认知。文本是精神的内化及诗性的感性呈现，值得注意的是，"主流派""通俗诗"与"翻译体"间的界限并非森严，写作者本身其实也不能以此划分，除非具体的诗人有意从传播宣传策略考虑来自加标签。这恰好是预示了新环境及传播条件下必然的取补借鉴，诸如代际观念、地方意识和传统回归主题等均可随意穿行于各个路径。从诗歌的运动本能看，流派、主张、观念分歧形成的写作的阶段差别，会被实质中立的传播、被反复的实践、阅读选择和时间抹平，而新的差异又不断产生。因此，"这是诗吗？""是好诗歌吗？"或类似对于标准、难度的疑问之产生，终归也是阶段性的。诗歌之奥秘恰在于其求新求变，不依规矩。

可以说，"经济大革命"下的诗歌各条战线都有欠缺，亦表明新世纪以来的阅读和批评更加成熟，也更宽容与令人理解。当然，我们更希望各种实践能有理想的结果，并不希望"通俗诗"阵营最终成了犬儒、反智话痨或滑舌癫痫化集市，也不希望有着文化心理优越感、崇尚时尚包装的年轻一代沉迷于洋垃圾的翻译体——"中国制造"。如此焦虑可能言重，但情真意切。博尔赫斯曾说"我有一种感觉，我一直身在中国"。"博尔赫斯当然没有什么错，但是作家必须意识到这个问题：他们想用博尔赫斯的语言叙说的是什么。"①

四、传播的牵控与诗歌传媒写作的是非

有人说，对于诗歌，本无尺度可言。也有人说，我们反复说诗歌、诗人的种种，难道不也是在反复地说着"经济革命"的重器之一的"传播"的种种？是的，对于诗歌，新世纪的到来也意味着它半推半就地被"看不见的手"置放到了一个前所未有的传媒时空，诗人本身和诗歌的写作、传播、媒介、阅读接受、内部动态以及社会性活动等，构成了一个有机而复杂的整体。

诗歌文体的特殊性使之更能及时、集中地与传播变化合拍或联系。如今，成千上万的各地各级文联作协组织、企业、行业办理的报刊以及个人性民办诗歌纸质传播物（民刊）定期、不定期、短期地"内部交流"着，其实还可把诗集、选本归于广义的诗歌"媒介"，它们与文学及诗歌网站、各种社交平台的网络诗歌板块一起，穿越时空，交相辉映，共同构成了新时期诗歌运动的多维景象。

诗歌传播的扩展也是雅俗文化共融共进的过程。诗媒介及

① 南帆：《叙事的平衡》，《南方文坛》2004年第4期。

其产生、非诗大众化传媒介入与诗歌写作有相辅相成的方面。须清醒的是，诗歌热闹之时并不等于诗歌进步之时，诗歌传播的旺盛，可以是情感的自由与自在散放，但不一定与艺术及审美个性塑造、精神独立和观念创新成正比关系。

诗歌的传播与传播的诗歌作为两个特殊的概念，其本身也值得探究和玩味。它们的合力，使诗写者与诗歌、与生活构建为"诗生活"，对于社会、时代与当下"人"的精神状况而言，这可算是进步性的变化。它保障了诗歌成为这个消费时代的精神信物或图腾，抑或是一种源远流长的风雅向往和知识崇拜。于大众层面而言，它促进了"诗意"及"诗意的栖居"尽可能地可观、可感。网络媒介并未阻碍而是延伸了这种传统，虽然泥沙俱下，泡沫化或碎片化现象不断，但总体是值得肯定的。

诗歌传播本身就是一个很有诗意的流程。同样须清醒的是，诗媒的多样出现与存在，非诗传媒的介入，又会使写作、传达及传达效果陷入很难准确定义的复杂与纷乱。大众的诗歌审美接受等同于诗或非诗传媒的主导给予，此外还受种种主题或专题征稿、发表要求、种种奖项内容规定影响，若是诗歌均乐此不疲参与之，结果不言而喻，诗歌写作成了炫技与竞技，"浅诗歌"及"工艺诗歌"的产生难以避免。

而换个角度看，诗歌各种传播方式及媒介物在新世纪以来空前活跃的根本原因，正如通俗化、业余化出现一样，亦是人的自我意识或自我发现的实践性体现，虽然其中可见对"经济大革命"环境的顺应比疑虑更多。从诸多文本里不难看到社会转型期后关于人本身的观念的诸种变化，包括个人价值、个体地位的更新认识，个性与自由的切实观测，俗世享受及其在具体生活的置放，物质幸福感与内在精神境界的关系，欲望实现及复杂生命本能的更新要求，等等。

也就是说，矛盾感亦是推动诗歌传播的动力。如果我们把纸质载体换称为传统载体，正好说明了它对"传统"的作用。当科技不断推进着传媒的更新与快速发展，每一变化的结果或产物其实又都建立在"传统"（广义）基础及其比照之上的。当诗歌进入"诗歌的传媒写作时代"，诗内外的媒介、写作与阅读、对诗歌的反馈等在运行中实在地对应着人的交流与沟通欲望、个体情感的抒发需要和以语言为主的审美主动与自觉。

这表明"诗歌的传媒写作时代"是"个人性"表达的有效时期。当然，又是其易被抹杀覆盖和误会的时期。传播领衔主演的现时空，作为精神产物的诗歌时常得被动于外环境（信息、消费、观念、传播）的安排，一种规定或预定的、受媒体改造或催化的安排。从诗界事件、争鸣、评奖、活动等可见，它们不时会远离诗歌本身。但对大众、对诗歌的虚荣部分，特别是对迫切与大众文化融洽相处的诗人又有着实际影响力，即便当事人早已明白当代的诗歌世界不再像以往被大众夹道欢迎，表面的鲜花与掌声之后是淡然、质疑，甚至是嘲笑。

传播导致了浮躁、焦虑、盲从和紊乱等现象。这多少有些让人无奈。如果以往的"焦虑"更多地与"文化"方向的选择之无序和难度相关，那么如今则含有对所谓"文化"方向已不用选择后的得过且过的虚无感和颓丧感。如果昔日诗界争鸣至少在一定层面上是以文化与价值观念差别为因果的，那么在理想信仰与现实社会缝隙的尴尬境遇中至少有着反思反问，如对意识形态的必然辨认、关于本土与域外文化的冲撞媾和、传统与现代的对立统一图景的探索等。但如今，诗人及诗歌评判的神经更多地依赖了物质化程度，新世纪以来的一些有关概念如"时代前沿""精神高地""少数写作"等与类似"草根诗歌""底层写作""打工诗歌""工人诗歌""日常性写作"之间的不对等关系，似已不仅仅是艺术观念与审美趣味的差别。我认为这是一种正常过渡，它将持续到相对成熟或有效的大范围的新文化思想基础重新夯立为止，这或是中国诗人将持续面临的如影随形的问题。

而今，当谈到"新世纪"及"新时代"时能体会到，在城市化、工商业化、数字化、全球化的背景下，我们的生命环境、生存观念、生活方式、生活价值取向在某种意义上是"同质"的，精神文化的信息汲取和释放与资源承接都有趋同性。当然这并非为诗歌写作"同质化"辩解，年复一年，物质文化在变，精神文化在变，相关的批评仍是善意的提醒与建议：传播作为一种"存在"，对于诗歌的作用日益扩大之时，实际上也是对其进行过滤之时，如何辨识"经济大革命"环境以及如何提取和处理其中的"中国经验"，更需快马加鞭。

回头望望，关于时代、诗歌，关于生命、生存与生活，我们的经验、情感与想象是些什么？回头望望，时间的意义也是指变化，所谓发生，就是不应错过。无论如何，诗歌没有错过。虽然它仍未呈现理想的模样。而诗歌本就没有理想的时代，有的是持续的理想——它本身就是一种理想。

（本文曾发表于《诗刊》2016年第13期，本次出版有所修订）

完善新时代诗歌精神与现实坐标

随着"新时代"作为一个时间前提与现实命题，中国诗歌进入了一个新的历史阶段、一个机遇与挑战同在的新时期。广大诗人沿着传统诗歌文化的古道持续言志、咏言、抒情，肩负起历史的使命，热情饱满见证担当，求真向善弘扬正气，诗歌创作与诗学建设的新境界得到不断开拓。求新求变，是文学及诗歌进步的必然规律。2021年《求是》杂志第20期刊发署名文章《新时代文学要牢记"国之大者"》，指出并号召，新时代文学在新的征程上，必须把握历史主动，勇于担当作为，以人民立场彰显文学力量、以文化自信铸就精神根基，要以创新创造建设文化强国、以使命担当推动文学繁荣，为实现中华民族伟大复兴贡献强大精神力量。显然，自觉定位，求新求变，是诗歌也是日新月异的新时代本身的厚望和要求，在推进诗歌文化发展、促进时代精品涌现的新征途中，深化认识，主动有为，更是诗人立于时代前沿的义不容辞的光荣任务。

一、不断刷新历史与现实定位

诗歌不论是创作，还是被阅读，它始终是一个自动置于特定历史语境并与之互为参照的过程。从内部看，诗歌文本的字词句段是对历史文化与诗歌传统的再生式映现；从外部看，诗歌则是对现实时空的记录与艺术构想。在"新时代"这一巨大坐标中，诗人们可以深入地自我认识，琢磨"不以物喜，不以己悲"之境，亦可宏观辩证总是处在变化中的"世界"，当我们谈及历史方位，其实也正是自觉地将自我摆放在一种比较的、客观的现时与现实环境。

在每个历史转折期，诗歌都会发出鼓舞人心的声响，在当前，诗歌作为文艺的一种重要表达形式更是起着"感国运之变化、立时代之潮头、发时代之先声，成为时代变迁和社会变革的先导"作用。新世纪进入第二个十年以来，"抗疫""扶贫""建党百年"等诸多关键词与特殊时段引领和激发了若干现实题材的诗歌创作，多种多样的诗作涌现于写作、阅读、评论、出版和传播的各个链条，充分体现了诗歌对于时代环境的现实感应、及时呼应与热烈响应。

积极实践的过程是诗歌文化自我校正和写作者内省的过程。也是关于诗歌写作与现实的关系的再辨识。具有探索特性的诗歌无论如何创意试验，大众喜闻乐见的现实主义倾向及表达始终保持强大的基础作用力；任一诗歌潮流的出现，本身就是时代环境所致，是特定时间与空间的"真实"结果，是历史的、客观实在的、自然与必然的诉求。个体情感也属于社会的现实情感，现实生活与发生对于诗人的写作是不可规避的赠予。在近年来的相关写作中，无论是重大题材还是日常性审美，均能看到很多诗人着力于思与诗的有机结合，与20世纪的现实主义写作相比，更具丰富性和复杂性，即现实环境、思考与艺术思维都得到了进一步的平衡，这就让传统现实主义想象离"真实"更近。

诗歌写作与现实关系的调谐，也是个体精神与时政环境的交融。相比于20世纪80年代以来"朦胧诗"和"第三代"等诗派的诗风与当时的主流意识形态的阶段性、策略性反拨，新世纪以来，越来越多的诗人已然清楚，个人与时代环境、社会经验、群体记忆及大众的传播密不可分，每个人的故事都是"中国故事"，每个人也都是故事的主人公，都是与时代同呼吸共命运的情感个体，"在构成真正诗人的必要条件之中，一定非包括有现代性不可。诗人比任何人都更应该是他自己时代的儿子。"（别林斯基）在如火如荼的新时代现场，把握好历史方位更能增强诗人对"自我"历史主体位置的站位，使其处理好"自我"在新时代现实里的内在秩序。

随着传播环境的加速改善，各种诗歌观念倾向与实践百花齐放、多元共生，但由于写作者各自的经验、价值判断、审美选择的不同，一些作品存在情理失衡、滥情、矫情甚至于虚情表达，多诗少思、有想无思、重情感而难有思想的面貌，甚至出现金玉其外实则空壳等现象。换言之，部分诗歌作品在愉情悦心的同时，对诗歌至上至远的深层审美造成了损害，如有些诗歌就只是像诗歌，有些诗歌只是文字分行，有些诗歌假大虚空，这些不良畸形的状态，表明其诗歌作品与现实的关系仍然肤浅，作者欠缺深度思考和定位。

对历史方位的精神判断与再认定，与对现实的再发现与再理解是同一的，也表明传统诗歌文化的持续与可持续性，所谓承前才能启后。好的诗歌或说经典诗歌通常来自"比较"，倡导和践行"推陈出新"，这是对文化遗产、诗歌传统的精神再识与重启。对西方优秀文化"中国化"和对中国传统文化"现代化"观念已是当下共识，或说是西为中用、古为今用的扬弃继承，中华优秀传统文化，影响着国人的精神方向、思维模式和行为方式，是始终鲜活的意识形态，是一代代国人的精神之乡。让传统优秀文化持续稳定地葆有新的生命力与时代内涵，形成新动能，"创造性转化、创新性发展"是关键环节，需要诗歌与诗人在尊重与关注现实的基础上，更深刻、更艺术地展示出现实生活的多元多样，书写更有效有价值的精彩篇章。

二、坚守人民立场就是坚持深入生活

诗歌由谁而写，为谁而写，这是诗人下笔的前提，其实也是诗人对现实与真实的尊重与保证。诚然，诗歌文体的特质使之更多地彰显个人性及自我感，而个体本属于群体或整体、大众或"人民"。无论是从意识形态，还是从社会学范畴，一个诗人只要写作，他就起着精神和价值的引导作用，他本身也就是"人民"的一员。"人民"这个貌似复杂的概念从来就是丰富而实在的，"人民不是抽象的符号，而是一个一个具体的人，有血有肉，有情感，有爱恨，有梦想，也有内心的冲突和挣扎"，正视和重视"人民是文学创作表现的主体""人民是文学接受和评判的主体"，也就是认识自己，认识"我"之外的"人"和"环境"。认识的过程，是融入时代、置身社会与生活的人生辩证过程，自然也包含着对真善美的验证与寄托，对明辨是非、批判悲悯与道义的承担。"文艺创作方法有一百条、一千条，但最根本、最关键、最牢靠的办法是扎根人民、扎根生活"。中国古典诗歌文化也正是一条源于生活、来自群众的"现实"之途，如人们耳熟能详的唐诗宋词元曲，从中清晰可见社会环境变迁、大众日常生活状态，可谓如诗如画。"诗歌是生活的表现，或说是生活本身。"（别林斯基）20 世纪初期"新诗"的产生，亦可以视为一种主动面对"接受的大多数"的因果。近年来，中国诗歌在绘制小康图景、走进防疫战场、深入脱贫攻坚现场，在凝望、感受和观照日常生活与歌颂大好河山的旅途中，"不断萃取新主题、获取新形式"，为"构筑中国人独特的精神世界，肩负起对世道人心和社会历史的使命担当，推动民族、国家、社会发展进步"奉献了可观可喜的成绩，牢记"国之大者"，反映新时代、传递正能量、具有新气象的精品力作层出不穷。

诗歌的立场，是有价值的、审美的立场体现，更意味着诗意视野与诗性胸怀的拓展。随着传播环境日益成熟，诗歌文化得到前所未有的普及，在经济全球化、政治多极化、文化多样化、社会信息化的当下，每个人都并非独立的存在，有为的诗人需要在"同时代""共同体""共享"等前提下另辟蹊径，确立与众不同的艺术感受力。这种自我确立，亦能使写作的主体在诗歌文化普及与诗意泛化中得以保证，更能让诗歌文化的本性和精神在雅俗共赏的融通中保持独立的、非功利的立场而不失真。

诗歌文化的普及与诗意泛化本身也是国家进步、社会发展和生活提质的直接或间接结果，更是"获得感、幸福感、安全感"的文学呈现。"不断满足人民日益增长的美好生活需要"是十九大报告鲜明提出的使命之一，同时"人民美好生活需要日益广泛，不仅对物质文化生活提出了更高要求，而且在民主、法治、公平、正义、安全、环境等方面的要求日益增长"，提出明确的"路线图"，这给诗歌文化建设的内容、题材和观念诉求更大更深广的空间。坚持人民立场，就是坚持以人为本，"以人民为中心"，就是坚持真实与现实的立场，立足于大众的生存与生活、矛盾与问题，想大众之所想。我们已经看到，越来越多的明智的诗歌写作者与时俱进，正从容地在路上。

也需注意的是，当今诗歌现场仍然泥沙俱下，也存在以虚无态度对历史、传统、现实环境以及现时发生进行歪曲的表达，或打着"主旋律"的幌子假意浮夸，粗制滥造，欠缺思想和艺术性。从一些主题写作来看，人云亦云的复写及千篇一律的模式驱除了诗歌对人的有效观察与深层思考，类似文本外表"美好"，实则少筋骨无温度，丧失对大众的真心关注和关怀，降低了诗歌与"我"之外的"人"与"环境"的可能的联系。"人民立场"从来都不是虚词，时代环境、人类生活和社会文化始终都是古今中外佳作经典的必要背景与支撑。好的文学与诗歌作品，无不深刻地反映着时代气息、社会变迁和生活与人的精神风貌。深入到人民中去，深入到生活中，求真务实彰显美好，是新时代诗人的中心方向，也是责任担当。

三、增强文化自信，不断推陈出新

诗经、楚辞、先秦散文、汉赋、唐诗、宋词、元曲、明清小说汇成的中国文学长河，绵延着中华优秀传统文化的血脉，为中华民族提供了丰厚滋养，为世界文明贡献了华彩篇章。古典诗词文化作为中国传统文化的"母本"，自古至今，始终是一条"创造性转化、创新性发展"的前进轨道，也是中华民族共享的情感价值共同体，更是中华民族深厚丰富的精神土壤。百年来特别是新世纪以来，中国新诗始终积极探索着传统与现代、守正与创新的共生关系，不断尝试诗歌独特的美学包孕功能和文化适应性。

文化自信对于诗歌来说，并不是指脱离现实的无创新的"返古"和因循守旧式的"复古"，更非要诗歌与诗人规避现实大潮。相反，它的内在要求是借鉴而非自封自大，是参照和重在创新，是要诗歌与诗人科学地进行历史定位，与时俱进。如今，"新一轮科技革命、产业变革深入发展，人们的文化生活发生了很大变化"，"短、平、快"的诗歌也在主动应对；在面对精神需求多元化、诗歌观念及书写多样化、阅读接受与传播环境变化，诗人要不断增强使命感和自信心。新时代的中国故事、中国声音、中国风貌、中国风格、中国气派让诗歌与诗人自信，历久弥新的中华优秀传统文化更是诗歌与诗人自信的源泉根基与进步基因，始终起着"承前启后"的杠杆作用。换言之，文化自信来自创新，"创造性转化、创新性发展"其实本身就是一个持续性的实践征程。

比如，以当代诗歌最常见持久的广义"乡土"向度为例，不难看到传统文化精华之"道"一直以各种形态不断注入现代性躯体，并有效地促进着新时代诗歌家园意识、乡土意味及乡愁情感的更新。关于"道"的思与诗在中国由来已久，它像血脉，维护、保障着诗歌水土的传统性或说中国特色。从先秦两汉的"文以明道"，到晋唐的"文以贯道"，再到宋明时期的文人学者的递进思考，即便其内涵及倾向各有差别，但中心思想却是同一且延续的，即致良知担当意识、独立精神、自由人格、济世致用等，回望历史之阶，正是因了一代代先哲文豪、学者志士、骚人墨客在人间正道上持续思索和坚持"铁肩担道义，妙手著文章"的实践，言志立言立身，每个时代都不乏正义、正气、正能量之创举与壮举，中华传统文化也因此而得到更新。相对而言，作为中国"新诗"壮硕部分的"乡土诗歌"创作最能体现"文以载道"思想，甚至可以说二者相辅相成。"乡土"或如"乡愁""家国"等共识性概念在全球化、工商业化和"城乡一体化"的如今，指涉范围当然更加广泛，而细观之，在各类主题、各种题材的诗歌文化呈现里，"文以载道"始终是中心思想。

时代之所谓新，或新时代之新，是一种现在进行时态，每一历史时期的文学与诗歌之生成流变，都是建立在既有基础之上的，当"现实"的共识与共享得到确定，"历史"则被赋予新的"梦想"和"想象"。因此，"文化自信"包括并落实于具体的写作本身，诗人必须有继往开来的自信、创新自觉和主动性。在时代现场、人民立场等诸前提环境中，如何秉持人文精神，明智求真，自我突破，让创作的文学性、思想性和艺术特色俱佳，成为与时代同频共振的力作精品，这是新时代赋予诗歌的新任务。对于诗人自身而言，则是对其文化素质、知识积累、精神境界和想象力、审美力、语言能力，以及"大众化"与"个人化"写作中的平衡力等方面的新考验和新要求，时代与诗人始终存在双向选择。时代之所谓新，或新时代之新，表明地方、环境、生命、生活、人性、情感、理想等要素处在自然的变化中，优秀的传统文化及精神财富"镜子"式的参照功能也自然而然呈现其有无，但呈现优美之际也透露问题，这就提醒新一代诗歌写作者在历史与现时之间需要不断观察、觉悟，促进自我完善，科学继承传统，推陈出新，不断推动新时代诗歌的新发展。

（本文曾发表于《星星》2022 年第 2 期）

共享时代的合唱与独奏
——当代青年女性诗歌概观

新世纪以来，中国女性诗人数量与诗歌质量齐头并进，优秀诗人涌现，新生力量层出，为激活、充实和丰富诗歌文化传统做出了贡献。本文拟对生于 1980 年至 1999 年间的女性诗人及其写作做粗略观察，以勾勒对当代"女性诗歌"青年部分的写作概貌。

一、当代青年女性诗歌变化概述

一个时代有一个时代的诗歌。总体视之，当代青年女性诗歌较以往有诸多变化。

一是外部条件相对宽松。她们不像前代诗人需要分心费神去辨识市场经济环境，与网络时空、城市及工商文化同步的她们也不用费劲适应新传播环境。新时期的意识形态、物质文化等多样环境综合作用，也让起点高素质好的她们拥有更多精神文化资源，诗人现身出道比往昔有着更多更便捷的条件。

二是传播环境相对繁荣。上世纪末发端的网络也可视为另一种新时代环境，经过二十余载生长发育，诗歌文化种种基因性特征也在这过程中渐被传播"改造"，以新传媒为载体的"传播"成为"诗歌文化"生成流变的关键要件。写作、传播、阅读、评判这类基本的循环所构成的诗歌网络生态平衡过程中，不单是文字与数字的转换，更重要的还有及时地联系与交流。如果说前期网络环境推动了诗歌文化的普及，那么现在和以后，它的作用应该是在该普及持续的同时也进行沉淀与过滤，这是经典或阶段好诗、重要诗人产生的必要条件。

三是自我意识及写作主体性更加落实于具体的写作实践。优秀的女诗人肯定也是有效地呈现"女性意识"的写作者。当代青年女性诗歌所透露的"女性意识"，更多源自本性，而非后天"被形成"的女权或女性主义。随着社会经济文化环境的持续改善，年轻女性自主性与独立性亦不断增强，"女性诗歌"这一概念反而有可能显得不那么重要，对此她们也不乏自省，如周簌、杨碧薇、余幼幼等在"创作谈"中就曾表示，女性诗人不应该被"女性意识"绑架，从而让自己的性别身份"标签化"，完全可以在写作中解放自己的身份，"女性诗歌"可作为研究领域概念，而"文本"才是最终落点。

四是以诗为本。潜心于写作，让作品说话，是时间始终奉行的原则，也是认真自律的诗人的自我规约。随着传播带来的良莠泥沙逐步归于内在的有序，作为共识，流派与主义，口语与知识分子套话，主流或民间等以往易被放大的话题已不重要，它们不再过多介入对"什么是好诗歌"的"标准"的判断，这也体现了阅读素质的提升和对诗人身份的再认识。另外，传统传播和认知观念也有所改变，如屡屡发表与获奖已不再像以往那样轻易地被推崇为"重要"，诸多自主出版物、民办报刊、自媒体中亦多见佳作，相对地，有知名度的诗人也不再被盲目认同。"以诗为本"也让相当部分写作者并不注重性别身份。当然，客观看性别意识或女性意识即使不是与生俱来的，也会在特定社会文化生活中被规训出来，并不断在起伏中变化、转化和落实。如果舒婷、翟永明属于"女性诗歌"探索的先行者，那么经过"60后""70后"诗人的建设实践，至"80后""90后"，她们已然相对地看淡了这一点，而是更多心照不宣或不按套路出牌，这反而更能增添"女性意识"这一话题的深度与多样性。同时，"以诗为本"的写作实践亦使语言、情感表达有了更多可能。

二、现实环境里的自我发现与身心安放

相对于传统诗歌对心境的主观呈现、对人情的常规营造、对乡土与自然环境的惯性摹写，当代青年女性诗歌在此基础上更贴近现实处境与现实环境，更多采取主动、外向、走出、直面、在场及反思姿态。

以"城市"环境辨识为例，如何有效介入和描写城市，曾是困扰包括诗歌在内的当代文学的基本焦虑。现在来看，这一问题正在得到解决。就当下而言，对于绝大多数年轻写作者来说其实无谓特别的"介入"，她们就置身或熟知现场，眼中所见、脑中所想、心中所虑的，就是发生在城市内部的生动事实，这种"经验"以及相应的美学在诗歌中的呈现，甚至不需要过多"想象力"的参与，就能在一种自如的语言状态下找到恰切的表意策略和表达路径：

在地铁的晃动中，一个人／凝视车门上方的路线直到涣散视线。……／／你们当中，一定有一个我／也曾站在各色路线交错的地图前／认领自己的颜色，并在封闭的车厢内部／再次确认自我边界。当孤独从皮肤端口发散／稀薄温度，吊环正在高处适应身体的倾斜。……／／打开。关闭。车门是精心的设计／一例程序式清洗：我是铁皮管道排出的微粒。／我可否证明，记忆是抵抗虚无最后的武器？／我抱歉：那一串空白的圆／是我始终无力描述的，我们特征全无的脸（方李靖《地铁手记》）

晚间的地铁上／一个三四岁的孩子在看我／眼里带着对陌生事物的探究／或者他仅仅是漫无目的／但面对一个幼儿固执地凝视／我在与他目光相对的时候／感到心中一震／也许他读走了我的秘密／即使我戴着口罩……（里所《来自幼儿的观察》）

一天中，我有两个半小时在地底下／见不到自然光，但有／人造光把我的脸倒映在地铁玻璃门上／来自幽暗深处的它比现实更可爱三分／于是所有的三分齐心合力／用海浪拍击海岸的力度，冲刷／／难以计数的脸、眼眸、心灵、美梦和痴心／正在把生活带进坟墓，同时竭力／保持坟墓在生活之外……（吕达《地下铁》）

善用现代性视角并惯于冷静地遣词造句的方李靖诗中的"我"，是熙攘人群里的孤独者，更是"单向街"里"特征全无"的众生之一——"人群"其实也是一种"镜面"，宜于细窥世界局部，更适于自我观照；里所诗中所述境况也常见，孩子所见之"我"，是一个个"焦灼""满身风暴"的生理上的成人；而吕达诗中的"我"弥漫着一种对命运的无力感，俨然就是现代城市里无根漂泊者的自画像。应该说，方李靖、里所、吕达诗中的这些或孤独无依，或焦灼迷惘，或迫于生计疲于奔命的"我"，乃是现代社会众生面相的集中映射，既具有"私我"化肉身的温度，又可抽绎为带有巨大象征意义、指涉广泛的"象喻"，囊括了所有奔走在作为城市脉管、通道的"地铁"这一现代交通工具中的肉身与魂灵，当然也包括正逐步迈入社会的"90后"们：

　　九点半你起来了，地铁咣当咣当穿过站台。/……月光轻轻发热，地铁驶过脚下躁动的水面。/我们都是一出生就没有身体的孩子。//……地铁咣当咣当穿过开衫的袖筒。/我们这些一出生就没有目光的孩子。（张小榛《瓢虫，致近藤小姐》）

　　地铁里都是上班的人/车厢过道里的人群如密集的树林/鸦雀无声//那些站名只是站名/并非人生目的/有逝者下车，又有逝者上车//坐着的人如结满穗的麦子/低头昏睡/他们还在做梦，从未醒来（胡游《早上的地铁》）

　　入口/出口，智能道闸机是无眼之筛？为何人们的期望抛进去/什么也没有弹出？为何再生之轮狂躁地进食，它的鼠笼形叶片/却如同停滞？……（闫今《在地铁车站》）

　　他深陷人群中/凝视一条涌动的河/从异端闪退至半地面/

以直接有力的招式 / 打破无声的浪潮 // 岛式车站：上层与下层建筑 / 那虚构的场景里 / 无数审判的眼睛游离 / 于极端的黑暗与光明 // 安德门地铁站 / 他站着冥想 他在这 / 浪潮涌动的半地下 / 任凭一列驶过的地铁 / 将意识切割 / 像空茫中的雪花飘落 / 那般无助 听命于 / 开往小行的广播 / 此时此刻 他已上车 // 他站着冥想 一粒 / 灵动之体将消失殆尽 / 沉默在涌动的人潮（粒粒《地铁站》）

2007年，《诗选刊》推出"90年代出生的诗人"专栏，这可视为这代诗人"正式"进入诗坛的开始。"'90后'诗人及其诗歌写作整体上具有他们成长印记的'校园诗歌共同体'特征"（伯竑桥），实际上，从某种层面看"校园"寄托的现实环境等同于"城市"。显然，交通方式的变化也导致现代人与时间、速度的相互要求与约束，如果其他交通工具可以视为城与城、城与乡的外部连接方式，那么地铁则是城市内部时空的秩序体现，且与汽车、火车、公交车等在地面、在自然界相对视野开阔的位移不同，地铁提供的是一个人与人、人与机械的相对封闭的时空，是形形色色的人的暂时性的集散处。置身其中，也相当于置身于陌生而又熟悉的人群中，意味着循环往复地生活；这种不安、焦虑感与山水田园间的放飞心情或惯性抒情自是差异明显。

有意思的是，与城市境遇有关的诗歌，多与全景展示或宏大叙事方式有所疏离，而是常从"细节、局部、特写、片段、意外"入手，其审美及表达效果则因观念多元及作者体验而异。如袁永苹的哈尔滨"楼宇耸立于打开的十字路口，/像群山，城市的荒野。十分巍峨。/ 如果能够，也可以将人世看做其反面……"（《织锦》）。先后栖身重庆、香港的陈袁媛看到的是："大雾浓烟 / 站在中环码头 / 只是沉沉的海起伏跌宕 / 只是悠悠的船将现实抽离出人间 // 如果城市是一头巨兽 / 人心被啃噬 / 是目睹这一切的人更幸运 / 还是深陷其中不自知？"（《活着》）。此外如李婉的《城市》、薛依依的《夜·晨》《演奏厅》、贺泽岚的《咖啡馆》、颜彦的《菜市记》、楚茗的《闯红灯》、郭月洲的《在炎热季节的街道》、玉珍的《我们的城市》、李佳妮的《送给城市的叙事诗》、艾诺依的《窗外》等，或是年轻的修辞练习，或是对城市生活的真心打量，均体现出"我"对现时空环境的关注与勘探，对"诗意地栖居"的不同角度的触碰与辨识，以及某种自我认识：

> ……我想象它们曾经绿得骄傲，壮观 / 披挂着世上所有的星辰和露水。// 我想象它们曾经拥有多么牢不可破的距离 / 多么完美的沉默，和多么心爱的鸟儿。// 我想象它们如何被拔起，被斩断，被剥皮，被运送 / 被统一，被模糊，被扭曲，被消解……// 我看到自己已无可挽回地，置身 / 那想象中。/ 我在眼前和想象中看到自己 / 被无止无休地搬运，堆砌。在它们中。// 现在它们叫木头。一生的命运 / 还远未结束。（黍不语《来到城市的树》）

在青年女性诗歌写作里，虽然事实上来自城市视角的、对于"村乡镇"环境的敬重、缅怀、感慨和"二元式"诵唱仍然密集，但诗歌文化传统里约定俗成的农耕文明主体地位不断松动，关于"城市"的文学观照正获得接受和认同。近四十年来，从"物质文化需要日益增长"到"美好生活需要日益增长""城市化、城镇化、城乡一体化"的进程中，物质条件与经济环境变化的深刻影响显而易见。城市，正是这一进程中具体可感的实体，也是写作者不可回避的心灵参照系。相对而言，关注广义"城市"的作品更值得关注，因为它不像源远的农业文化写作传统已累积形成系统化的审美识别标准，有丰厚而现成的可参照资源，其大同式文本通常安全、稳妥、易发表获奖和受到认同，城市背景、主题、题材的诗歌写作显然更具难度，更具现代感和探索价值。这方面，青年女性作家的小说写作相对而言成绩更突出，青年女诗人尚需更多努力。

需要强调的是，就"现实""生活"而言，地铁及城市之外，尚有庞然且真实的"山水""边城"和"乡土中国"。在此引诗以城市题材为主，并非强行评定题材的优良中差，而仅是提醒诗人们可以调整角度重新发现时代，辨识自我。不过，在当下，"乡土中国"已是一个令人百感交集的美学象征，关于它的种种审视和命名，却大多是通过城市视角来完成的，相对于生命基础、生活经验以及思想观念的更新和精神的可塑性，城市深刻的影响、牵制甚至主导作用如今愈加显要，较之农业背景（包括知识及阅读背景）其承载和反映的冲突亦更为激烈、明显，更具影响力；作为迫在眉睫的事实与现实，城市本身也如情理兼容的成熟女性，携带着那么多精彩故事、现代风情、复杂欲望、隐秘经验，每朵灯火都可能喜忧参半，每条街道都光影交错，每一个体都自有其生存之困生活之难，以及矛盾，自我放弃或是救赎——这些方方面面都蕴藏着适宜挖掘的诗意与诗性，更适宜感性本能突出的女性诗人。

三、抒情时空里的自我塑造与多样情感绽放

"真正的诗歌就在于那深刻的感情"（希梅内斯）。诗大都是抒情的，抒情是一种生命存在方式、生活方式，每个时代都可以成为抒情的时代。黑格尔在谈到抒情诗歌理想的环境时，认为它更适宜于生活秩序大体稳定的时代："因为这时个人才开始把自己和外在世界对立起来，反省自己，把自己摆在这个世界之外，在内心里形成一种独立的、绝缘的情感思想的整体。"通常，诗人与诗歌的情感会被笼统归为亲情、乡情、友情和爱情，其实不尽然，诗歌的力量和有趣还在于捕捉、呈现人之种种莫名的感觉、瞬时的情愫、矛盾的情绪。"80后""90后"女性诗人在这方面的成绩远超同年龄段男性诗人。近二十年来，纷繁复杂的当代时空为情绪、情感的多维呈现提供了无比丰富的资源，无序、陌生化、不规则和不确定性的"情感"随着诗意绽放，更让"抒情"这个陈词常用常新。

地缘生长乡情，血缘形成亲情，有情有义的诗人则须深耕和创新，以在既定道德伦理话语框架中另辟路径："怀孕时，看身边的每个孕妇／都似我的故人／医生说子宫只有一个拳头大／我的爱，也只有子宫那么大／为了填满它，我的母亲／用毕生的时间建造了一艘船／而我现在，为了填满它／准备驭起一片大海"（贺予飞《容量》）。"大海"是浩瀚无垠而有巨大涵纳力的，也是波澜常生、滋味咸涩的，它对"母亲"的诠释和形象化再现，借女性生理结构（子宫）巧妙完成了对女性角色转变和身份认同的美学审视。这种对身份的美学审视，在不同的境遇和剧情中，则可分泌出与众不同的艺术效果，如熊曼的

《游戏》较好地体现天伦之乐和溢于言表的喜悦与自豪感，颇具匠心。好诗一定是匠心之作。林珊的《母亲》中写道："即使有那么多人说／我长得越来越像她／可是我依然没有秉承／她的好脾气／没有像她那样——／一生只爱一个人"。诗短，却可回味。林珊的写作气息如同其诗集名《小悲欢》，亦雅亦俗的形式感、平中出奇的敏感、良好的语感，每首诗都像是追忆，都像是对不可控的时间空间的叹息。与林珊同龄同地域的周簌，也是一位优秀的"80后"，文静的她，其写作充满洁癖式的持续内省意味、善和悲悯，正如诗人侯马所言，"周簌挽留着传统社会残留在乡间记忆中的最后的美，是一种纯正的中国审美，在今天看来尤精致、坚硬、伤感、易碎，贫穷在她笔下有一种慈悯和尊严"。

如果说，女性诗歌亲情题材里的"父亲"意象或形象潜在地指向"特殊异性"并有着某种参照意味，以对证成长中的"自我"，那么关于"母亲、子女"的表达则明里暗里更贴近"我"本身，这应该也是"亲情"成为中国诗歌传统母题的另一种潜因。在由34位青年诗人构成的2021年8月《诗刊》女性诗歌专号里，"亲情"主题亦多被涉及，理解与表达则各有倾向，如段若兮的《母女》："你生下我就是把你一生的光阴都给了我""你抱我，就是你把你所有力量都传输给我""你不拥有世界甚至也没有童年""请把你此生的孤独都给我。都给我"。全诗言简意赅，似高度浓缩的关于生命、生活的复杂"故事"或"记忆"。亲人的写照同时也是今日或往后、现在或假设的"我"的写真。作为一种持久而旺盛的创作动力，亲情也是一种起着开端作用的精神据点，是年轻诗人们不可规避的现时心灵磁场，它由近及远地帮助诗人感知"我"之外的"人"，文本表现也因人而异，如于雅萱的《母亲》："故乡折叠进月亮后 母亲 / 缩小如一枚纸船 偶尔 / 沿电话线跋涉进我的耳朵。……在北方 冬日光洁如一株水杉。/ 想起洗碗巾一样的母亲 / 一生擦拭我与父亲留下的沉滞油垢 / ……想起生锈的冷铁窗格内 / 那双望我的眼睛 / 柔软如一盏灯 很多年以后 / 依然沉默地疼在故乡心口"。这体现出常情的共识或共识的常情，是走向户外与远方的基础性阶段。

显然，亲情及乡情主题及题材稳中有变，其观念传达与技术表现在年轻诗人这里也不时显现出复调及精细变化，如"90后"诗人闻畔《为你所有的可爱之处着想》："出生时，母亲的腹部再次受伤 / 那是手术刀精准探入的地域 / ……她孤僻又胆怯，在崭新的日子里 / 缓慢又小心翼翼地生长 // 她是被众人忽略的小孩，谨慎坐在桌角 / ……宴饮结束后，人们回到畅谈的位子上 / 无人再提及令她失望的黝黑肤色 / 在沙发上，她拿着父亲的旧手机 / 滑动无止休的短视频"。再如朱弦《我所见过的两个女人》："离异，独居，更多的日子 / 执守校门，她在奔跑的孩子身上 / 安放近乎奢侈的母爱"，"单亲妈妈"形象进入诗中。又如诗人崔雪悦《关于母亲》，以"焦渴"为关键词，跳跃式简述、归纳"母亲"的一生略等于"一个女人的焦渴"，年少时"光着脚丫去看河里的月亮""用长长的红线贯穿她的一生，/ 婚丧，嫁娶""她接过姥姥手中的红绳""和许多女人一样，/ 她顺从地生产""那时生育是一件顶天立地的大事，/ 足以缓解一个女人的焦渴"。在此可见，诗亦是思，弱冠与而立之间的"我们"可以暂不定义这种平常而成规的生命历程，阶段性记录与积累则是必需的练习，有效的经验自在其中得到整合。

凝望另一个"我"，是为了寻找、建设和更好地完善"自我"。当诗思"联姻"——时间成为背景，历史及想象成为参考，现实社会成为最贴身贴心的环境，在伦理的镜子面前，诗人便可铺开语言和"自我"，自信自在地归纳七情六欲，建设"我"的传统、宗教或者说某种个人意识形态——这时，观念或对世界的想象与命名也花样百出：田凌云的《幸福曲》中，"而如今，荒谬也是幸福的一部分 / 你也是我破洞中间的一部分"，余真的《生活》中，"什么是生活？它险要而枯燥，让我动荡不安"，类似的审美判断在青年女性诗歌里频现。较之前代诗人的婉约节制与隐忍，现代青年女性诗歌在观念传达、形式建设等方面显然更散漫、无羁，也少有顾虑，在爱情表达方面也各有见解，形式多样。

作为女性情感库里最核心的"思想"和"深切的情感"（黑格尔），"爱情"是最丰富多彩的永恒性诗歌主题，同时又是一种多变的、可以在不断辨识中翻新的精神器官，随时空变化而反复膨胀和分泌，生发多种多样混杂情感，滋润着、丰富着、证明着"人"的生命与生活。

"情感"活力对于诗歌与诗人都是特殊而持久的内在驱动力，让"女性意识"趋于实在并逐渐归拢于自我意识，是写作主体性的直接体现与确立。同时诗人在这一过程也会逐渐意识到"女性意识"并非专指女性化诸特征，而是从"共有"到"独有"的个性化体验及个人化经验。情感的重要性尤其是个人复杂情感的彰显，前提是意识形态环境的变化、传统文化观念的更新理解及所谓的"社会转型"，它于此得以跨越昔日的规定性文化情感格式，自如奔赴"生活"和"身心"本能号召。这些变化，也是青年女性诗歌明显的倾向或特征。其实，当谈及优秀的女诗人时，也就是指认对生命生活有独特感悟、艺术表达有所创新，在认识判断上有一定聪慧主见的性情之人，或说知晓并擅长表达"女性意识"的写作者。而性情的底盘，则通常是生活中最大的"情感"实体。"女人不是天生的，而是被塑造成的"（西蒙·德·波伏娃），"塑造"如今更是指自我塑造与塑造自我，在纷繁复杂的现时空背景中着力自我关怀，包括对日常、微小、细节和具体的关注，生命的丰富多彩与性灵本色便能真实体现，"情感"体验的深广与多样表现便可得到更新。时间已看到，新的时空环境中越来越多的青年女性诗人对人生人情人性有效的梳理、对照与内在归纳，"我的"（情感）随着诗歌的行进而日益突出，而在形式及表达上，勇于打破常见、常识、常规，让传统与现代感、语言与想象力融洽，这无疑考验也证明着年轻一代推陈出新的能力。如叶燕兰的《白色月光》："……感谢月光这么美／让我不用拐弯抹角，直接可以／想到你"，花前月下，明月千里寄相思，都是常见审美体式，但重新感觉和组织语言，就会另有诗效；再如鲁娟《西昌的月亮》：

> 清晨的栀子花／和今夜的月亮／一样好看／它们皎洁的光／印在杯中／印在书上／印在佛的额头／印在亲爱的你心间／坦白说，这么多年／我们丢掉了多少黑暗／才看清它们的明亮

诗无达诂的前提下，这样的诗视为禅意表达、爱情抒写、人生感悟均可，它书面语口语相亲，轻柔自然并具较好"悦读"感，而标题其实更重要；每位诗人其实都至少与一个地方有着特殊关联，即便它不是归宿，不是写作的全部，如冯娜

的"云南声响"，文西的"湘西纪"，琼瑛卓玛的藏地诗篇，李田田的湘西记忆，颜小烟的海南背景文本，夏午、缎轻轻隐约的上海气息等。当诗人处在一个相对"居中"位置或"旁观"视角时，可谓主动换位，便可艺术地把握情感的绽放，便可建设平行于大众意识或立足于但又超脱于公共意识的"我的诗歌"，以及"诗歌的我"——在生活这个取之不尽的"资源"上。

自我发现与自我塑造，身心安放与情感梳理是同一的，仿佛同一棵树上的不同枝叶，"因果"是"我"，"始终"是"我"，无论诗中起着贯穿作用的"我"是当事人还是旁观者，是凭空的想象者还是记录者。当城市、地铁、咖啡馆、月亮、记忆、婚姻与工作如同生活本身，按部就班地运行在大同的机械的轨道上时，"诗歌"与"我"与"情感"同在，这时的"我"与"情感"已在本能基础上添加了文化、道德、哲思、价值等成分。近年来，很多青年女性诗人在关于生命、生存与生活的理解、和解的途中从容自在，写作主体性不断强化，更让时间看到新一代女性的真、善、美。

四、共享时代里的自我实现与写作期待

至今，"全球、全国、网络、工商、娱乐、城乡一体"等"化"同构的大同环境和相似链条上，思想、观念、审美、情感难免大同，生命、生存、生活环境与存在状态大面上的相似性，是当下诗人的命运，但或许也可借此催生青年诗人的使命。这是一条趋同又求异的探索之途。本世纪初，在对其时的中青年女性诗人前沿部分的阶段观察里，笔者亦曾以"享受的写作

与诗意的栖居"为题，进行过系列化切片式思考。显然，当时的女性诗歌文本在传统渠道及常见的共同特征之外，呈现的鲜明变化还在持续，如无主题变奏（泛题材化）、跨文体（戏剧性及散文诗化）、日常生活审美倾向（生活化）等。它们源于一种与现实和现时紧密联系的生活观，写作成为生活的一个部分或是惯性行为，一种自我消费或是精神生活"享受"，其生发和渗入也同时反弹着曾经的关于诗歌的理解和接受习惯。

楚小乔的《主妇》中写道："逐渐深陷于绵软的一切／晨光，云朵，草地，大衣，被褥……／它们有大面积的宁静／深埋一个人内心交织的冰与火／／很难再掏出妩媚。厨房里待久了／与锅碗瓢盆交换言语／一道菜短暂的热气，一锅粥长久的恒温／在日子里相互辩驳，除了扳倒岁月／实在拿不出更好的答卷／／长长短短的爱，也收起来／展开的梦成为永久的虚空。这一生／不断有人远走／人潮汹涌，还是会被一阵微风击中"。当作为诗人的她们成为锅碗瓢盆的接班人，成为厨房的"业主"，知性与感性兼容，生命及生活与写作及省思同一，归于一种"享受"，这是社会转型期后女性诗歌的明显趋势，先"受"（通过经历、经验而适应"环境"），再经过文字来"享"（精神世界、记忆被文字技术再度创造），诗歌文本进入新的表现时期，题材包容、情感多向、观念多元、百花共绽。

写作与享受作为血肉关系相融，既包括相对安稳中向往不安的乐，也包括享受中的不安、人情练达后的自嘲、阶段性的"随遇而安"等，同时"享受"带有"处境"色调，和物质的关联或浓或淡，诗歌相当于是建立在日常发生与现实基础上的价值观审美观的动态琢磨。而这同时也意味着，小清新、小感觉、小悲欢其实本是褒义抑或中性的，而在表达上，则取材于日常，联想随意，手法多姿。如缎轻轻《中年少女》："三十七岁的少女，像从事件中逃亡的人，骑着一块时间碎片，日复一日，从厨房端出一日三餐，洗净脸上少女的怔气"，如陆佳腾《想想那些早晨》，如熊芳以小见大地写道："……这么多年，最庆幸的是 / 一直忠实于自己 / 哪怕坠落无底深渊 / 哪怕直上青云 // 我有我的小小骄傲和罪孽 / 我的骄傲就是我的罪孽 / 我的罪孽都在枝头那抹新绿中"（《小小》）。其实，作为生与身的近境及日常用品，家、房间、镜、门窗最能体现女性精神的起伏状态与身心感觉，如段若兮的《珍珠耳环》、安乔子的《光照进来的方式》、黍不语的《瓶子》《我的房子》，如兮木的《暗片》（"光沉默了，黑就涌进来 / 占据整个房间。……此刻，身体就像某种飞翔的动物……"），苏隐没的《另一颗孤星》（"静置的玻璃杯中流水潺潺"），以及另一种房间或空间的"商场"（竹君《芮欧百货剪影》）等，类似的"世界"或不完全封闭式容器意象，仿佛进可出退可守，"我的房子承受着我，承受着时间 / 有更加隐忍的美，更加隐蔽的坚固"（黍不语），情感的多样与梦想的多彩遂能得到尽情表达与展现。

特殊的自我空间（包括身体）想象与构造，会让深度的美与美中不足，在孤独与精神洁癖状态中有效感知和厘清，或在肉眼看不见的寂寞里，内省会更趋于真与善，也会不断地重新拥抱、宽容："最欢喜的，是静静地 / 看阳光一点点爬进屋子 / 把阴暗一丝丝抹去，然后 / 让意念随着身体，走进 / 明晃晃的炙热里，感受自己 / 成为透亮的一部分 /……最欢喜的，就是清早打开门 / 随着一股柔而凉爽的风 / 迎接新鲜的一切"（熊芳《小欢喜》）——"开门"，也是一种主动地解放的意思吗？它令人想起历代女性诗歌中常见的"房间""浴室""溶洞""镜"

之类意象或题材，其实它们更多地表明时间或时代境地中"我"的被动处境及期待，也因时代环境原因而充满了明显的破坏、抗议、压抑、愤懑等诗歌情绪，如今年轻女性诗歌则更多转向了相对多彩的自持、自足、自在……也就是说如今更为"主动"的她们身在日常心逾日常，各有追求，不仅在内容与形式上，而且在自我打量、自我建设与完善的方向上也更为明确及从容。

值得注意的是，置身当下的趋同共享时空，文化繁荣，诗意泛化，生活条件与方式、身心享受、写作资源与物质的栖居环境从另一个角度看亦呈相对的同质状态，百花齐放，何为特色？何谓风格？同时，如今文学大环境里，写作被肯定和认可的愿望通常不难实现，很多时候很大程度上这也是个相对论问题。但更高更远的文学理想（人之价值）的实现，在拥有诸多良好便利条件的当下，却是难度倍增，如何实现创新和保障诗歌的"个人性""差异性"，避免写作的同质、内卷及自我复制，如何在其中清醒识别自我精神投影，建筑"我的"历史与文化语境，从想象的共同体里脱颖而出成为异质的写作个体，应是认真求真的诗人必须理智对待的。

作为一种精神的诗心可以永不凋谢，但诗人的生理年龄却是阶段性的，于此，可持续性的有无或许也是判断写作的一种尺度。与突如其来的网络时空的中途撞遇，曾让"80后"成为诗歌史上一个比较暧昧的标签。2011年，我曾编选《漂泊的一代：中国80后诗歌》，所涉诗人百余位，但1985年后出生的、尚未步入诗路的更年轻群体当时收录的人数不多，而今看来，经过网络环境近二十年的淘洗与过滤，"80后"队伍已基本呈现可观骨架，一些诗人因种种原因不再前进，更多持续不懈者从"潜力"到"实力"，逐步进入宽阔重要的主干道。除前引提及的诗人和转行其他文体者，不少迟到、晚出，或因种种因素位于传播边缘的"85后"诗人，如周鱼、张漫青、张小末、青鸟、龙少、孙苜蓿、安然、张丹、青戈、朴耳、周小霞、张杰、李婵娟、余修霞、邹胜念、张斐、小书、周园园、段若兮、程小雨、但薇、刘娜、竹君及台澳地区的袁绍姗、林思彤等亦后发赶超，以鲜明的亮色和成绩令时间刮目。

就传播普及而言，当前可谓诗歌的好时代。除各种公开发行的期刊、年度综合选本、各类内刊、民刊和自媒体，娜仁琪琪格主编的女性诗刊《诗歌风赏》和面向青年诗人的《诗歌风尚》杂志，施施然、海男等主编的《中国女诗人诗选》选本等也在阶段展示女性诗歌创作成果，对女性诗歌的发展起到了良好助推作用。活动及运动是诗歌特有的传播现象，尤其是在当下这个不可名状的传播时代，这种沿袭性方式总体是有益有效的。时常，会有诸多不同级别层次的奖项与活动等待年轻诗人竞技，她们通过全球华语大学生短诗大赛、中国校园"双十佳"诗歌奖和未名、樱花、光华、重唱、齿轮、快速眼动、野草等高校诗歌奖、文学期刊奖项和《诗刊》《星星》《扬子江诗刊》《诗歌月刊》《散文诗》和《中国诗歌》组织的诗会、改稿会、夏令营学习活动等，进入更宽阔的诗歌界域，如《诗刊》"青春诗会"自1980年创办至今已举办37届，不少优秀女性诗人先后从中走出，近年来，玉珍、庄凌、康雪、余真、徐晓、苏笑嫣、闫今、王冬、康宇辰等"90后"亦参与其中。

在青年女性队伍里，还有一群跨体跨界的多能型才女，如杨碧薇、罗小凤、戴潍娜、贺予飞、袁永苹、梁小静、李琬、宋阿曼、何袜皮、葭苇、苇欢、桑娄、钟芝红、康苏埃拉等。她们写诗，也兼及其他创作，如评论、翻译、研究、编辑、影视等。着力于知识分子命运与自由及南方文化本位观测的杨碧薇仿佛"摇滚诗人"，其诗有激情且强势的外观，更有内在的不羁与偏执，以及对题材的兼容杂糅与语言驾驭能力。戴潍娜竭力将修辞、题材、情感混合实验以期生成超现实的悖谬寓言，风格多样，也是近年高频率亮相诗坛的颇有上进心的综合型诗人。李琬擅以知识女性视角与敏锐心思介入市井日常，在感性的现实生活与历史想象间不动声色地完成转换，颇有创意；她和宋阿曼、方李靖、钟芝红等作为"学院"代表，成绩显著，值得关注。

对于成长于学院环境、数量庞大的"90后"诗人群体而言，自带价值量、清洁度和真实色泽的"情感"，首先可作诗歌成败的最基本砝码。阅读她们，实际上，就是阅读时光进程中一枚枚形式多样、色泽不一、意味不同的情感之果，她们透露、反映、折射出环境、经验、观念及语言的千姿百态。相信她们将会在路上、在梦想与现实中陆续琢磨爱、精神、幸福、孤独、死亡、理想、批判、文化等共享语词并使之成为"独享"，让"自我"的表达同中有异、愈加丰腴。

总的看，大批精神上独立、艺术上创新的青年女性诗人在以网络为常态的新传播环境中多路径实践，逐步成长并茁壮起来，她们维持和增进了当代诗歌文化的丰富、亮丽和优雅，她们的写作更自在更从容更自我，并从"注意我"转移到了"注意我创造的我、情感和世界"。正如郑小琼所说的那样，"我们通过细小的草叶学会热爱、珍惜，以及放弃，生活的反面，幽暗的去处。太多的河流沿着同一个方向走进海洋，太多的细节都留有海洋最初完整的痕迹……"且让时间与诗歌一起继续期待。

（本文曾发表于《诗刊》2022年第6期）

经典何在，精英几许：
新时代散文诗前沿感观

一

散文诗还可以是什么？怎样才更有质量？还可以是啥模样？类似思考或摸象尝试必然与自觉的写作者长期相伴。在语言这基石之上，每种文体永远都需要优异或反常规的实践者，他们不是维持旧有局面的装修工，而更应是适度的破局及重建者。

翻开通讯录，都是酒友与长官。

最终没有朋友可联系、交谈。老刘打"114"，和电信某某女业务员聊了5分钟。

得寸进尺，要业务员个人手机号，未遂。

之后，记在日记上：

今日，地球依旧空转，我孤坐在上面。

——《杂碎章·一个地球人的周末》

远远的，我高度近视的眼睛，还是清晰地看见您侧着身子，挤过齐鲁之间，挤过冬夏之间，挤过人鬼之间，挤过荣辱之间。

到达了我。

在我手中的《论语》上坐下来。

我想给您捏捏肩，给您点一袋烟，谈一谈沪市的股票行情，以及曲阜高粱酒的价格。

——《杂碎章·孔夫子》

正如在诗歌界，通俗体口语式写作时常挑衅着与传统单纯尚雅的读写习惯，刘川这组《杂碎章》可能在散文诗界会存在异议。它表面看似玩世不恭、反讽自嘲，读之却又不仅令人莞尔，它提醒常见里易被忽视的，它在熟悉的发生里巧妙提炼出亦真亦幻的陌生。如此，或许也是一种提醒：散文诗在形式、内容及传统气息等方面，不是也不必是千篇一律的刻板，或一本正经的主观诉求宣告。人类世界复杂，人类视界芜杂，散文诗怎可都是沉重、紧张、悲壮、低抑的常见氛围。其实，刘川的这类文本本也属于散文诗本来面目，即广义的貌似形散的"随笔"，以及情理兼容的"杂糅"。前者可以归为篇幅，后者可视为对信息的采取、融合及有艺术性的再传达结果。

融可融之人、事、物、情思于一体的"杂糅"，本来是散文诗的特质与生命力。自白话文运动始，它就与新诗联袂，亦同有起伏。后来，它在不断地收束中且行且窄且相对固化，这也导致了一定程度上文体的同质化。这个形成原因较多，只是很多时候相关的研讨少有涉及内因，而将散文诗的问题大多归为外部条件的不顺、不可观。

然而奇怪的是，文体的同质反而使得散文诗保持了相对的长期性的"稳定"。即时常处于外部误解和内部平滞之中的它，其实又因此自有内部搞活的能力，或一直自有顽强存在的根本。或说，对散文与诗歌文体的包容或兼容功能，其实就至少确保了散文诗立于不败之地。

在实质上的实践中，肯定不只是散文与诗歌"联姻"就完成了任务。问题也正在这里，如果只是跨文体，只是叙事与抒情的简单叠加，散文诗可以存在，但不会真正茁壮成长。本来都是同一个起跑线上，可为什么百年来散文诗没有像新诗那样跌宕起伏、潮生浪涌，没有像其他文体那样有被广泛公认的代表作者和相当数量的经典文本？若从大面看，原因复杂，似乎也情有可原。与"时代"环境相关，与传播情况有关，更与文体本身囿限有关——但，这些原因同时也是其他文体面临的。那么，最后终归是作者的问题。

在解决了文体合法性与身份辩证后，在作者队伍实际上众多的前提下，散文诗更需要经典出现、精英呈现。精英意味着与众不同的优异，以及先锋尺度。多年来，为什么基本没有"先锋散文诗"的说法？想来先是形式方面的成败皆萧何的尴尬，大体上大同的形式（篇幅），如一种长期以制服式体现形象的人类，同比情况下就难以出彩、出奇；而今看，散文诗的突破，形式并非起决定性作用，或它必须与内容并驾齐驱，由此，散文诗可以像诗歌那样，进行更多鼓励和宽容异样、异质文本的探索实践。

二

为什么说终归是作者的问题？如何入门是各自的事情，如何消化修行也是。不科学地说，每个文体正如每个创作者，都会有相对的淡季或瓶颈期。散文诗实则是没有这个大起伏的，这是否可以理解为作者们几乎就未抵达瓶颈？

在此绝非质疑茌茌前辈的努力，也并非遗憾早期翻译的引进本身所带来的未让受者消化解决的局限。一定文化环境与历史条件下，先行的他们着力于造车筑路及辨识可能的方向、指向，可能少有顾及目标、目的。对于他们的工作，我们必须肯定和尊重。在此想说的是，现在与后来的我们可能更多地"继承""拿来"，不知不觉就淡忘了初衷：继承是为了创新发展，拿来是为了扬弃更新。

当然，从各方面看，中国散文诗的面世是一种早熟，而今更已成熟，其普及度之广大也已毋庸置疑。但这并不是传统概念上的散文诗的胜利，散文诗的壮大过程是一种诸多方面的换血更新，它更多体现于大众式的潜行。其中，近三十年来众所周知的传播环境助力是巨大的。仅从队伍与作品数量看，散文诗的大众基础比之以往其实已经更为夯实，如果说，散文诗至今完成得最好的任务，是文体建设及巩固和群众性普及，那么，量变必会质变。从今往后，应该有精英脱颖而出。他们必定是能包容、兼容，更是具备全面融会、融解、融化能力的身体力行者，或说是散文诗改革家。

酒，人送哪瓶喝哪瓶。

书，风吹哪页读哪页。

一个存折经常清零，一个公文包经常装烟和扑克牌。

后来，烟戒了，扑克牌扔了。

公文包里……

更多时候，是一本书。

——《杂碎章·自画像》

　　刘川这组以"杂碎章"为总题的文本，让人想起散文诗鼻祖波德莱尔"更自由、细腻、辛辣"的表现方式。它们看似轻巧，来自我们感同身受的日常却不拘囿于日常，充满着机智的跨界思维与语言整合力。日常不可规避，但文学却可以融之并超越，并使"我"得以在自识中进一步解放，刘川的日常性审美是身段放低的、普通视角的，他不在意中国式写作者常规的、岸然的代言立言状态，并且有效地提醒出了散文诗本可以有的——"趣"，这与动辄放眼大自然感慨关怀、挺胸天地间言志呐喊，或捎着一大包感情色彩浓得要命的字词的老套表达姿态有别。

　　另者，如"杂碎章"类体现了对信息的多维创意，或说这样的文本尽可能地提供了文学与文化的信息，及其技术组装能力，文本本身也成了文学与文化的信息。太阳底下无新事？其实也有，有无在于怎么看，怎么表达以至于情、境、思的和谐。

　　斧头就是两个人，共同居住的身体。一个尖锐的人，一个迟钝的人，但有时他们会同时抵达，一个相同的目的地。斧头是木头的敌人。……斧头追赶着木头，犹如一种宿命追赶另一种宿命。斧头和木头，两个对头，一对冤家。一个在杀戮，一个在承受。然而，令木头百思不解的是，控制斧头的，恰恰是木头——柄。

　　就上引唐力《斧头》（选摘）看，皆为旧词，如果说刘川体现散文诗内容及题材的多样多面的可能，那么唐力则在传统套路的基础上深入浅出，朴实稳重又隐现些许先锋感，肉眼看不见的时间与空间却是那么鲜明。由此可见，文学范畴的"信息"并非就专指新近的、时兴的，更该是指有效用的。与刘川的日常性、生活味及时尚化有别，唐力似乎擅于对常见、常规之静物、往事进行推陈出新。新瓶装旧酒式的重新发掘也可谓秋后算账式的人生回望反思，生命环境、生活内容动态不已、动感不断，观念的尺度也该像个能伸能缩的精神器官，而并非一成不变。可见，外融与内化的能力体现出唐力、刘川阅读经验、生活经验与写作经验的有机整合。他们并不直接宣示世界观、价值观、道德观，但文本却可以让受者有所感思。

一个文本所体现的精神境界、感受度和审美观有时确实不在于表面上的站得高，位高也不一定真看得远大，字词句段的正经与华丽宏大，无非也多属于公文式、书面式的普通话。有为的散文诗人当注意规避惯性题材依赖，不断加强对自我之外的现时发生与现实环境的重新关注。

越来越多的慧心今已渐知，散文诗写作并非只采用这一文体就行了，并非写得像散文诗就可以了。关于散文诗文体研究，已久，已众，简言之，散，文，诗，保持了这三点，就决定了一个独立自在与众文体有别的散文诗平面。更应该、更迫切的事情，是围绕着骨架或坐标进行个人性改造与创新——这时，内容愈发重要。

三

而跨文体绝不仅是文体的事情。随着当代文学活动的舒张漫遍，"跨界"概念渐被引入并成为共识。似也可说，这也是古已有之，在骚客聚集的唐朝或宋代，也常有包括了诗文、书法、音乐、舞蹈及表演艺术的综合审美场景，花前灯影伴夜店，月下不时广场舞，各有千秋。当代诗文类的跨界在约定俗成的层面则主要指涉传播范畴。从内部看，对于主动的、有精英意识的写作者，"跨界"则指形式与内容同步的集成式融会贯通。

世纪之交以来，散文诗写作的跨界整合与融会贯通渐多，深度广度并进的前沿性散文诗文本亦有出现。这表明在散文与诗歌"联姻"之后、在叙事与抒情之外，作为"内容"及深度"信息"的——思想的占比渐重并成为必需。于此，有时方文竹让我想到情理兼容的更多的可能性。作为对生活和生存经验始终保持深度探问的学者型散文诗人，他让哲理诗化，让诗意叙事化，这使得他在散文诗界略似自成一派。近观其《还在老地方》组章，每节都切题、都可独立，整组文本随着从容把控的节奏跌宕，记忆与时间感、个体经验与本真情感均得以刚柔相济地推送，阅读效果可观。

悲情感、苦难状、抑郁样等似乎散文诗与传统诗歌文本普遍的外在的大同气息——这是情感情绪的正常流露，有时还是主导，而内在的哲思及其艺术表达，则需足够的知识储备与消化——融化——散文诗化。方文竹让我们看到，思之状态，以及它与诗文的和谐相嵌，需要有自我超越性的想法与思虑。哲思通常是一个文本的品质的内在支撑，这也是共识。正如崔国发曾认为，一个散文诗人，其作品不能只是作简单与浅显的抒情，而要在感性表达中引申或绵延出"智性"的深度与思想的高度。一个散文诗人，要想做有深度的人，就须在作品中深掘客体内在的本质特征，追求审美与审智的统一，使生命、自然和文化哲学都富有"散文诗的诗性"。

思之淡薄或难以艺术呈现，或情之浓重过度，或诗、事、思、理等的失衡，是散文诗写作常见之弊，原因有如前述：先行者本身也是阶段性探索实践者，被后人参照的文本亦非完善成品，这会让后学在肯定和沿袭模仿中渐失"自己"。

当然其他更重要的缘由也还有，譬如，百年来，舶来的散文诗和新诗一样，从进入便一直面临解决好本土化中国化的"任务"，这磨合是长期且无标准的，以及后期意识形态环境的变化等。而散文诗亦喜亦忧的处境，是入境不久便遭遇了以古体诗词为主干的强壮而成熟的本土抒情话语系统。

延绵而健美的古典抒情传统让舶来的散文诗有了中国性。只是，诗词曲赋不仅渐从意境、意象方面将散文诗紧紧拥抱，且直接无偿借用取之不竭的现成具体的诗词句，古典传统本身的欠缺难免被现当代散文诗一起吸收，成了主食而未能更妥消化，这也导致了长期以来散文诗文本成为浅显情感（抒情）的代名词。至今，仍可常见相当部分散文诗写作者自我平滑于"为情造文"和"为文造情"之间，有真情但缺语言与形式建设能力，或有技术有形式却在虚情假意中失真。

当然，一直以来散文诗界也多有敏识和建树之声，如孙玉石、王光明、李标晶、蒋登科等人的理论探索，以及柯蓝、耿林莽、语伞等人的在场追究。近年来，创作与理论同步的黄恩鹏的《世界散文诗：在思想的隐喻里展开或释放》可谓一部散文诗的中国发生史及鉴赏资料文本。比之其他学者仍然拘于文体身份、散文诗人身份的拉锯和情绪，黄恩鹏的大融大解之大制更富有建设性意义。

谈及"建设"，从具体的创作实践而言，本身也意味着视野、胸怀、观念、比较与再塑——从了解，和解，到理解的思。这并非就是一条轻易通透甚至欢畅轻快的流水线。正如罗伯特·勃莱说"开始写一首散文诗是容易的，然而要使其成为一件艺术品却不是一件易事"，容易之途或无难度的平坦之路，属于大众而非精英。精英必须时刻准备着用心探险，而非岁月静好、饭后百步走走便心满意足了。

四

难度感是一种精英自觉，知难而进、迎难而上则是必经环节。从融会到融洽到融化，不仅指题材的准备和选择之重要，更体现于自我求变及创新意识，甚至于技术上的别出心裁。如此，形式的束缚便可随之缓解。或者说，开土拓疆不仅是对外开放，内部的搞活必须同步甚至视为前提。

唐朝晖的创作可谓"散文诗联合体"拓疆方式。事实上，当凝视一位散文诗作家时，"文体"其实已然不是问题——或不将它当成阻碍性问题时，对文体的创新才是自发的。这要求当事人的高素质与自我的高要求。唐朝晖的探索不只是所谓"跨文体"，他跨形式也跨内容，二者的有效结合使他的散文诗形成了综合利用的"跨表达"气息，既明显保持了文体种种要素，又极大地改变着约定俗成的或阅读上的"散文诗印象"。这种探索确实是有难度的。正如前引的刘川文本，形制简明轻小，其实更需积累、敏识和厚积薄发。

有融才可能化，文体的跨界与内容或题材的多种整合是一个有机整体。较好的散文诗文本应该更像一个且不仅是一个信息，而是多种多样信息的组合体，由此更能在不断确保文本本质的同时，拓宽文体的习惯之界、旧有之疆。"信息"当然也包括"传统"，正如信息之意是获得、认识、判断和改造。重要的是先有容、有融，以及如何融而后化之。譬如陈计会、喻子涵、徐源等对历史人物、汉字词、古文化迹象的采撷，已有阶段性成效。另一方面，诸多即时性题材，如时政等的表达在容与融方面尚有提升空间，这是否表明，更多写作者对当下及日常发生或现实环境的处理仍未有良策，或感到无力？

如果通过文本塑造和传达了可能的观念，且并非固化的、共识性的老套观念，这肯定包含了一个写作者对自然的多维理解，对伦理的个人性细微观察，对时光的探究，对平常物事身心的尊重、通融与批判，这进程无不体现其学识、素养、耐心——这同时也是一种双向及多向选择，对于阅读的眼和心，这同样构成了严格的挑衅——写作之疆亦是阅读之疆。

阅读本身就是体验、经验、观念的融会、融洽和融化过程。对于年轻一代，这"信息"的汲取与消化过程可能更漫长，也可能会更快捷，同一路段和方向，敏锐者先行。传播与文化文学教育环境和网络传播环境的大变，促使了新一代散文诗人的现代感、高起点和快步，较之从前，他们所受"限制"相对更少，文学观可能更加纯粹，且更可能专注于、自在于文学本身。

就视野内而言，潘云贵、蓝格子等的散文诗已颇有成绩，他们并非简单的有感而发，亦非常规的感时应景，而是自有内在秩序与从容纹理，其文本仅看标题便知其匠心，内容的推进亦有蹊径。创作与批评同步的潘云贵颇有慧心和理性，具有更多从容和分寸，他对蓝格子、赵应、袁伟、苏笑嫣、程川、徐晓、曾入龙、金小杰、田凌云等同龄人的散文诗写作审视到位且深切，客观且真切。他说，"我相信年轻的'90后'诗人们，足够有时间去解决这些问题。越来越多的新面孔在出现，也就意味着越来越多的可能性在诞生。"确实，年轻就是力量，年轻就有可能。

这"可能性"是什么呢？相对的鲜活及创造性？它更指可能的与往不同、与众不同，以及后期的与己不同。略观部分"80后""90后"的散文诗，他们在观念、建树、内容丰富性与形式建设、语言技术、审美趣味等方面确实变化明显。显然，曾经的惯性阻碍对于年轻一代已相对低小，时位之移人也，也移心、移梦、移观念，按规律，一代人也当有一代人的散文诗。

这再次表明，散文诗从来都未曾边缘化，一直在与时代同步，与各种文体同道，并在同行中不时主动参照、借挪、融化其他文体之优之异。包容度、融会力，始终是散文诗文体与生俱来的优势，也因此可说，新世纪以来，诗歌与散文的种种变化实则也体现于散文诗领域。那么，为什么散文诗又时常会给时光展现一种圈内热闹圈外弱势的模样呢？

五

偏重于抒情还是叙事，在散文诗内部历来也存在分歧，今看这已不算重点，正如细分纪实的、教育的、旅游的，或是女性散文诗之类也都无必要。无论自修、传道、示德、言志、抒情，只要表达得好、可观，形成了一个有效、有力的美学文本，即足矣。

如果至此文体的独立成立已不算问题，那么跨文体的自信自在及适度扩张就成为自我完善的重点。散，文，诗——这三字其实就是这个文体的本质及优势。时太散或太不散，太文或太诗，都会造成写作在事实上的拘泥和偏颇。成熟的、有成绩的散文诗人其实也就是相对成功的文体领悟及尝试者，推而广之，每种文体的前沿者，其实他也等于达到了对该文体的有度领悟与成功实践。这也是精英的基本意思。

一些专心创作散文诗的写作者也是如此理解的，如陈志泽认为"散文诗的文体特征（特别是在具有诗的品质的同时，融入一定散文性细节）使它具有更细腻、更深刻表现现实生活，反映伟大时代的独特功能"；在《星星》主办的2019年全国青年散文诗人笔会上，谷莉亦认为，散文诗只要达到了语言创新尝试，精短而张扬诗性，就可以是散文诗了。当然，不要求大众都有此融化力，他们可以仅维持圈内热闹与人气，但前沿者完全可以放下包袱，先行一步，乃至跨出大步。

故无弃人，故无弃物。那是多么悖反：如果在城中行走，那城在新着，在旧着，也被弃着。那些交过手的人，被记忆着，被遗忘着。如果打开电脑，那个网路还在，新朋与旧友，正在物事与人非，像城中某处，断电又通上电，或者像一个存在的电话号码，却消失了它的确切地址。时间在这一个时刻分了一个叉：它一路流逝过去，你却看不到一条流逝的河流。它在暗处悄悄地完成了它自己。

上引为苏建平的组章《伪道德经》之一，作者曾题记"伪者，今解。我不注《道德经》。我注我自己，此世界"。苏建平与刘川的倾向略似异曲同工，如我所见闻，如我所思想，与我有关又远不仅如此；无论冷嘲或热讽，都在竭力揭示"大环境"中的当代人身心潜在的焦虑、无奈、虚无感；对现时境地的细节性描绘与在意，使文本更具现代感、介入感，对古典传统的挪入杂拌，则使文本传导出更多信息感和启示。

随着传播环境的改善和写作队伍的扩容提质，如今越来越多的散文诗人在自信和自我认同中自在前行，他们或许并不在意文体的命名或纠结于文体的"合法性"，他们渐渐挺身而成为"立法者"，作者与作品的主体性得以平衡共进。

为什么散文诗有时会给时光展现一种圈内热闹圈外弱势的模样？除了前述悠久的中国式抒情传统的遮蔽影响和前辈实践摸索的迟缓与误导，以及事实上的来自诗歌与散文的反复压力与骚扰之外，从传播层面看，也因为精英和经典的欠缺。这也让它至少在大的层面上看是欠缺先锋参照，欠缺与其他文体抗衡竞争的条件的。

花草可爱可观，树更突出醒目且重要。从某种层面来看，可与阶段经典小说、诗歌、散文齐肩重要的，颇具影响力的当代散文诗经典性文本是欠缺的，公认的、更大范围的而非只局限散文诗界内部的代表人物式的"精英"亦是凤毛麟角。圈内热闹但在圈外相对弱势的情况，是否也与后来者在路上的被动守成居多而少冒险精神和撄犯意识有关呢？虽然，近年来我们也看到，以往那种从依赖到依赖成习，结果常是把散文诗写得像散文诗模本的情况已得到可喜改善。

而从客观上看，经典与精英的相对缺失，并不影响散文诗状况的活跃与热闹的持续。如果诗歌的前进多体现于爆发力，散文诗则是耐力，是持久战。20世纪80年代以来，散文诗开始新一轮活力的萌生，而后持续，不缺诗集及选本，不缺组织与队伍，不缺阵地，更不缺活动，它在整个文化界面的实用性、应用度、文体地位，其实都很强盛。

在与覃才关于中国诗歌近年度的总结里，我们也以为，散文诗的发展历来与诗歌同步，一直被认为边缘弱势和被轻视的散文诗，外部条件其实一直不错。近年来，耿林莽的《散文诗六重奏》曾作为鲁奖入围作品也带有某种预示性，《星星·散文诗》举办年度散文诗大奖赛与设立鲁迅散文诗奖，其力量与举措对当下与未来散文诗的发展亦有长效作用；各种年度选本、理论著作层出的同时，上海《文学报》、湖南益阳《散文诗》、四川散文诗学会编辑出版的《散文诗世界》和一些综合性文学期刊、高校科研部门、各级散文诗社团及自办组织、散文诗新媒体等也持续关注和推动着散文诗的与时俱进。正如报载陈志泽《欢庆与沉思——中国散文诗百年》文章所言："散文诗作家队伍空前壮大，创作空前繁荣，中国散文诗百年来取得的巨大成就令人欢欣鼓舞！"

下个百年又该如何？而今，散文诗已面临新的转型期，已全面进入一个新的历史机遇期。换言之，当下以及今后应是散文诗从大众化时代到精英和经典呈现的新时代。

六

转型或机遇表明，时势相对更有利于散文诗，也给它加注了新的任务。世纪之交以来，物质环境的良好变化有目共睹，且不同程度让置于其中的人性得到进一步解放，个性日益丰富及多彩。生命、生存、生活发生了新变化，观念、体验、经验与往不同，文学、诗歌、散文诗的动态发展也就自然而然了。

互联网（网际网络）环境的产生及动态发展更不仅是在旁

观，它还使创作、传播交流不断地"被传播改造"，诗歌文化种种基因性特征也在潜移默化中渐变，诗歌文化机制和相关生产、流通程序、认知接受以及评判被深刻触动，几乎所有的写作者、阅读者、评论者都先后涉网入局。散文诗自不例外。

散文诗本身也在不断扩张着。其结果我们也有目共睹：这是诗？难道不可以是散文诗？或曰，这诗过于散文诗化？其实，类似文体层面的含糊形成的尴尬渐多，难道不正好是一种提醒：当你认为它是散文诗，它就是；认为它是诗，它也是！乐观地说，散文诗可以先以"同质化"的宽容之态达到阶段性"去同质化"的目标。自信地说，那些专事散文诗创作的散文诗人，为什么不可以大度而自信满满地指着当下那些翻译体诗、口语文本、散文等说："嗯，这些都是散文诗！"

历来，也常有学者将鲁迅《野草》视为诗集的；昌耀本人并不认为诗集《命运之书》里后被认为是散文诗的作品是散文诗。另一方面，常有作家、诗人写作散文诗或被理解为散文诗文本而收入相关选本的情况，选择的标准常在于作者的知名度，或是文学史上不被定义为散文诗人的作者，如郭沫若、巴金、何其芳、陈敬容、朱自清、冰心等。多年来公认的专门的散文诗人应该涌现于 20 世纪 80 年代及 90 年代。

大家都写、都可以写、都能写散文诗难道不好吗？评论家王珂在新世纪初曾在其专论里提出，一些诗人写作散文诗，对后者造成了混乱，这一度让我讶然。前些年，与中国"新诗百年"话题同步，"散文诗百年"也活跃与热闹，它更多使用了作品结集出版这个常规方式，可以理解为这意味着散文诗的经典塑造和进入"文学史"的期望得以有效推进，另一方面，则又陷入对人不对散文诗的尴尬。譬如一个散文诗百年经典选本里，舒婷、叶延滨乃至更年轻的郑小琼等人的作品亦有收入，不能说他们就不能写散文诗，也不能妄言他们的散文诗比不得他们的诗歌或散文，但他们在文学界的深刻标签确实并非散文诗人。我想强调的是，这正好体现散文诗文体母性般的健硕与拥抱力，散文诗精英不一定等于专门的散文诗人，散文诗精品也可能出自一个作家之手。

可以有专门的散文诗写作者，也可以有非专门散文诗写作者的专门的散文诗。其实，单纯以散文诗文体立身者相对不多，更多的是多样文体皆有跨涉的写作者。印象里，时常出现于散文诗界的"80后"如赵目珍、左右、王西平、卢山等，及更年长些的三色堇、王琪、宋晓杰、黄昌成等，本身也是跨文体、跨语言、跨身份的有成绩的诗人、评论者。前述所列刘川、唐力、陈计会、徐源、方文竹等不只是散文诗人，而多以散文诗立身的亚楠亦不乏有质量的诗歌见诸报刊。

从另一个角度看，散文诗的开放、包容与拓疆，如同当代时空里的诗意及审美的泛化、大众化，这会不会导致文体的相对弱化？这是否说文体外形以后不再重要？当然不。如今，文化及文学的经济基础、传播环境变了，文学还是文学，关键在于我们对文学及散文诗的印象、理解是否一成不变。正如摄影及影视，以往的定义或印象通常是专人专业和专属于照相馆、广电部门，如今，即便散文、诗歌、散文诗在话语运作、形式开拓、审美范式和思想观念等方面的变化都很明显，也不用担心，因为万变不离其宗：文学性。

人心、诗意、文情的能动性也意味着审美尺度的调整。越来越多且茁壮成长的价值观、个人经验及其诉求，在保留内在某种核心诗意及诗性诉求的同时，外在的文体形制亦应之，或说新的参照与实践尺度也随之而至，也就是说，一个文本是诗，是散文，还是散文诗（至少就表象看）确乎不那么重要，建立在相近品位、相似审美基础上的认同，则是必要。散文诗终归是散文诗，它的体式已然成形，如坐标或框架，却可以是弹性的，并与阅读方式与审美判断这类可变量相辅相成。

以此类推，郑小琼的标签是诗人或编辑都不要紧，只要她写的是散文诗的文本，就可归纳为散文诗。这种跨身份、跨文体的变化也在促使散文诗推陈、劣汰、过滤。这似乎是一个由面到点的反向征程。但对散文诗旧八股的距离调整，并不完全依赖于散文诗媒介、研究及活动家的呐喊，而更与当代相对平等公开和互动的大传播环境有关，与散文诗的写作者、兴趣爱好者的自觉自悟和探索实践有关。也就是说，和小说之类略为不同，散文诗其实没有精英指导群众，而在群众里自生精英的可能性更大。

七

一个广义的新散文诗时代已然到来。这并非空穴来风，毕竟散文诗大众化及普及基础早已形成，精英和经典呈现可期。那么，作为前奏及过程里的一些观念现象是可以引起关注和思考的，譬如：

第一，就散文诗来说，以往关于其文体的单向诉求与媒介推送传达，正转变为由阅读评判来决定文本及文体成效，同时也将改变以往的常态——写作、评判有意无意地偏重专业类读者（散文诗创作队伍），而今阅读评判其实已进一步落实于大众层面的写作爱好者、阅读兴趣者，更进一步则是面向和召唤其他文体从业者、非专业读者、潜在读者。这并不是说散文诗就没有了门槛，而是指大众素质已今非昔比，而且"雅俗"在当下传播环境里已能互助互济。

第二，是否可以认为文本即文体？长期以来困扰不散的文体定义、体现和身份认同等问题其实可以不算，甚至早已不算是问题。当谈到、观察和写作散文诗时，它首先就是已约定俗成的"散文诗"而不是散文或诗。虽然，自我的偶尔的关于文体的纠结，对于自我认识完善是必要的，但那是另一回事。正如本文前面引举的各代写作者与相关文本，如果抛开诗歌、散文、散文诗来看它们，它们作为文学、文本仍然成立。因此，遵循散文诗文体规律（形式）和在此基础上的审美经验的变化更新（略相当于内容）不仅不矛盾，而且可以成为互动互辅的合力。

第三，就散文诗而言，内容比形式更重要。如果从内容题材方面已开始了跨界拓疆，内容变，形式也不会无动于衷。回想，从诗到词到曲，从白话运动的新诗、散文诗甚至是现代戏剧之产生，过程也相当于从内容的填充、更新开始的。当然我们可以理解为这内容其实也就是变化着的时间、时代。在基本文体构架或基本形制大致稳定的情况下，不妨多给散文诗加些料。融化理解与复合杂糅的过程，也正是考量和推动散文诗精英挺身实践的必需。这当属于兼容互鉴的非对抗性的磨合，不相容因素自会过滤汰出。

第四，比"跨文体"更进一层的是"融文体"，这本是散文诗与生俱来的优势。每个文体都不是绝对孤立的，都可以是你我互有和借鉴的关系；其中各种成分的显隐度大小不一，而散文诗生成本来就是应运而生的。"包容性"是散文诗与生俱来的特质，是生命力，也是不断的生长点，从跨文体到融文体，推进着"包容性"的深度和广度。

而说"新散文诗时代"，意为新的"散文诗时代"、"新散文诗"时代。20世纪前期是一种开始，当下也是。一种文体的出现，与时代环境变化及精神生活需要相辅相成，散文诗的面世本就是因时因势、创意创新的产物，百年之途中的突出或断裂都属正常，曾经不正常的是本土古典抒情传统、主流意识形态等作用力使它少有直面而多内向迂回，尴尬于雅俗之间、诗文之间，因此也一直具有文体的不稳定性和模糊性，现在看来未尝不是好事。因为在当下，查漏补缺也是出新。

说"新"，其实更该指重新。世界散文诗源头之波德莱尔、中国公认散文诗开端与顶峰的鲁迅这两位先行者的写作，其实早已提示出共通却常被忽视的散文诗先锋要素：现代意识，批判性、文体开创的可能，以及城市文化背景（串联着时政、历史与经济文化环境）。那么，是否该重新审视，百年来我们的散文诗到底身在何处、魂归何处？以及散文诗人或散文诗作家的精神立场究竟何在？

有容乃大！兼"融"更好。融是有基础的杂糅，是有倾向、有素质的选择。融文体其实也包括了融媒体、融写作与阅读，也包括让人在反思传统文体规范的长途里，有在不断塑造自我与打倒自我之间完善的可能。

就拓疆、普及与文本创新方面而言，在政治社会经济文化和传播环境与往不同、诗意与审美泛化的当下，作为一种常规的文化与精神载体，作为跨文体、自由体的极具"中国特色"的散文诗，更能把文体特性、精神生活、人性开掘、情感与观念的丰富多维呈现，融为一体。相较于其他文体，散文诗的生成如翻滚雪球，可能地聚合着，随时间空间的移变，它自会内在地紧密，或呈过滤式漏斗型，而始终存在的核心，便是精品、精英与经典呈现的基础。

实践仍将继续检验一代智慧的头脑。

时间仍将探照一代求真上进的灵魂。

（本文曾发表于《散文诗》2021 年第 1 期、第 3 期）

数字化传播环境里的少数民族诗歌管窥

新世纪以来，随着数字化环境的逐渐成熟，中国少数民族诗歌在宽敞的传播时空里自在而激情地涌现，诗歌的创作、交流、传播的内涵与形式也逐步嬗变。各民族诗歌的应时与茁壮成长，使传统文化、地方文化、民族文化与时尚文化、主流文化、流行文化的对立统一得到新一轮激活和融汇，创作的多样化发展和民族性追求不断进步。在这动态的进程中，积极因素与负面作用共存，多民族诗歌文化生态平添新的变化与构建可能。

一、数字化传播环境与少数民族诗歌多样性的递进

传播环境的显著变化是机遇，也是前所未有的挑战。从广义的层面看，各类新型传播工具对少数民族诗歌传统部分，如古歌、山歌、民歌、情歌及本民族语言文字创作的诗类作品等的跨时空普及，也包括了对其艺术化的再整合。如被喻为"天籁"的侗族大歌，已可用光电音像等定格、留存和延伸合成，

进入更宽泛的传播时空，同时又构成"新的"民族文化与文学信息，进入随时随地的生活、学习、社交时空。这种融汇文字、图像、视频、音频的大众性传播作为基础环节，助力于各民族文化传统和文化环境的再度挖掘与重新塑造，促进了各民族诗歌文化的发展。

数字化传播环境对于中国文学及诗歌的共性作用有目共睹，就少数民族诗歌进程（指主要使用汉语创作的少数民族诗人写作情况及其新诗作品）而言，跨地区的互动进一步改变了地理制约，各区域、各民族间诗歌文化的交流、互动、促进的可能性也日益加强。近 20 年来，在众多中青年少数民族诗人不断跻身文学与诗歌的传统纸媒的同时，大量诗歌网站、网刊、QQ、博客、微博阵营里，不乏少数民族诗人与诗歌的涌现；2011 年后迅速升温的"微信"及其延伸出的"自媒体""公众号"和其他新媒体多媒体平台里，亦涌现着少数民族诗人的身影。诸多诗书或相关"自主出版"更是图文并茂，且直接命名为民族文学主题，或以"民族诗人""少数民族诗歌"等类型写作为主。值得肯定的是，类似的局面除了体制力量，还包含着相当数量的少数民族诗人和有识者自发性、民间性的支持参与，如此，写与读的自主性相对得以实现，诗歌意识、自我意识得到彰显，各民族文化基因随着现时的诗意得到了大面积普及与提升。

传播对于文化、文艺、文学，尤其对于客观存在的多种局限里的少数民族文学与诗歌的发展作用是显而易见的。在苗族主要栖居的贵州，1949 年以来，多代贵州苗族诗人和作家如石定、吴恩泽、龙潜、完班代摆、韦文扬、潘俊龄、龙建刚、欧骁、罗漠、杨村等立足于"苗山"文化资源，围绕人文历史、自然景观、民族风俗，共同构成了可观的民族文学风景线。民间口传文化方式曾是苗族前辈创作者最主要的"源泉"。1954年，在浓郁的黔东南苗族文化环境里生长的苗族诗人、作家伍略依据儿时记忆的民间叙事诗，改写出反映苗族青年男女反抗封建压迫争得婚姻自由的民间故事《蔓萝花》。《蔓萝花》先后被改编成连环画、京剧、舞剧、舞台艺术片，在国内外产生影响，曾一度成为香烟、服装品牌。多层面的传播使《蔓萝花》成为苗族文学、民族文学及贵州文学的著名标志，深入人心。在新世纪，这一名称仍然不断翻新入驻新媒体、多媒体平台，或成为流行音乐演唱组合名、酒店名和工艺品造型名等，鲜活于旅游文化领域。"蔓萝花""五朵金花"与"刘三姐"等民族文化标志性现象的产生，让我们深思，如有适宜的传播路径，是否会有更多的"蔓萝花"开放？

在新时代环境里民族文学经典该将如何生成与有效传播？在传统媒体时代，早期贵州苗族写作者更多趋向于呈现"山寨火种""铁路修到苗家寨""山间铃响马帮来"等反映民族命运思考与社会主义建设等方面的题材及主题，乡土环境和民族文化记忆是基本精神资源且常是文本主线或中心思想。前辈的开拓，地域、民族的文化营养无疑有效地帮助和促进着后来者的审美方式、情感诉求、道德伦理辨识的多维实践，在新世纪以来的数字化传播环境里，我们已能看到，生于20世纪70年代以后的苗族诗人表达有了变化，从西楚、淳本、吴治由、子淇以及"90后"袁伟、杨雪等苗族诗人的创作来看，年轻一代的写作已非民族和地方文化的单纯线性呈现，而趋于诗歌本体建设和地域性、个人性的兼容表达。

这种与时俱进的变化，与数字化传播环境有很大程度的关联或互为因果，尤其是年轻一代诗者大多与互联网同步成长，他们对于多种思想文化信息的吸取与消化是自然而然的，或说就规律而言，他们更观照现时，触类旁通，其写作自然也积极应对时政环境、生存空间、生活方式、网络传播等诸种变化。仅从活跃于网络时空的中青年写作者看，新世纪以来，进入全国性诗歌视野的少数民族诗人就有如鄂温克族戴琳，藏族嘎代才让，羌族羌人六、白族冯娜、李达伟，蒙古族原散羊，土家族向迅，回族马文秀、李娜，土族陈慧遐及曾获"骏马奖"的彝族鲁娟、白族何永飞，等等。他们坚守地方性和民族性，又不乏现代意识的写作取得了阶段性成绩。

新媒体与传统媒体当然并非对立，而是相适相应的平行，显然的是，网络几乎成为各民族年轻一代的诗歌阅读、练习和发表交流的集散地，从各类文学媒体特别是数字化媒体，从各类诗歌奖、诗歌选本，以及如《贵州90后诗选》之类的专题选本，亦能看到年轻的他们更为自在、主动。他们的文本仿佛是将碎片般的时光印象剪裁组合成艺术化的语言蜡染，且能以文字作囊，多维地糅合如影像、新媒体、地方传统及民族文化等各种"语言"。也就是说，时代变迁，身心位移，观念复杂变化，却并非断裂或脱节，数字化传播环境之益处也正在于此：它的运行并非为了拒绝"传统"，而是在其基础之上的认知与观念更新，它也并非为了扩大各类文化差异，而是在其基础之上重新理解。

数字化传播环境对于少数民族诗歌的积极作用一方面是促进诗意普及，使"诗歌情感""诗歌意识"得以激发生成，有益于诗人队伍的生发及建设完善，同时也促使我们对"民族文学"命题持续思考；当一茬茬起点高、善感多思、风格别样的少数民族诗歌写作者层出在文学版图，是对既有"民族文学"

概念或印象的充实和更新，也带一种提醒：诸如"少数民族诗歌"表达与"少数民族文化"承载在形式及审美等方面的和谐与矛盾怎么整合处理？或如"他者的"阅读习惯和约定俗成的评判机制该如何应变？

"数字化环境"对于少数民族诗歌的生成与发展是变革性的，数字化环境相对解决或改善了往昔少数民族文化文学信息的地理区隔状态，对文学阅读与评判的相对闭塞和单调局面也有明显打破，这意味着创作既能便捷进入共享的传播视域，同时诗人、文本、观念等一旦现身，便都归入到一个更广泛的识别、评判与比较空间。而有比较，就会有自省和进步，就会在翻新中带来新希望和生机；数字化环境使生命、生存、生活的质量、目标、问题与往有别，又复杂丰富，各民族文化、地方文化改良性建设的内在要求也须应时而变，即对少数民族诗歌文化及诗人而言，"数字化"事实上也建构了一个新的"精神环境"，这无疑有助于少数民族诗歌的提档上台阶，有助于对汉语诗歌、外国优秀诗歌文化的科学参照和辩证吸收。

二、数字化传播环境与少数民族诗歌民族性的嬗变

表面看，数字化传播环境会带来少数民族诗歌关于民族性淡化、"身份认同"规避及对乡土性的背离与疏远等变化，其实，变化是自然的，也更多是表面和阶段性的。"民族性"是人类共同体的一个文化基因，其传承与坚守本身就与变化互补，本身就有诸多表现形式，就诗歌而言，更应将之视为一种内在的精神密码。传统之所以成为传统，通常需要鲜活流动，凡是先进的、可以拿来的都可吸收，同时发扬自我的优点，坚持和

更新本土文化的特色与优良传统，二者可以相宜并进。从数字化环境传播里少数民族诗歌"民族性"的多向度多方式呈现，可见扬弃、兼容与跨越，值得唱赞。

进一步说，虽然数字化环境一方面在抹平诸多往昔的民族文化与文学的"差异性"，但又可能在打破凝固与孤岛化的同时，造就和更新着"民族性"。如今，种种外部环境变化、物质条件更新对于所有的诗人、所有的写作都是共享的，对于少数民族文学与诗歌及"民族性"内涵，数字化环境及其作用力则更具推陈出新意味。2000年以来，5届鲁迅文学奖里共有2位少数民族诗人获诗歌奖，来自10余个民族的20余位诗人获全国少数民族文学创作奖——骏马奖。奖项当然只是一种参照，但从中可以略见少数民族诗歌之群体的联袂呈现与个体的脱颖而出景象，亦可观老中青多代写作者的并进，以及如德昂族、佤族、瑶族、裕固族等以民间口头文学为主或人口较少民族的文学进步。而在大面上的网络传播时空，我们亦能欣慰地看到，各民族诗歌创作个体在历史与现时的融洽中，在对民族文化的多彩枝叶和民族精神别开生面的新一轮整合中，致力于艺术表达和审美观念的更新，"民族性"在错综复杂又错落有致的多声部共鸣里递进式呈现，这种从容、多样化的可喜势头已然清晰。

正如汉语诗歌文化传统的根深蒂固，各民族文化依然存在特定和相对稳定的时空，民族根性恰如青山绿水般悠久，这其实是一种以往易被忽略的优势。如果说中国古典传统和西方现代传统是约定俗成的现当代新诗的两大营养，那么于诸多少数民族诗人，以及栖居于少数民族地区的诗人而言，还拥有包括本民族文化积淀、地方文化资源在内的少数民族传统，这一传统当然是层积的、积极的、整合的结果，并非一成不变的，而数字化环境里我们已能看到，少数民族诗歌特别是年轻一代的写作，其实正变道而行，他们不在意于"民族性"的表层复述，以及对外在风情风俗风物、对主流意识形态的简单迎合唱和。或说，少数民族诗歌关于"民族性"的表达在过了初级阶段后，如今已有所转化或深化，渐呈"复合"状态。

数字化传播环境促进和加速了各民族诗歌的"复合"转化。这种转化首先发生在"内部"。在大杂居、小聚居、交错居住的现实栖居环境里，各民族的生活方式、风俗习惯虽然有异，但在大同的生存生活环境以及历史背景中，相对而言亦可谓"地理共同体"之中相互联系的"文化共同体"。众所周知，中国"江南"形象的形成离不开千百年来文化文艺的诗意创造，得益于历代文人诗者积极的精神创意与自觉爱抚，而当一个外地写作者进入其中，无论暂住或久居，他仍可能有兴趣于"江南"的文化感、自然美、诗意并践行之。特定的历史背景、地理环境和文化氛围，会让相对大同的文学环境里的写作形成"你中有我、我中有你"的精神关系。以此类推，当提及海南、青海，想到四川，也就相当于一个个融自然山水历史人文于一体的"文化区间"，它其实也是乡情、亲情、人情、爱情等常规而又永恒的主题的胎盘。

"民族性"的基础是文化认同，无论从广义或狭义来看，数字化传播环境其实并不会使其消除。而今数字化环境促进了多种文化交流融汇，传播之兴盛，地理距离和交通的变更，少数民族诗人特别是年轻一代的写作对于往昔的"差异"的辨识已不局限于时尚响应、乡土赞颂、身份认定、族群认同等既有类型，更多在于有益的与先进的多样文化的兼容和融解，而这并非等于民族文化心理及其异质性的不存。

也就是说，文学及诗歌的民族性呈现及想象，对于作者、文本，对于传播、读者，其实都并非单一的，始终是独有与共享关系间的动态存在。少数民族传统并非只限定或落实于少数民族诗人本身，"民族性"可存在于各群体、个体，也可呈现于面积不一的地理板块，以及非少数民族的写作表达里，如沈苇、于坚、海男等就有对于沙海新疆、七彩云南等区域各民族文化的艺术描绘与诗意刻画；再如，作为"山坳上的中国"的贵州，有世居少数民族 17 个，可谓多民族山地文化共生区，共同的史地背景、共有的精神与现时家园、共享的区域文化资源使贵州作家、诗人无论是不是少数民族，或多或少地在全国文化及文学语境中均带有边缘"身份"或"少数民族"意识，也让他们的诗与思不同程度地映现出"地理共同体"基础上的"贵州意味"，如乡土抒情、民族文化意味、山地情结等。

数字化传播环境里各民族诗歌的"复合"转化的另一种发生，则是"内部"基础上的"内外部结合"。譬如，在全国化、数字化及城市化的当下，乡情乡愁等普遍性常规情感变得更复杂多维，各民族诗人个体对于自然地理、对于民族文化都自有理解，也或多或少地会有回归本能和重建区域文化时空的激情，他们会反复调整本地文化与主文化、边缘与中心的距离，实践与实现文学理想。新一轮的自我寻找、家园确认、文化寻根意识在持续分泌中实现新颖创意，"记得住乡愁"之艺术表达因而得以在多元共生的新文化环境里另辟蹊径。

事实上，数字化传播环境里，各民族诗歌"民族性"其实又进入了更大层面的"复合"，即以文学性为外在表征的，融地方性、民族性、个人性建构为一体的交融。广西壮族自治区是一个多民族文化并流并存的熔炉，世纪之交以来，林白、安乔子、余洁玉、许雪萍、黄芳、蓝敏妮、陆辉艳、铂斯、琬琦、羽微微、吕小春秋、蒋彩云等各民族女性诗人构成了一道道秀丽诗意的景观，据我们的观察，她们的写作常以"个人性"呈现为主轴，并不特别指向"地方性"或"民族性"表征，却又较好地将时代文化、民族文化、地理文化资源进行对接渗透。广西各民族女性诗人的诗歌明显有着文化休闲及创造体验倾向，也不乏对当下女性获得感、焦虑感、孤独感及各类复杂情感的主动处理，其抒情始终能保持理性且又真正发自内心，诗人的生命意识、时间意识、自我意识存在的艺术化表现可圈可点。对现时和现实的着力与尊重，既体现了诗人们的内在拓疆和创新意识，也促进了诗歌主体意识的自由呈现。从她们的写作可见，在"个人性"得以保障的实践基础之上，诗歌自然便会与"地方性""民族性"建立良好关系。

"民族性"之艺术表达在后来有了适度调整，这是时代环境变化的正常反应，是诗歌文体本身进步的必需，也有传播环境的客观原因。诗歌文体的特殊性使之对区域及其历史文化的吸收与转化是有限和有难度的，它不易像小说、散文、影视文艺、美术、音乐等那样显态宽阔和具象可感，如果非要沿袭性地与区域内民族、民俗、民间文化发生具体对接，若表达欠妥则易使诗歌功能受到扭曲，艺术表现力受阻。

一方山水养一方人，重在养心！传统文化或民族性存在均离不开特定地域，需要相对的地理区间为依托，一个地理单元又会因此而更丰富多彩和生机勃勃。广西各民族女性诗人的诗歌在此具有参考意义，诗歌文化与史地环境、民族文化资源的接榫磨合，诗歌的民族性表达程度与向度，应客观视之而不能以成规判断。当然，数字化环境条件下，地理与文化的区隔限制被相对打破且有同质合并之势，亦会在物质与技术条件的改造下（譬如在工商旅游的实用需要中）产生质变，而数字化传播有时只能保持其事不关己的"中性"特征和"多元、开放、共享"的原则。因此，民族性、诗性、理性坚守和更新激活，是一个需要持续解决好的关键性问题。

三、数字化传播环境与少数民族诗歌的个人性凸显

当数字化传播环境成为常态化存在后，我们似乎也可说"传播"仅仅是一种工具？人的主观能动性始终才是重中之重？即便如今已出现了能够写诗的机器人。如果说数字化传播及相关阅读、交流、互动等便利条件是来自外部的优势，如果说地理文化、传统文化心理积淀与民族文化资源的综合赋予，是一种来自内部的先天的优势，那么在更深层次上将之融通，则是每个诗歌写作个体不容回避的重要环节。

无论传播如何变化，少数民族诗歌的"个人性"凸显都是必需的。数字化传播环境里，亦该有更新的"蔓萝花""金花"迎风招展。改革开放以来，人们的生命流动、生活变动同比明显，越来越多的年轻的少数民族诗者通常都受过高等教育，易地异地求学、生活、工作、创业，他们的身心与前人的耽于原地、祖辈的圈子化人生有所不同，他们对于民族文化传统的体悟与对现时文化环境的解读，自然有所移变，也更具现时性与现代感。换言之，与数字化传播环境共同成长的年轻一代少数民族知识者对地域文化、民族文化、传统文化的接收、认识、整合与融汇，仍有着与生俱在的优势与独特性，在对外部世界

的多维审视途中，他们亦拥有对本土经验再辨识与重塑的自觉，这使他们的创作在"地方性"和"民族性"的基础上为"个人性"的生成提供了可能。

在时政、经济、传播环境等共享的前提条件下，写作者个体的综合能力的提升和成绩的显著，其意义不仅只针对他本身，因为一个群体、一个地区乃至一个国家的文学与诗歌面貌，终归要立足于个体的努力实践与创新成效上来。其实，当我们谈及民族文学及诗歌的发展，也是指在共性条件、共享资源之下，能够在融入现代文化的同时也保持着独特的民族文化内质的，并在诗歌中维护着民族文化纯洁与尊严的特色写作个体的发展。正如"一代有一代之文学"，他们的"个人性"实践，本身就具备了特别价值和参照意义，对"民族文学"印象及概念更是一种积极的丰富和充实。

提倡"个人性"这似乎是一个老话题，却也常说常新。比如，是否一位少数民族诗人的写作必须且只能写少数民族主题、题材，或必须只能围绕本身所属民族文化以及所在地理区域内的种种物事，其作品才具有民族性或有效性呢？应该不是。诗歌及文学的首要任务是认识自己，发现自我，从"我"开始，个体的完善才能使其成为群体的代表并施以良好影响，也是"民族性"与"地方性"得以更艺术性实现的前提。

一位诗人的成长记忆、民族身份、乡土痕迹、文化情结等类似胎记，无论是汉族还是少数民族的诗歌表达，最后仍要从面到点，其基点最终都体现和等于作者本人对观念、信息的处理，对本土、对文学、对诗歌文化生态的高度认识与融会贯通，以及"想象的共同体"基础上"差异性"的有效体现。"差异性"拒绝同质但不必刻意。在诸多共识性前提、共享性环境条件之外，在中国写作者作为一个"想象的共同体"的大同氛围中，少数民族写作者的"优势"首先是胎记般的"差异性"，它当然也同时是有深度和高度的"兼容性"，需要写作者的执着努力。

就近几届"鲁奖""骏马奖"之诗歌奖作品及有成绩的少数民族诗人如王雪莹、冉冉、艾傈木诺、扎西才让等的写作来看，他们可以在当代物质环境与传统文化、民族文化环境中自如游走，亦能从容地将少数民族文化、汉文化和国外优秀文化传统融汇杂糅为创新型营养。同时我们还看到，优秀的少数民族诗人个体，通常也是问题的主动解决者，通常都会"跨栏"式创新，并会对某些来自"他者"的固态的模式化的阅读期待、对"少数民族诗歌"的模式印象有所改变甚至是颠覆，譬如曾获"鲁奖""骏马奖"的娜夜、大解等，他们关于区域与民族文化的兼容、跨界、融解和诗艺探索，实质上超越了"少数民族诗歌"范畴。

"兼容性"充实差异或求同存异。优秀的写作个体通常具有与众不同的视野与胸怀，这意味着他们自我改造和自觉革新的能力。他们知道苗族古歌、汉语古诗、外国诗歌都是文化与精神资源，又并非完全等同于当代诗歌，他们明白"昨日重现"更是为了充实今日与寄望明天。其实，归途即前路，对地方与民族文化馈赠的回望与持续审视，也是深度的自我思索和追认，这种融个人、地方、民族、时代为一体的链接与辩证，在不少前辈诗人如吉狄马加、鲁若迪基以及作家张承志、阿来、叶梅、叶广芩、鲍尔吉·原野等的写作里亦不乏精彩呈现。

对"个人性"的倡扬，其实也是包括少数民族诗歌的当代中国诗歌在更高层次上的要求。今日时空，信息环境多维，文化多元多样，观念与审美多向，物质与精神生活方式及情感表达多姿多彩，少数民族创作队伍及其个体同样面临着各方面的创新、超越，存在着不断的局限与挑战，也存在着新老交替、青出于蓝、推陈出新的规律。今日时空，各民族诗人拥有与往不同的条件，面临的问题、困难也相应更多，如何妥善整合多元多样文化，揭示历史与当下生命、生存、生活和存在的艺术真相，捕捉其本质、变化与复杂性，更好地促进民族文化、地方文化的更新构建，仍是一个长期性任务——而这其实也正是"我是谁，从哪来，到哪去"的终极探问与不断践行。

四、小　结

　　数字化传播环境使诗歌文化机制和相关生产、流通程序、认知接受以及评判被深刻触动，几乎所有诗作者、读者、评者都先后涉网入局。表面看，当代各民族诗歌的生发流变，是科技、工具或物质条件方面的动态发生，实质上又关乎和归结于个人、民族、地理、文化等多种变量。在当下及今后一个相当的时期里，全球化、全国化背景下各类广义的物质与精神文化"信息"的冲击仍将持续和直接发生，亦将持续反映于少数民族诗歌的观念变化，丰富其认识与想象世界的方式，后者的自我调整也将会更迫切而主动。

　　数字化传播环境对于诗歌实则是一个多种文化的互联相适过程，也是一个速度与难度并行、优势与不足同步的"竞争"过程。较之往昔，数字化传播环境推进了各民族诗人与诗歌的加快发展，富于现代特征的新经验、新表达层出不穷，它可观的下一步将是去粗存精，出现"多出品"到"出精品"的转变。

传播并不能完全决定诗人与诗歌的生命力。无论传播如何变化，在坚持并更新民族性、地方性精神的同时，写作个体的完善始终是关键。在不断与传统对话、与历史对应、与现时对接的同时，相信更多的少数民族诗人会在民族文化、异质文化、新文化、主文化、时尚流行文化等的辨识、理解和创新实践中更上一层楼。

让我们继续期待。

（本文系 2018 年 12 月中国作家协会主办的"中国少数民族文学论坛"参会论文。曾发表于《文艺报》2019 年 4 月 3 日和《民族文汇》2020 年第 1 期。本次出版有所修订）

网络环境里的诗歌意识呈现

一

很大程度上，真善美与诗歌及诗意在约定俗成意义上是等同的，网络环境加快了它们的阶段性融合。世纪之交以来，各种数字化传播技术及工具的合力使诗歌创作、传播交流及评判接受不断被传播改造，诗歌文化种种基因性特征也在潜移默化中产生渐变，大众接受层面的"诗歌意识"也得到更新激发、普及和提升，其主要表现为：诗歌不仅活跃于精神文化界面，同时也更多地与物质环境和日常俗世交接，并以多样形式和内涵更广泛地介入人们生活。它在激活诗歌界内部之际也不断成为传播范畴的社会文化信息存在。如果说诗歌文化普及体现为由相对专业的诗人、媒介向大众的单方面线性推进，诗歌意识则呈现出由平等、自发和互动等组成的合唱局面。

时代环境当然是最大的外因。进步且共享的物质环境里，更多的身心渐醒渐明：生命质量与生活价值，并不完全依赖和体现于现阶段物质的拥有状态，精神生活的更新和情操陶冶的需要自然而然，这自会促进素质不断提高的人们对文雅爱好与教养生活、人生品位与文娱趣味的诗意诉求。当诗文化传统、现时环境、网络传播环境在物质变化基础上的"诗意"交叠里扩展成为审美趋势，"诗歌意识"自然涌现和更新，从个体到群体，从社会生活各个层面，不断向其他艺术门类如音乐、体育、美术、摄影及影视、旅游文化等领域延伸或共融。

"诗歌意识"的生成与行进，具体从诗歌的内部看，主要体现于写作者及诗作数量剧增。从理解层面说，网络传播环境里每日每时的读、写、评等诗类信息，都是个体情感结晶，是人们对于现实生存的主动反映和主观反映，是一个个生命与精神关于发生、体会和经验的自然反应。是的，诗歌意识的涌现自然促进诗歌写作队伍的自然扩容，"写诗的比读诗的多"其实应是正常状态，可理解为褒义。

就个体精神的自我意识与生命伦理而言，当代诗歌的网民化或平民化趋势作为一种相对的新现象，亦可谓当下"诗歌意识"呈现途中的可观结果。当越来越多的人成为"诗人"，至少包容、丰富了社会生活、现实发生、世俗图景、个体精神秩序自我建设与完善等方面的多维多样，诗歌文化场域因此百花齐放。在网络大环境里，当文化与文学角度的诗意在传播普及中缓缓发育，其拓疆也就逐步靠近并与个体的生命、生活相互拥抱，也更能与音乐、美术、影视及摄影、旅行、饮食、游戏等携手并进，或说"日常生活审美化"与"生活日常审美化"相互影响和渗透。

从诗界本身看，"诗歌意识"的逐渐普及与增强，实质是先体现于"自我意识"的成熟和增强，同时也意味着诗歌写作队伍与阅读队伍的成熟或变化。网络传播环境促成的诗意普及与雅俗共存共享、参与实践，实际上至少改变了以往对中外传统诗歌文化资源的盲从撷取和单纯借鉴。在二十余载网络时空的喜忧起伏中，无论是诗体的多样践行表现，或是多种写作观念或流派意识的舒张，"诗歌"都在浩浩荡荡的传播链条上连续不断地输送，这也形成了与往不同的乐在诗中、寓诗于乐、诗情洋溢的群众性参与局面。群众多发、自发地普及诗歌意识促使其变化，写与读的自主性相对得以实现，自我意识得到彰显，网络环境里的诗歌已不单是往昔的小众式边缘化的精神化妆品，而更是一种自主又可共享的精神生活用品，一种因果合一的文化信息交流载体。

二

"诗歌意识"在新时期的新一轮生发有其合理性，也有其多面性。在巨大而坚强的"物化"（包括了数字化及新媒体传播）环境里，"诗歌意识"或说关于诗歌的爱好习惯，先是从修身养性、心理平衡、陶冶情操等出发的，它类似积极的文化休闲和精神创造体验，无论苦难深重或岁月静好，都包含着当事人对当代时空里种种焦虑感、孤独感及各类复杂情感的自觉与自证，于个体、于群体都仿佛尘世雾霾里涤浴心灵的清新之风、明媚之光。更进一步，当越来越多的人意识到诗歌的存在和重要，关注和参与其中也就形成了诗作者多、诗作品多、诗媒介多、诗事多等诸多事实，诗意盎然的氛围得以扩展，诗歌文化的社会影响力、覆盖面及作用力也因此相对增强。

拨开网络环境里的诗歌的貌似多样多元的枝叶，不难看到审美与价值体现多以享受纹理为主，重在实用，娱乐至上，与随时应景的享受化（情感）消费叙事蔚然成风；屡见于新闻或日常经历的粗糙复述加感慨埋怨的通俗文本，也不乏看到通篇"喜怒哀乐悲伤"字眼的小而空句段，其中亦不乏从通俗降为庸俗、低俗和恶俗的恣意之作。有意见说世纪之交以后的诗歌状态可谓一场众声喧哗且无序的新民歌运动，或许苛刻了，但秩序紊乱却是难免的。

"诗歌意识"的有无只是初级阶段，它有时仅完成了"自我意识"（包括自在感实现、自恋度强化和自由向往等）环节。由此有必要警惕的另一种倾向则是，茁壮的数字化新媒体传播亦可能或曾将诗有意或无意地引向"非诗"方向。

"非诗"当然也是创作者的"诗歌意识"，但在现阶段传播环境中，由于作者、读者的种种局限，容易产生"非诗化"及"低浅平粗鄙"等现象，诗作数量与质量不平等，高级层次诗歌精神与大众文化基本的精神需要之间存在断裂，长此必然成疾。

由"非诗"现象延伸出的常见后果是"诗歌文体意识"的混淆模糊，比如写作者自以为是诗，胸怀诗情但不能合适地解决语言表达方面的障碍，实践成果暂不尽如人意；也有部分写作者会随意扰乱诗歌文体等——具体如截录新闻消息式话语、摄影图像、描绘介绍、使用幽默讥讽式杂文段子、简单图解堆积时政要闻、捎着"旋律"大旗却几无诗意与艺术性、过度散文化、对古诗词有失分寸的文白夹杂仿古复制涂抹，以及简单挪用影视语言片段等。如此，诗歌文体的特性、独立性、创造性难免被淡化，如果所谓诗歌写作已能轻易地用其他文体形式表达，那还谈何"诗歌"呢？

当诗歌的泛化、庸常、过度俗化、工艺化不断抹淡作为艺术的诗歌与现实生活的边界之时，有必要加强包括文体辩证在内的"诗歌意识"。事实上，在后来，诗歌作为一种精神文化杠杆，并非只有"美好"与"诗意"的简单判断功能，而是理性的有志者之情感态度、精神自由度与现实世界的深度介入和平衡所需，更包括诸如"我是谁"等命题的深入认知，也包括对诗歌本体意义上的反复探辩。

但至少在现阶段，网络传播环境只能助长"诗歌意识"在广度上普及生成的可能，大众文化及诗意的更新提升需要时间，诗歌的进步也需要不断的觉悟，它其实也相当于或本身就是一种觉悟。谁也不能特别要求热心的、立足于文化娱乐层面的诗歌大众都得有相当的诗歌技术训练或必须拥有专业诗人的"职业水准"。可以期待的是，正如诗意与诗歌的普及结果是动态转换的，"诗歌意识"的生发亦然，对诗歌种种的关注、对写作与阅读的行进，先是"自我"的体验、发现、理解，有此过渡，便有从"自我"至之外的进展可能。

三

"诗歌意识"的普及生长，与网络化传播条件和自由写作实践互为因果，也使诗歌的传统意义上的功能产生移变，比如诗歌不再完全是雅文化的象征，不再集中于意识形态功能体现，娱乐性、功利性和实用性等明显增强，关于诗人的去精英化与诗歌网红的自生速成、诗作的去经典化与种种评奖和典型打造等"对立"现象并非鲜见。而以网络为托盘并以此快递而出的多样诗歌文本或雅或俗，或曰女性诗、底层写作、打工诗、平民写作、草根诗、工人诗歌、地方主义诗歌等，以及

"民刊""跨界""自主出版""代际"等诸多表面看剪不断理还乱的概念此伏彼起，均可见相关的观念和审美方面的分歧与争鸣，亦可观百花绽放及同源异流的能动意义。

能动就表明有变化的可能，问题也会逐步改善。当时代、社会与人们更多地意识到诗歌与诗意的必需，终归是好现象，即使当下"人人都是自媒体"，对于多数诗写者和满怀诗意期待的读者，普遍价值与审美原则仍是稳固的，诗歌的大众爱好者与职业写作者之间其实并非对立。虽然庞杂的网络传播环境会带来诗歌的同质复制、仿袭、平庸甚至是喧哗炒作及前述"非诗""低浅平粗鄙"等现象，但也不必过于担忧诗歌与诗人会被生硬无情的科技玩坏，网络传播环境其实本身也自带"过滤"和"规范"功能。

因为，"诗歌意识"的生成和拓疆本身也意味着历史意识及伦理道德的新一轮认知。在网络宽敞的传播交流环境中，镶嵌着各种"标签"的诗歌写作及展示各行其道，各类诗歌动态大张旗鼓，貌似无序，而其实文化文学本身也就是伦理道德载体。诗歌当然不是脱离语言艺术的简拙的言志说教，伦理道德模式也非静止孤立的教条，人们在主动或被动地进行写作、阅读或参与相关活动时，感觉、体会、联想，以及写作冲动和审美判断都会自然更新，这过程本身也包含着精神上的自我辨识与校正。

也因为，一个与诗相关的人，一个爱诗者既然开始阅读、感受或进入写作实践，也表明其精神条件的成熟或具备基本的价值尺度、道德原则及审美取向等。"诗歌意识"在表层方面与诗歌潮流合拍、与大众相拥的同时，它对精神文化的参照和隐形导引功能其实也始终开启，始终在等待可能的身心的认同、归属和合力。一个人一旦有了"诗歌意识"并用心于实践，其实就相当于他从"情感＋思想"之道去开始新一轮的自识自悟，他会逐步对"自我"之外的人们、社会、历史、环境进行观察、思考和判断。

事实上，与时代环境相适、与网络传播环境共进的"诗歌意识"的相对增强，是精神生活与物质生活方式"联姻"后的一种更新选择，它相对有效地抹除或淡化了既边缘又顽固的诗歌作为一个古怪文体的孤立感，也进一步加强了相关人群在现时空里的自我感、存在感。而除了希望其与众同在同步同乐，时光或许更希望更多有相当素质的作者与读者能及时从声势浩大、歌舞升平的广场自觉抽身——"诗歌意识"实际上相当于一种建立在语言底座上的"情感＋思想"的自证自识，它不仅是对真善美的辩证与探索，不仅是简单爱好，而是与更高层次的知性、理性和信仰有关。它终归是大同环境里的小异存在，不仅是"我们中的我"，还是"我的另一个我"。

在路上，越来越多的诗者会逐步明白，"我（人）"先要属于自我，先进行自我认识，"诗（人文）"才可能成为诗（文本）。在当下，我们已看到无数充分体现和反映当代人"身心"的诗作之丰富多彩，诸多充满浓烈自由情感与热情的现时想象的文本关涉日常生活、身体、梦想，诸多充满自我意识与创新意识的文本有效地反映和记录了时代与时间的真实存在。而在喜闻乐见的时代、诗情画意的时间之后，时间更希望越发多的写作与阅读都能具有优质意识、创新意识，或更在意"诗歌意识"能有深层的自我拓疆，即"诗歌主体意识的自由呈现"与"生命意识自由呈现"的有机融解，在积极反省反思和认真求真的创作实践中推陈出新。这也是高级的"诗歌意识"表现之一。

如果说，在谈及"条条大道通罗马"主要是强调方法及路径选择方面，那么方向、过程及目的何在？罗马一成不变？在此的突然感慨，是想在最后说：所谓诗歌意识，其实可能仅是一种不存在的假设（对于一些人而言），其实也可能仅是一种觉悟（对于一些人而言），一种信仰（对于一些人而言）。

（本文曾发表于《星星》2020 年第 2 期）

网络时代的诗歌制度或潜规则

一、诗歌制度保障着诗歌建设

在一个日益制度化的时代环境里，网络也是一种制度。在新诗行进百年之后，在世纪之交以来的网络传播交流时空，无论诗歌或与诗相关的物事如何轰轰烈烈地传播，诗意普及，诗作和诗作者增多，诗人如何表达其自由存在，"诗歌"本身都是一种前提，都应是核心的检验标准，它包括文学性的有无、思想性的深浅和艺术性的有效与否。围绕这些前提条件，诗歌关于伦理道德、价值、审美诸要素的批评与辩护，或说来自诗歌内部的种种分化、分歧、分别则体现出对诗歌文体认识与写作可能性的多元辨识与实践。这过程本身也是一种围绕诗歌的制度及潜规则的反复建设与塑造。

"诗可以群，诗以类聚，人以群分"，诗歌与诗人其实本身就是圈子化存在，原来诗歌社会也是一种制度化社会，诗歌本身就是一种精神制度，这些本是共识，有意思的是，它往往是诗人个体不断地自我折腾和心理调整之后的结果，网络传播环境的好处也正在于此，它不轻易提供答案。往往，我们绕了个大圈子才发现，时间让我们证明的也多是常识。但人心却因折腾而充实、成熟了！

一般而言，诗歌制度可指诗人与诗歌相对的共同墨守的行业规约，抑或是一种圈子化的精神习俗、标准，或不成文的潜规则。它包括写作的传播、交流和评判，以及相关的活动、人际关系等，因此它又是动态的、分层的，网络传播环境则使其相对地彰显出来。

网络传播环境改变了往昔传播单调、单向的特征，以及读者被动、机械接受的情况，当然也带来了辨识过程的紊乱或延迟。而这似乎是正常现象，正如人人都在规矩里时，规矩便会貌似不存在。俗话说，不以规矩不成方圆，网络传播环境里的诗歌规矩，通常是趋向于圆的却又总是在趋向的过程中循环。

形式是诗歌制度首要的外观。或说形式是"诗歌之所以为诗歌"的最明显表征之一。据载，已故北大教授季羡林曾说新诗至今没有找到它的表现形式，四川老诗人流沙河在接受采访时亦曾表示，新诗是一场失败的实验，"我的诗也写得不好，很多都是搞宣传的"，他20世纪90年代便停笔，后"兴趣转到先秦文化、古文字和古诗研究上了"。他们两位的话语一度在网络引发争议。

类似争议在网络传播环境里比比皆是。可以理解上述两位前辈诗者对诗歌外观的"形式"或"形制"的心理认同或依赖，他们更习惯于另一种制度或秩序，或说古诗词的格式及韵律。其实传播环境的变化正好告诉更多人兼容与相互理解的必要。古体与自由体都有存在的理由，如井水与河水。

以一种制度去衡量另一种，这亦表明，各类型的诗歌的明文或暗里的规约一旦形成，便有稳定性和长期性，并且它们会相互参照和相互作用，这本身也是诗歌前行的保障之一。

二、诗歌制度总是对立统一的动态呈现

如果无固定的形式，我们怎么判断它是诗歌呢？类似的问题是长期存在的。新诗无形式规定本是其特殊的生命力所在，网络传播环境在大面积、全方位地对当代诗歌进行推送的同时，却也给我们带来必要的提示和警醒。或说，新诗的无形也是有形，形是外在的，它包容并作用于可能的内在，而内在的一些必需的制度或相关规定性的基本要求，则又作用于形式，防止它仅仅成为一种空洞的外在形式。二者时常是协调的一个整体，如灵魂与肉体之和谐令人之存在真实可观。这，正是当代诗歌不仅成活且时常鲜活的原因。

这里的"内在"，也是诗歌写作的标准，有时它更多是约定俗成的。它把像诗一样的诗，或实则非诗的"诗"，或基本具备诗的要素但因各种欠缺而平泛无新少奇的诗，分辨出来；它把"搞宣传的"或打着"接地气"幌子而几无文学味、艺术性的诗，以及"先锋""民间""前卫""隐态"等若干阶段性或噱头性概念区别出来。如此可见，体现于诗歌内部的诗歌制度更似严格的时光戒律。

而网络传播环境实质上起到了一种监督的作用、审查的功能，诗歌文本进入传播过程开始交流，也就意味着阅读、评判和批评的启动。人人都有一杆秤，有良好写作与阅读素质的人越来越多，自觉自律的作者也渐多，如此，诗歌就至少保持了局部的、自发的、有为的清洁性和先进性。如此看，诗歌圈子

的产生其实是应该的，圈子其实就是一个个细则呈现的载体。

诗歌形式与内容言者已多，其运行及成效之若干细则更多。在此若以"制度"观之，在形式与内容相对和谐统一之后，诗之所以为诗，规矩也还有许多，主要是指诗歌所专有的特色要点：语言运用（文学艺术性）、情感表达（人性）、观念诉求（思想性）。这些要点基本可决定一个诗歌平面的成型、风味和审美价值，以及是否为美学意义产物。

"点"的落实本身就是一种制度的起始。正如万物是一定规则的产物，在诗歌上，诗人及其写作本身也须秉持一定原则。而问题总是在于，这些规则与原则，或说"制度"，在实际运用中并非成文戒条，甚至有时仅是一种想当然、以为然，一种感觉，一种想象，它们落实于诗人那儿并体现诗人的自我要求与诉求。

也就是说，诗歌及其写作首先是受文学创作准则、诗歌写作基本规则约束，最终体现于诗人自我内在的控制上。其实，知识、经验、情感、语言、观念等始终也是个人性的，它们相当于个人的传统，并非硬性的规定，但当诗歌与诗人进入传播界面，它们就是集体的、时代的，就需要接受或明或暗的检验。值得肯定的是，貌似无序的网络传播环境在降低、放松和宽容这一检验尺度的同时，实则也促使自身形成可辨识的评价标准。

如此看，作为传播方式和工具的网络无须担心，貌似无序的网络诗歌也遵循着一定的规则：因为它的后缀"诗歌"本身已表明了它是一定规矩的产物。

诗歌媒介则可谓一种相对特殊的"规矩"。这样的变化最初显然是革命性的：网络传播方式使特定书刊不再是诗歌阅读的唯一平台和权威象征。数字化新媒体激荡了原有诗歌生态、诗歌文化相对稳定的产供销链条和评定体系，同时，诗人写作动机、动态及其在社会里的身份、位置都发生了变化，新媒体冲击或让原有诗歌文化秩序有了相对变动，甚至"失衡"。

这种变动或松动其实自社会转型以来就已发生，其表征有如民办诗歌报刊的盛行、诗歌活动的频繁举办以及诗歌自主出版、自主性评奖等。网络传播环境的生成发展迅疾地起到催化作用，譬如，博客、微博及微信类自媒体逐日刷新，给诗人和关注者即时的在场感，电脑、手机打开后仿佛就身在现场，只要愿意均可动态地加入某一阶段或某一圈层，充分体现出"诗可以群"的功能，继而使诗歌写作获得认同之感。

然而，看似欠缺限制的诗歌传播大环境其实又是宽进严出、外松内紧的，无论如何营销，如何自娱自乐，如何回避难度和标准，始终有着多种多样的诗歌制度围绕着诗歌本身，起着"诗歌之所以为诗歌"的筛选、平衡作用。

三、诗媒是诗歌制度主要表现之一

确实，媒介是一种制度，网络亦是如今相对较为常规的一种。广义地说，凡是能保障和促进诗歌思想性、文学性、艺术性的明规暗律都是值得肯定的制度。如今媒介当然不止往昔的纸质报刊和音响电台，虽然网络支付方式也拓宽了诗歌书刊等传统媒介订购的方式，但这不足以改变网络给诗歌传统媒介带来的颠覆性冲击。

只是，人人都自有一杆秤，心中衡量着分寸。网络再怎么开放宽容和大众化，意识形态规则仍是底线，诗歌艺术的标准始终是其"成为诗歌"的基本保障。即便是自由自在的广场舞，也会受到相应限制、得到相关帮助指导，否则哪儿都可以跳，为何非要结队、非要音乐、非要在特定场地呢？

在网络时代，人人心里都有一杆秤，甚至人人本身就是一杆秤。换个角度看，诗人是一种个体性极强又极弱的群体，网络相对的开放与宽容一度给"诗歌网民"带来前所未有的对时光与环境的参与感。"革命"的目标当然不仅仅是打破诗歌的旧秩序、老江湖，更是不断地建设新社会、新格局，但通常后一种目标对于诗歌大众是有难度的，甚至是想不到的。那么媒介的作用力就自然而然了。

媒介也是一种秤。包括诗歌在内的文学艺术生产、流通、出版、发行及评判，事实上本身就是一个显态运行的体系，虽然我们会纠结于某些环节与层面，但这实是文明社会共同的规则和需求。在若干网络平台和自媒体遍地开花的同时，在诗歌学术批评界之外，"正规媒介"以及民刊、自主出版等纸质媒体就会凸显其重要性与必要性，虽然此言容易让诸多诗歌自媒体及自视为"平民"的诗人质疑。

略回顾，数字化传播给诗歌传统纸质媒介带来些有趣的动态发生：后者在被冲击的同时又促使自身自行调整后重新介入传播中。体制性文学组织主办的刊物、自主出版刊物和众多"民刊"其实已与网络传播相互融合，就像古诗与新诗在网络传播环境里其实已是同道，诗歌内部不同的主张与倾向也并非持续对立与紧张关系，所谓"官方"诗人也不会排斥民刊或私人化诗歌网络平台，往昔的所谓民间、隐态诗歌也巴不得公开报道亮相，各种纸媒间即便存在种种内在诗学分歧但大体也会被网络模糊，当彼此都在网络这一条船上之后，怎么走好已是各自的重任。这也表明，尽管存在不同的圈子和诗歌制度，但他们在"诗歌"上最终都会遵循统一的标准与规则；而相对来说，就规则而言，公开发行的诗歌媒介更有发言权则是不争的事实。

就诗歌领域和诗歌作者角度看，这样的事实也是客观存在的：一方面，纸媒的存在和受到的重视，反映了人们对纸质媒介的信任感以及书籍崇拜习惯；另一方面，相当部分的纸媒的发表有时不是出于纯粹的交流目的，而是源于功利之心，或出于对个人身份感实现和诗歌水平被认可的期待。网络兴起之初曾一度打破了体制性纸媒的组织或制度化框架，但是约二十年了，客观地问：网络环境塑造的就是一个公认的理想化的诗歌生态吗？就此而言，逼退或消灭各种纸媒并非良策更非诗歌的胜利，它最多只是反映出少部分诗者的阶段性复杂情绪。

消灭或许言重。数字化传播貌似主导和主宰了诗歌的大部分肌体，纸质媒介的存在却是持续和顽强的，资本的介入也不断发挥作用。新世纪以来，《诗刊》《星星》《诗歌月刊》《诗潮》《诗林》《绿风》《扬子江》《诗选刊》等体制性刊物日益显现革新性和重要性，《中国诗歌》《草堂》等刊物和大量民刊自在呈现，相当数量的诗集的公开出版、自主出版更是有目共睹。不绝对地说，如果多数的民刊、网刊以及新媒体平台相对而言是中国诗歌的草稿集散地，纸刊则相当于一种坚守，一个阵地，也相当于一种门槛。其实，既然是"期刊"，这"期"亦是指一定时期、一种期待（标准）。亦可说，期刊至少能提高写作者期待接受检验的期望和兴趣，以及阅读鉴别能力。

四、发表是诗歌制度的践行同时也是检验

当"诗可以群"或诗通过网络化方式呈现，形成不同的审

美社群与观念圈，当人人都有一杆秤的时候，传统的"权威"意识会淡化，而同时潜意识里相对权威的秤又自然而然呈现出来！这就有些意思了，诗歌纸质媒介物（包括公开出版及一定级别的诗歌评奖与诗歌选本）便可以收拾乱局、收复失地？事实往往如此。诗歌史就是诗歌阶段史。

由诗歌"制度"及"媒介"可以延伸出"发表"等界内常态话题。网络传播环境使诗歌"发表"概念随着网络普及与泛化而变化。一个诗人发表在纸质刊物上的诗作也可随后出现在网络里，纸质刊物也会从网络里将适合的诗歌转移为纸质呈现，即网络时代的诗歌之"发表"不仅指获得相对的认可与小范围的传播。

但对诗歌质量而言，传播界限的扩展情况及效果却又是必须要辨识的，诗歌作品的发表本身就是一种诗歌制度——公众平台、自媒体、民刊，无论如何都要依照诗歌生成的基本轨道行进。这是必需的职业操守。我们已然看到，事实上的传播动态是泥沙俱下的，受众素质参差不齐，题材选择的多样性、宣传的双刃剑效应、过度媚俗迎合，甚至存在性与色情的招引伎俩等；当然，反过来类似标题党、擦边球、犯规之举后来又会让诗歌读者增添相应的网络免疫力。即说，有传播、能传播、可传播、会传播并非都可肯定，"传播"同时也是一种会时常失真的潜规则。

"发表"及"获奖"也透露出作者关于被特定标准认可与肯定的潜意识。这有功利与虚荣等本能因素，也有写作挑战和被检验的乐趣，这些本也属于写作动力。当然不乏传统"发表意识"或以此论英雄的习惯者，即便发表的刊物印量只是几百几千份。

"发表"了的都是好的吗？其实，发表当然也是一种阶段性试验。答案为"否"的时候，媒介及编者常会成为众矢之的，其实最好的回答或许是"是"，"发表"了的它至少不是坏的，它只是不符合"你"的品味。因为"发表"并不意味着"权威"，诗歌的权威或价值与质量，并不一定非得需要发表来检验。

但发表对于诗歌大众仍然重要，这至少符合"诗歌的国情"。从这个角度看，曾被网络冲击的正规纸刊也就应该庆幸，它们被数字化新媒体传播逼迫至今的结果反而是：纸媒渐渐地重新成了诗歌写作评判新的"权威"，当它们被读者众目监视之时，它们的质监作用就已显现了。它们仿佛诗歌的"文件"或"诗歌档案"，甚至代表着"话语权"。这是可以理解的客观事实。当然这里我宁愿将所谓"话语权"一词换成文学领域中积极有为的辨识标杆，以及可参照的坐标意味。

中外文学媒介区别在何处呢？期刊为何又能起到维持文学标准的作用呢？如今在中国发表为何会被约定俗成地视为一种标准呢？这有待各个角度的深思。几乎可以肯定的是，至少在相当长的时期里，诗歌的公开出版物和刊物具有相对合格的审美及价值原则，这对于诗歌文化也相当于一种约束、准绳、规范。换言之，如今的诗歌出版物、报刊之作用不仅是"发表"及传播交流，同时具有过滤、衡量功能。

五、诗歌制度越多越好

回望网络传播环境的坦然胸怀，各种诗歌流派、主义、主张林立，都自成规则、自有团体或"粉丝群"，细观之，什么被留下了？什么被过滤了？在此并非指政治制度或意识形态规范导致的兴衰，而是在人人都有一杆秤的诗歌网络时代里，诗歌本身始终才是最大最重要的秤，它是相对高级的心灵鸡汤或良药，它能为人们添注"诗歌教养"，尽可能地预防精神病变早衰。

后来，更多的人们意识到，政策保护、发放稿费、版权专属的文学期刊其实也是商品。后来，亦有不少网络平台采取了打赏、稿费方式，若此举有效，文学期刊又将增压不少。另一种压力则是不可量化又在网络时代逐渐显现的，即当今各种诗歌类的新媒体、自媒体和民办诗歌报刊、商业化报刊涌现，虽然原因复杂，但至少也对体制内诗歌刊物的"标准"提出了质疑，为什么诗歌的好与不好由作为少数人的诗歌编辑说了算？类似的循环应是正常态，它反映了诗歌之成立规则、评判尺度之动态及发展。

后来，我们已理解诗歌媒介在网络时代的尴尬生长，它反映出文化产业产品贫乏与丰富的时代变换。比如公开发行的中国文学期刊貌似不景气，一方面订户稀少，另一方面它在内部圈子里又坚强健在，那么，这种"尴尬"是它本来应有的样子吗？这儿可见一种起伏：最初是报刊出版独大，后网络媒体强势分羹覆盖，再后是二者合力。这样看多少是吊诡的，诗歌的公开报刊将长期存在，网络初期对它的打压会转化为动力，成为它存活的一种辅佐。这又表明，规则与规则是相互制约、相辅相成的。

自觉与自律则贯穿着成长。在诗歌文体的规则、媒介制约、意识形态条款等之外，在每个诗写者、读者这里，其价值与审美观念仿佛他们读写的基本"制度"，它是自觉者的规范与律令，也是期待、想象和自识，读写评的过程也是道德伦理、理想、语言和经验的自我判断、建设与精神平衡。

诗歌何以是诗歌，自有其必需条件。诚然，互联网使诗歌的大部分跃入普遍俗化的境地，而诗歌文化大众化、日常性等并非没有合理性，这道理即是从诗歌本身出发的相关制度和规约之艺术实践，它们分属于体制和非体制，各自形成如圈子、团体和舆论及专业评判等，相互间既兼容又对立，在反对、反叛、反拨中不断变化关系，诸多时候则是体制内诗歌实践起协调作用。

可观的是，从今往后网络可以继续发展，各种书刊和选本以及各类各级诗奖亦可如百花自绽，一花一世界，诗歌世界的"碎片""分众""圈子"式表现都应该被善待，它们都是诗歌世界里自然而然的对话和沟通的单元，每一朵花其实都体现了诗歌社会的生长点与生命力，而在其中，"诗歌"其实本身就起到底线及平衡功能。

如今我们都知道，从"口传""印刷"到今"电子媒介"时代，来自诗歌自身的原则性要求其实始终都在努力地做着夯筑门槛的事情。可以肯定的是，诸如学术界的、体制内外的、大众视野里的、诗人或诗评家的诗歌定义等争鸣分歧，实则意味着"制度"的层出与多样性。也不断透露出对于"诗是什么""诗歌之所以为诗歌"或"好诗歌"等的积极探索，这无疑是有建设意义的。亦即对诗歌制度的不断完善，其目的是明确的：阐明"诗何以为诗"。

（本文曾发表于《星星》2018 年第 5 期，本次出版有所修订）

后民刊时代：诗歌文化共同体的共建与完善

——当代中国诗歌民刊简观

一

常被简称为"民刊"的"中国诗歌民办报刊"无疑是另一种特殊的诗意存在与时光证物，它对于"百年新诗"进程的贡献，对于现当代诗歌文化的普及、探索和影响已渐成共识。有文学与诗歌的生成与传播，就有民刊的存在。广义上说，1917年至1949年期间产生的文学与诗歌的自办自印与传播媒介，是早期新诗作者的摇篮或园地，也可谓早期的"民刊"。但约定俗成意义上的诗歌"民刊"，则主要是指1949年后自办自印或内部局部传播的、未有正规刊号的纸质媒介物。据诗歌民刊收藏及研究者世中人介绍，他目前所收存的诗歌民刊约逾万种，其中最早的《红楼》诞生于1957年的北京大学。

民刊在运行中渐渐被公开发行的期刊相对关注和肯定。20世纪末至21世纪初，安徽《诗歌报》及其改名后的《诗歌月刊》、河北《诗神》及其改名后郁葱主编时期的《诗选刊》等就不定期以相当篇幅对"诗歌民刊"作品进行甄选发表，《诗刊》《星星》《绿风》等亦通过网络选刊、下半月等形式对民刊有更多容纳。2006 年 10 月，《作家》主编宗仁发在澳门"中国诗人与葡语国家诗人对话会"曾以《我所了解的中国诗歌出版情况》为题进行发言，对诗歌民刊进行介绍；《作品》《都市》《飞天》等对诗歌民刊亦有不定期的不同程度的甄选及介绍。其间，来自民刊"内部"的甄选也始终在进行，吴谨程曾多次自主出版《中国诗歌民刊年选》，世中人、胡仁泽等则多年来持续搜集和整理全国或区域性诗歌民刊，他们与众多民刊关注者一起，不断展开民刊实践的建设性思考。张清华、何言宏、赵思运、孙琴安、王昌忠、安琪、赵卫峰等也从不同角度对民刊较早且持续进行观察。2009 年，刘波以《网络时代的诗歌民刊》为题对民刊曾赞誉有加——"学术界曾经有这样的说法：中国当代先锋诗歌史，从某种程度上说，就是一部民刊史。""民刊的传统已深入人心，无可替代。它虽是一个时代的特殊产物，却影响了几代人的诗歌写作。"[1]

何谓民刊传统？简言之，或许当其不断地"春风吹又生"，已然是相关"传统"之重要体现。正如北岛在《今天四十年》纪念文集序中所言："在某种意义上，这不是一份普通的文学杂志，而是中国当代文学史的另一条河流。""这里有一条河流，勾勒了荒凉的大地新的轮廓；这里有另一种传统，并置交叉，最终汇合在一起，成为中国古老文化的新的传统。"

另一种看法也是一种"传统"：几乎被相对的公认的区域

---

[1] 刘波：《网络时代的诗歌民刊》，《诗选刊》2009 年第 6 期。

性重要诗人或源头性诗人都或多或少与民刊有关，这通常用来表明民刊的重要性。当然，客观而言，这也主要与诗歌传媒数量一直相对欠缺有关。至今，中国公开发行的诗媒主要有8家：《诗刊》《星星》《扬子江》《诗歌月刊》《绿风》《诗选刊》《诗潮》《诗林》，它们每月、每年能承载的诗人与诗歌数量有限，本世纪初期它们先后曾以出半月刊、旬刊和增刊的形式来扩大容量，对诗人与诗歌起到了相当的团结和激发作用。公开刊物的象征性地位其实始终是屹立的。在当代，每个重要或知名诗人、诗评家通常都会与"民刊"有所链接，事实上他们的重要与知名，终是离不了公开刊物这个众目睽睽的杠杆，他们也乐于接受这类平台的再传播、再检阅。

于此，从某种角度看，民刊也是一个概念性箩筐，在充分理解其存在的同时也需要客观辨识其芜杂与弊症。直至互联网时代，民刊仍然绵延生长，显出其特别的生命力，也透露出它与生俱来的局限。虽然民刊披野，主编无数，但种种原因却使之泥沙俱下，大多不具备可持续性，各自呈现的文学性与诗学价值也参差不齐。或说，民刊多如百花，可竞相开放，但少有大树奇木。其结果之一，通常是2002年我曾在《中国诗歌民办报刊现象认识》文章里提及的，民办刊物内部刊物更为共有的身份是"草稿本"。

虽然不是所有的诗歌民刊都会成为简单的诗歌草稿本，虽然"民刊"的内质与作用并非通过"公刊"的再承载才能得以证明，但从"草稿本"到"正式"发表，意味着诗歌在传播层面与媒介合流或合力的某种必需。事实上，网络传播环境的成熟意味着"后民刊时代"的到来，虽然诸多民刊负责人仍然乐于向公开刊物提供作品，或以此作为民刊之创办是否有效的衡量标准，或在简介里将之作为成绩体现，但民刊的另一身份是不是"草稿本"如今已非重点，诸多公开刊物负责人、成名与成熟诗人作品后来也常呈现于各类民刊与自主出版物。

就传播角度看，即便是"草稿本"，其中也有真金，这常与民刊编者有关——他们常是认真的诗人、诗评者和有经验的诗歌编审。多数民刊及其主办者的作用是真实存在的，他们平衡、支撑或抬高着某一诗歌区间的动感与活力，如果说网络传播相当于民刊传播的另类形式，那么这种作用其实仍然存在。而这也正是当今民刊本身的特殊作用，它在某一时段、某一地区，体现与调整着特定地理区域内的诗歌生态。

二

数字化传播环境的推进及成熟，使中国诗歌民办报刊置身于新的历史时期。"后民刊时代"出现的外在动力显然是传播环境的变化（也包括公开刊物和诗界的普遍接纳），传播让诗歌的内部与外部界线交叠，也让后来至今的多数民刊已不再致力于求证身份的合法合理。无论是内部交流、自主出版、公开出版，还是网络跨界交互呈现等方式，往昔在官方和民间之自我推销及迫切亮相的心愿，已更多地转向文学兴趣和诗歌本身。单就传播角度看，也可以说"民刊"已从早期的抱团状态和追求生存权的阶段调整到特色发展权阶段，这有利于诗歌文化的更新生成与发展。

2010年，公开出版的《中国诗歌》以专号形式对全国诗歌民刊进行年度选粹及联展式集聚，此举体现出互联网环境里对诗歌生态复杂性、丰富性的新一轮沟通与理解。正如其执行主编所言，诗就是诗，无分"民刊与公刊"，只有好坏之分、真伪之分。此后，随着"让我们一起倾听来自民间的声音"的鼓励与呼唤，《中国诗歌》至今持续9年推出年度"民刊诗选"，先后刊发约2 000人次、近5 000首诗作以及相关文论，"给中国诗坛展示了别样的风情"。以各年度《中国诗歌》"全国诗歌民刊专号"看世纪之交以来的民刊，可见它们的生成存在多种外力，特别是各种网络传播方式的交叠，其面世与成长和往昔相较有着变化及差别，其中数字化新传播环境与民刊生发流变的磨合、互补和共进是显而易见的。

首先是诗歌网络传播进一步被辨识和运用。网络传播对纸媒的压力空前，甚至在早期一度改变了诗歌纸媒甚至是诗歌本身的某些特质，但网络对于诗歌的局限和作为传播工具给诗歌传统纸媒带来的不适或局促，很快就得到了内部的调整，民刊这种精神作物的创办与运营在执着里逐步从容。其次是经济环境逐渐发生变化，以往作为瓶颈之一的办刊经费压力已有改观，诸多民刊的装帧设计逐步上档次甚至不乏时尚华丽，甚至有的民刊亦发放稿酬或举办诗歌奖与活动；对形式的粗制滥造的拒绝，自会拉动内容质量的提升。另者，虽然近年来诗歌文化环境活跃，公开发行的文学与诗歌刊物仍未增量，很难在短时期内更大限度地满足大量诗歌写作的发表检测、传播交流和诗歌文化普及传承的需求，民刊的产生或持续存在仍然有着可观空间。

民刊给诗歌的印象历来是此起彼伏、倔强生长。倔强也可谓持续性。就近两年看，如《诗同仁》《湍流》《诗》《存在》《卡丘》《蓝鲨》《群岛》《月亮诗刊》《野》《诗黎明》《抵达》《凤凰》《海拔》《杯水》等刊物依然保持着相当的出刊频率。

虽然网络表面上似乎消解和改善了传播的"地理"圈囿，诗歌读写与传播交流并不存在实际上的地域界限，但大部分民刊仍以地理区间为旗或以编者栖息地为名称标识，这似乎也是中国文学期刊显著的特征，如《四川诗歌》《几江》《大西北诗人》《诗东北》《陇南青年文学》《诗江西》《北湖诗刊》《客家诗人》《鄱阳湖诗报》《鲁西诗人》《淮风》《赣西文学》《洛阳诗人》《唐河文学》《山东诗人》《天津诗人》《安徽诗人》《浙江诗人》等。这些民刊一定程度上促进了本地诗歌与外界的诗意连接与互动。

校园历来是诗歌与诗人写作训练的另类摇篮。1985年，重庆大学尚仲敏创办的诗媒直接就命名为《大学生诗报》。几乎所有的高校都有文学社及承载诗歌的自办纸媒，一些高校也因此人才辈出，诗意盎然，校园诗歌媒介亦可谓另一种小传统，武汉大学、中央民族大学、贵州民族大学、广西民族大学、同济大学、复旦大学、福建师范大学等校都有着一定影响力的诗歌媒介。

就各年度《中国诗歌》"全国诗歌民刊专号"来看，新面孔每年都会出现，一些曾有相当影响力和知名度的民刊并未持续在列，如湖北《或者》《平行》，四川《人行道》《终点》及浙江《北回归线》等，这当然不是指其终止，有未参与、阶段内未出刊或随着网络环境的苦壮与冲击而悄然偃旗等原因。"番号"或数量始终动态地此起彼伏，也反映出民刊生成之相对、之简、之易，持续出刊则体现出克服困难的恒心。

故而对其认识应把握其时段性这一前提，民刊的名称不等于它的现在进行时，诸多民刊的后续发展也不等于其初衷。民刊的名字成千上万，大多昙花一现，进一步看，数十年来数以千计的民刊提供、推送或容纳的诗人及作者名字有多少？他们后来在哪里？现在栖于何处？一份份民刊相对短暂的旅程有着诸多客观因素，而诗作者在纷纷出场的同时，也在不断退场。如果"民刊"这个概念是铁打的营盘，那它同时也是一种"过滤器"。

过滤通常与时间有关。关于民刊现象的研究，一直有个倾向是反复"回望"。这当然不单是一个或一群诗人对一个或一些时光段落的追忆、怀旧及无可厚非的拔高，也含有对一种或一些精神脉络或文学理想的呼唤。这可以理解。但也要清醒地意识到，某一时期的民刊在过多过滥、人云亦云的累积式研究里已形成一种"高度"感，在盲目地尊崇、肯定与拔高里有人为的神化之际，它就难免变成非文学性或非诗的"遗产"。这可以理解。历史应该被尊重和梳理，但"民刊"研究的重心总是安全地拉锯、刻板地反复于某些时段与对象，这种陈滞现象也是值得思考的。

那么，能否以"一代人有一代人的文学"来套说，一代诗歌有一代的民刊或媒介呢？以推陈出新的视角从容观之，传统之所以成为传统，民刊之所以作为一个现象存在，本身就源于其是现时的、现场的、现在进行时的特殊性。说民刊的"持续"，并非指具体某刊的延续的长短，而是指"民刊"这一概念的活力特性，这一概念所呈现的内在的文学理想与自由精神的存在与可能性。

三

面世与流通方式的变化亦可谓"后民刊时代"的显态表征

之一。近年来，随着民刊关于存在形式对网络环境的调适，一些老牌纸本民刊先后成为名称式记忆，或渐与网络合力，或以网络为延伸阵地，如《诗歌现场》《诗文本》《诗歌与人》《下半身》《诗歌杂志》等，以同名自媒体账号变身呈现。民刊以网络平台为辅助拓疆推进的情况，可视为纸媒与网媒的联袂拓展及对新传播环境的主动适应。

另一种适应性变化则似乎是养精蓄锐式的坚守。曾被网站、博客、微信及相关平台等逐步围攻和压缩空间的诗歌民刊因此大多精兵简政，延长刊期，月刊、季刊、半年刊、双年刊这些方式均机动出现，这能有效体现精益求精的高要求，如《审视》《钨丝》《诗家园》《第三说》《麻雀》《东北亚》等，出刊频率的调整会有助于保障文本的质量。近年来，芒克、唐晓渡、杨炼等创办的《幸存者诗刊》复刊，另有《诗收获》《端午》等自主出版面世，它们的共同之处是编辑队伍均由有充分的写作经验、编辑经验的诗人和前沿诗评家组成。

如果一份民刊在意于作者众多、栏目多、作品容量大，就容易成为传统文学期刊的仿袭。其实民刊与公刊的区别更该是非全面与"圈子化"。避免大而空泛、面面俱到，进行"类型化"选粹或"专题化"展示，或许能体现保质追求与不落俗套的办刊态度，这将是民刊今后一定时期内的生长点。就 2018 年度来看，如《小诗人诗选》办刊方向细小却有所创意："刊发成名的实力诗人 20 岁以前的现代诗歌作品"；《无界》诗刊开辟"女诗人专号"；《端午》诗歌读本设置"翻译家的诗""评论家的诗"等栏目；《现代禅诗探索》专注于诗情禅意的探索实践；《屏风》及《江湖》瞄准诗歌流派与"先锋"写作实践；自《翼》《女子诗报》之后，《诗歌风尚》亦直接以女性写作为主题；2017 年面世的《光年》则明确：专注译介世界现当代诗歌作品，力求以最准确凝练的语言展现世界诗歌前沿的创作风貌。而《非非》《后天》《圭臬》《自行车》《诗参考》《大象》等则以选粹、年选方式体现存在，《明天》《北回归线》等则以"地方主义""先锋诗歌"为旨进行专题展现。

"诗可以群"，"类型化""专题化"倾向则至少能为诗歌界面提供积极有为的佐证、记载，体现出审美创新的自觉、异样与责任感，于此，"群"的意味也远远溢出了诗歌交际、诗人友谊及人情等旧有民刊的办刊习惯。或可说，如今在互联网环境里，以精品化、专题化、类型化作为内容调整倾向的跨界变化，意味着民刊已不仅从容置身"后民刊时代"，而且更为成熟。

诗歌民刊及其存在是一种特殊的诗歌史现象，也是一种并非中国独有，却有中国特色的诗歌文化传统。"特色"亦包括其成书面世方式及途径。世纪之交以来，诗歌类自主出版现象方兴未艾，它为各类社会层面的文学专业社团、挂靠高校和文联作协组织的研究机构、省级以下各级文联及作协组织提供了合适的文学传播渠道与身份，虽然由于可以理解的原因也有相当部分的类似刊物并不乐意被划分进民刊范畴，但从没有"正式刊号"角度看，此类拥有"正式书号"的丛刊、连续性或不定期诗歌媒介仍被视为广义的民刊范畴。例如，由"非营利性的民间社会组织"中国当代文学研究会主办的《诗探索》、由个体诗人主办的《诗建设》、作家协会内部刊物转为公开出版发行的《上海诗人》等。

世纪之交以来，经济基础条件相对较好的中心城市，以及江南、岭南、沿海地区民刊一度风起云涌，公开出版与发行的诗歌媒介日益增多。英雄不问出处，出处无非因出版发行体制而论，百花齐放时，身份并不那么重要。进入 21 世纪以来，定期面世的《中国诗歌》《草堂》《星河》等以其品质、特色广受界内公认，已成为中国诗歌文化的影响力品牌。

自主出版渠道亦成为诸多个体性诗歌民刊、体制性文学组织内刊"合法"面世的主要渠道之一。一些民刊通过内部刊物的形式出版，另一些则以公开出版方式呈现，这仿佛是自加门槛。后者表面看是"身份"变化，却不意味"变质"。有门槛至少也意味着应有的去粗存精的过滤，有时也意味着应有的"标准"，或说从"出品"到"精品"追求或过渡的可能。从这来看，就出版这个门槛而言，当下民刊形式与内容，办刊理念与诗学诉求，更为可观和乐观。民刊以书代刊方式入世，除了传播思维转化、身份转换等动态要求，也与文化市场需要有关，这难免引发多种后果，需理性认知。

金无足赤。无论是纸本时代的隐态生长、顽强存在或网络时空里的恣意与茁壮成长，民刊都不应是一成不变的，其如影随形的顽症亦须辨识。一般而言，诗人在谈及民刊时，褒赞有加，其悲壮的精英意味或扑面而来的民间气息易获认同，类似思维或情怀似乎站位于想当然的必需的高处，或所谓诗歌正义道义角度，无可厚非。然而所谓"自由开放""试验前瞻""探索先锋"等诸概念并非都适于所有民刊；同理，公开公办的诗歌报刊也并非都远离或排斥这些诗歌精神目标或指标。民刊存在的诸多问题，也是这个时代的诗歌问题，诸如：其承载品级久久停留于"草稿本"层面，失范的诗歌奖、失度的活动、失真的包装宣介也是其常见弊病，譬如"十大民刊"——何为大？大了又如何？类似的命名标准亦值得商榷，有异议当然也并非坏事。在可以理解的同时，我们更希望一如既往着力于美学探索，更希望民刊的同仁性及圈子化小传统会在路上不断地转化为艺术个性、精品诉求的代名词。

四

"后民刊时代"不仅指外部传播条件与自身外在形式的变化，更该指内质的进步。可慰的是，民刊近年来的变化已体现于自我认识与公众认识的同步更新，以往关于民刊认识易呈现的人云亦云的阶段性对立情绪、失衡心理，诸如官刊与民刊、精英与民间、普及与小众等的差异性不再被放大。随着出版与传播环境的演变，随着民刊身份、影响力和意义等的拉锯式论辩告一段落，以往关于民刊常见的、来自部分研究者及编者的自以为是、壮怀激烈的高分贝标榜渐已偃旗息鼓。

或可说，"后民刊时代"的来临事实上也就意味着民刊与诗本身关系的更加紧密以及二者有了成熟性共识：民刊以诗为主，始于诗也终于诗，而非诗外的聒噪。

在这努力的过程里，诸多民刊在分类分化过程里成为另一种可靠的见证：诗歌内部的矛盾动态逐渐集中于诗歌本身，写作的主体性、自觉自律思维明显深化。如此，写作的个人性欠缺、难度降低、低质同质现象累积等，这些民刊和公刊均存在的老问题，就会有进一步得到认识和解决的可能。是的，一份民刊的重要性，终是在于诗歌精神内存的大小、有无，在于品位层级，换句话说，问题最终还是要集中到约定俗成的"质量"上来。这也是民刊是否具有可持续性的真正标识，是否对诗歌文化有贡献的实质体现。

由于现行文学体制等多种因素，诗歌民刊与公开刊物的不对等或差距还将持续存在。如果民刊不是作为一个"弱势"群体没有外在与内部的伴生性局限，它也就不叫民刊了。在"新诗百年"这一时间节点上，在网络传播环境持续大面积拓疆途中，绝大多数诗人之间、诗歌之间并非界限分明，诗媒的公开与非公开存在，实则相当于诗歌长途的两条执着的铁轨，虽有距离却同时并行且方向大同，并呈现出互补合力，而非以往动辄喧哗对抗的不和谐态势。

诗歌永远是诗人的通行证，也是诗人的颜值与骨气，媒介犹如阶段性精神驿站。在公开发行的刊物之外，如浪如澜的民刊相当于是对文学及诗歌之重要而又容易流失部分的努力挽回与弥补，仍然不可或缺。

换言之，包括公刊、民刊在内的广义的诗媒其实早已构成了一种"诗歌传播共同体"及"诗歌文化共同体"，正如《中国诗歌》主张的"倡导诗意健康人生，为诗的纯粹而努力"，充分呈现出积极的引导、参与和纠正之势。多种媒介的合力构建，促进和完善诗歌生态，体现对诗歌文化的尊重，也体现出开放兼容的精神立场，有效地活跃和充实了诗歌文化的多样景观。

综上，在当下及以后，随着时代环境变化特别是数字化传播环境的成熟，中国诗歌民刊的作用与影响力已非往昔之盛，但正如诸多文化、文学的传统结果，它将如"活化石"或"非遗"般顽强存在，在这"草根＋精英"的进程里，它也将不断调整其生成方向，譬如以"类型""专题""流派"为路线，成为同中之异，于此，"选本化""专业化""精品化"甚至是"经典化"将在纷繁芜杂的大同基础上成为新的生长点。

民刊的编辑与印制仍将继续美化，民刊传播也将在深入实践中继续翻新，这里，如何避免沦为精致的平庸、美观的外在，超越或改善地理区隔、诗歌人际友情式界限，是有为的编者该警惕的。虽然从某些角度说这也正是民刊（传统）的生命力所在。但时间更在意于与时俱进的价值：观念琢磨与呈现、审美探索与实验、传播理念和语言的有效实践等方面，这本来一直才是民刊的重要意义。就是说，民刊本身的价值，在于镜子般反照的"异样"，在一定程度上衡量着诗歌的写作、阅读和评判。这对于艺术规律与诗歌文化的多元多样行进来说，应该且必需。

一个时代似乎过去了，又一个时代正在继续发展！可以预见，随着"新诗"新的百年征程的开启，新的现场自然有着新的发生，作为"诗歌传播共同体"的重要构成，作为"诗歌文化共同体"的重要组成，与诗歌和诗人同行的民刊仍将会在自我完善、自主前行中发挥特殊而创新的作用。

（本文曾发表于《中国诗歌》2018年第5期，本次出版有所修订）

新时代环境中诗歌营销及资本介入

世纪之交以来网络环境的进程对于中国诗歌的作用是有目共睹的。二十载喜忧起伏中，诗歌文化机制和相关生产流通程序、认知接受程度以及评判体系被深刻触动，诗歌的写作、传播、阅读、评价等环节都出现诸多崭新变化，诗歌营销现象亦层出且产生深远影响。

一

诗歌与经济的复杂关系亦如精神与物质的反复之对立统一，很难准确说清但又绝对绕不过去。20世纪后期以来，经济搭台文艺唱戏渐为大众熟知和认同，书画、音乐、摄影或各种民间文艺均可名正言顺进入市场流通领域，小说及报告文学也与影视频频密切接触，诗歌与经济的关系在相应社会面甚至诗界内部引起的观感却是众说不一。即便如此，这种关系仍然日益增多且明朗化，也因屡见不鲜而成为常态。后期，类似的议论点主要集中于是否"取之有道"，是否达到社会效益与文化效益的期望，争议也时常滑离"诗歌与诗人"轨道而成为一种情绪化舆论行为。

不可否认，市场经济变革同时也给文化与文学带来了更新的资源与可能，"全球化、全国化、数字化、城市化、商业化和娱乐化"等的前提实际上也就是经济情况的变化，在此新环境中，诗人感觉世界、情感态度、语言表现等方面都与往昔有了明显区别，诗歌功能、形式和价值与审美观念也因此发生部分潜移，即诗歌自身产生的一些变化，实质上也在接应和夯实着现实的物质环境。

如今，诗歌与诗人正处于一个前所未有的消费时空，网络传播环境本身也是这个现实面上的一个组成部分，虽然"爱财、崇物、拜金"等风气对文化、文学与诗歌不断产生影响甚至侵害，但消费仍然无处不在。诗歌如果不在、如果不适应眼下这个庞大的消费社会，那诗人又在哪儿？再联想地说，如果一群群当代诗人的生命、生存、生活事实上受惠于改革开放以来的物质结果，他们却只能针对并不真正符合自己现实或自己并不真正了解和理解的现实，只埋头进行大同的自以为是的乡土抒情，只会仿古式抒情写意——各自的价值与审美观当然值得尊重，正如身在熙熙攘攘的俗世仍可坚持自己信奉的神性——但，这似乎多少会有些尴尬，这也正是诗人需要重新面对的客观现实：盛大的传播时代，广阔的消费时空，写作也相当于一种（精神）生产、消费或娱乐的完成。

诗歌的种种动态事实上都有文化生产与流通的含义。从这个角度看，网络传播环境里恣意生长的汪洋大海般的诗作还不够多，如果说绝大多数诗作转瞬即逝，欠缺"消费价值"，那么诗作的价值正好需要前流推后流般的方式才会更好呈现。然而诗歌又是特殊品种，它很多时候本来就不需要明显的实用价值，更难如其他商品那般具体明码划价，其需求与供给也并不强烈，它的真正作用力，有时就只针对作者本身。或者说，在市场经济时代、娱乐消费文化时代，诗歌的作用或许更应是一种"度量衡"般的检验作用——它证明一种生活方式、精神存在方式，同时也是其他文化、文艺的基础"材料"。

于此它是可变的，可在传统土壤常绿，亦可在时尚区间多彩。而这同样是一种尴尬的存在，在各种文化、文艺甚至是广告、新媒体领域，诗歌之影响无处不在，为广义的消费的各个环节添砖加瓦。更有意思的是，诗歌如一种风、一种气息，可以跨越或出现在各种地区、城乡、时段、性别、圈层等，可诗歌自身独立进入消费却多少有些困难。它属于最好传播的却又是最不适宜的：它不像小说类有故事可说而吸睛，不像音乐类有旋律为翅而易被接受，也不像美术类一目了然；诗的写读需要一定的知识量（最基本的，是狭义的书本内容与适当的人生经验）和相当的思维、理解力。或说诗歌在相当的面上看去其实是无趣又无实用性的"多无产品"，而且，它还常常地唱反调或"自恋"（个人化、秘密性）。

而即便有种种不适，诗歌无论如何依然会与文化、文艺、文学的列车捆绑着共进退，在一个共享的网络化消费时空若隐若现而并不缺席。有时主动招呼资本，有时等后者抛出橄榄枝。

资本对诗歌的靠近和拥抱其实较早就有发生且形式多样。上世纪末，民营资本主要活跃在出版发行领域，培训学习、编印内部报刊、有偿参赛之类是常见的"诗歌经济活动"，这似乎是另一种"传统"。至今，政府、工商界、民间人士和个人，已通过多种形式和角度，对媒介运营、作者队伍、区域文化建设、旅游运营、科研机构等进行经济支持。这些"联姻"过程因为诗歌文体特性及其社会功能特殊性，大多都显出探索意味，"资本与技术－网络－诗歌－社会"，这一链条中的相关商业模式如何实现共享共赢，其变化与效果仍在路上。

"联姻"过程中，诗歌随网络环境的普及进行了一定的迎合改造，难免导致其文学性、思想性的弱化，这又是需要专业诗人及读者认真留意的。客观认同诗歌文化与物质财富的关系与合力可能，就有可能认识到后者促进前者良好发展的可能。于此可以持信任态度，因为诗歌本身就是一种不可控之存在，也始终"善变好战"，它随时随地都可以与时间、环境、精神、道德、欲望等进行相互插入，对网络化环境及对资本主义、享乐主义、消费主义做出诗化观察与阐释。即说无论如何，诗歌终归是理想的价值的象征物，是一种心灵尺度或审美中介物。

二

从前慢，这种感觉是因后来的我们已不可能回到从前。如今，有消费就会有营销，有营销就会有得失。如今，诗歌的"营销"仍然按照自身实际在多渠道地推进，诗人、诗媒、诗组织类似诗企业或商户，后者按照一定方式去寻找消费者或满足消费需求，传播诗作品。在这个过程中，他们围绕作者、作品采取多种宣传、包装方式，诸如各种研讨会、发布会、采风、发表、推介、炒作、提升诗人形象或社会身份。世纪之交以来，无数诗歌文化方面的服务，诗会、讲座、出版、发行、出售等，均属于广义的诗歌营销表现。类似比喻或许并不准确。同时要注意的是，诗歌的营销之目的与结果是动态的、不确定的。

除政府及宣传部门计划或资助、文学组织自筹等方式外，社会赞助、企业支持也是主要力量。21世纪初，某投资集团与中国诗歌学会建立了"亲密的合作伙伴关系"，设立诗歌奖，组织各种诗会。2006年，据载该集团斥资3 000万元捐助北大新诗研究所等三家诗歌研究机构。2015年，该集团负责人当选为中国诗歌学会会长。2013年，据载四川《星星》诗刊获得原四川师范大学文理学院（今成都文理学院）1 000万元投资，用于打造"校园诗人"等活动及刊物分身扩容。2015年，四川绵阳市启动李白诗歌奖，总奖金100万元，奖金采取"协会自筹、社会赞助、政府资助"等方式筹集。另外，四川遂宁设立陈子昂诗歌奖，初期拟持续5年，分别获首届诗词一等奖、诗歌一等奖的2名诗人共获奖金约50万元。2013年10月，湖北咸宁市由企业赞助、社团发起的世界华文诗歌大赛启动，目的是"实施咸宁城市形象国际推广"，首届总奖金85万元，一首160行的诗作获一等奖，奖金50万元，第二届获一等奖的诗作共13个字，奖金10万元。在浙江，《文学港》杂志2017年携手企业负责人创设"永久性刊物年奖"——储吉旺文学奖，每年度奖金约30万元。近20年来，类似的诗歌经济动态层级不一，层出不穷。

诗歌奖乃至文学奖是一种特殊的常态现象，对它的理解显然也不是"精神生产物质回报"这样简单。世纪之交以来，"诗歌奖"逐年增多成为显要现象。平均每年度都会有近二百个诗歌奖及相关活动产生，评奖机制、奖金额度、授奖面与活动办理也各有差别，让诗歌文化场域常年有声有色，也眼花缭乱，不乏乱象。换言之，这是诗歌文化普及的过程，也是各种资本陆续注入的过程，粉丝经济与商业意味让诗歌生态平添复杂，并从多个角度催促着"诗歌营销"步伐。

"诗歌营销"当然是一个中性词。虽然它实质上总处在鲜明的褒贬跷跷板上身不由己。正如前述，广义地说几乎所有的与诗有关的生成、发生、发展动静和阶段结果，都可以归为营销行为，大如家喻户晓的央视推出的《中国诗词大会》《经典咏流传》等社会效益明显的节目，金融企业支持的、面向大学生的"包商杯"年度文学大赛，小到诗集出版，甚至一首诗的发表、阅读与交流。

诗歌"动态"丰富和激活着诗歌"生态"。而从另一个层面看，数字化传媒不时超出技术或工具的意味，大同的传播环境正将文化、文学与诗歌的种种外在动态"符号"般收容到大同的流通模式之中，至今我们仍不能有效判断这是不是可喜的趋势。诸如往昔的"朦胧诗""第三代"或"民间""打工诗"的宣传推广，后期网络频现的诗赛与诗人评选等，如今看去仿佛诗歌世界里此起彼伏的商标或曰颇具智慧感的"表情包"。

经济改变观念。稿费提升、刊物印制改观和活动提级上档等都是喜闻乐见的事情。2006年，成都市扶持的《草堂》创刊，宣传语是"全国最高稿费的诗刊"，千字十行分为300元、400元、500元三个档次，此举引发强烈关注。精神的花园当然不只是文学与诗歌，还需要体制的支持，但从长期看，体制支持力度仍是相对和有限度的。而通常，诗界在谈到资本注入诗歌文化建设时，主要指涉的是民间方面，对非正式的"商业气息"亦有相当多的保留意见，比如坚持以为诗歌是高雅纯粹的而应与消费和物质保持距离，诸如此类；后来，类似异议几无。

当你的诗作发表在也是诗人的湖北省首富创办的《中国诗歌》，你会计较它是否为公开发行的体制刊物吗？

确实，若没大量民间的经济支撑搭台，哪来那么多文艺唱戏？曾经，在20世纪80年代搭台这种路子明显，那时，民生问题当然远远高于一切。而今看，社会性力量及多种公益性支撑形式方兴未艾，对于诗界而言，要不要向物质"投诚"，是否真诚接受经济"招安"，不是主要的心理障碍，问题在于，市场机制在介入的同时也会对诗歌文化结构本身产生改动作用，需要认真对待的正是这方面，即相关制度（包括诗人的自我约束）的不断完善。

如果制度缺位，问题便会积累。各种资本对于诗歌文化建设的助力虽然有其公益、正面的积极作用，但物质基础决定诗歌建筑式的负面因素也渐现端倪，譬如多地打造诗歌之乡、之城、之都或兴建古代诗人纪念堂馆的现象一哄而上，活动过度华丽而文化内涵薄弱，奖项运作引发公平、正义、道德争议等，这类或真或误的信息反复"普及"，可起监督作用，却也会对诗歌文化有损。

或许最"扎心"的损害，是诗人的异化和诗歌文化价值的物化！在这史无前例的大传播时代，金钱仍然不是万能的，但没钱真是万万不能的。有时对一个、一群、一代诗人及诗歌的价值判断暗地里正以经济为中心：奖金、活动规格、作者身份地位、评语……这些外力会使相关诗作被认为是"佳作""经典""好诗歌"，类似误导是有必要警惕的。制度的暂缺一度使音乐、书法、美术、摄影界内产生乱象，可谓前鉴。新媒体时期，诗歌及文艺粉丝正在形成一种有多样效益的诗歌产业链，诗歌产业化及诗意营销传播出去的真是诗歌与诗意吗？这同样需要相关"制度"的把控或管理机制的完善。

三

诗歌营销对于诗歌生命力生长力的作用如何认识？与网络伴生的这 20 多年来，诗歌外部大环境变了，诗歌似乎仍然是诗歌，是吗？即便是，它的社会地位、文化定位和功能难道不会变吗？如此不妨多换位看"诗歌营销"。

"诗歌营销"是否会出现中外合资或外资投入之时呢？会给诗歌这种"民族品牌"或"非遗"带来什么呢？当然只是说说而已。而从过程看，关于官方与民间、主流与非主流、高端与底层，对于"营销"似乎都在后来达成某种"同意"或不公然反对了。皆大欢喜之余，却又少有焦虑与反思，仿佛诗人们的焦虑在另一个时空里，仿佛大家都没觉得其乐融融的狂欢之后，功利心与虚荣心可能张扬，诗歌的创造力并未因此提升。

从"诗歌营销"表面看，似乎是诗歌的主动跨界出击，给出诗歌重要或繁荣之景，联系当前社会经济环境情况看，其实诗歌仍然是被动的。是物质环境变化后"时代需要"包括诗歌在内的"文化"的时候了，诗歌文体优势也起到了自助作用，而在社会面上的作用是媚俗或媚雅，诗歌与诗人本身的调控力相对还是弱小的。

"诗歌营销"过程里的诗歌究竟是什么？在网络传播环境里，在特定公共领域，在众目睽睽中，一段诗歌朗诵、一个小诗剧有声有色地表演、一条由诗句改造的高悬城乡的广告语，当它们改头换面之际，又仿佛诗歌的"包装"消费，且已并非原物。对此约定俗成的看法中，以诗歌获得传播普及就是可喜的居多。是啊，让生活增添仪式感、文化感、娱乐感确实也无可厚非。

"诗歌营销"显然会遮蔽一些诗人，同时也快速生产一些"诗人"。后者通常是相对更具有包装意识和推销技术的人，在写作上，这类人当然也大多是讲究速度、效率和实用主义的，方法手段就是其目的本身。类似现象在网络传播环境里比比皆是，众所周知。对此，只能相信时间的眼睛是雪亮的。真正的诗歌可以被阶段性掩埋，但最终不会被赝品替代。

不可否认，当代诗歌写作之相当部分明显向着功利奔赴，"诗歌营销"当然只是外因之一。营销的基础是消费，换个角度说，"假冒伪劣"本也是市场经济时代的产物，在前浪后浪都是浪的网络时空，若没过多或够量的诗歌"产品"，又哪来可能的营销与消费呢？虽然诗歌写作流程并非简单的供销需求，但我们宁愿以为这里面存在某种期待，即不断地生产积累，建立在不断地淘汰作废基础上。那么对大多数诗歌的复制品、次品、赝品、同质品可以先持容忍态度——在"自由、开放和多元"的网络时空不容忍又能如何？更乐观地看，反复地实践是检验诗歌标准的标准。正如一段时期里诗歌自媒体及自主出版一度升温，细观之，其中，文学信仰与理想、传播愿望难免与粗糙、平庸夹杂；它更多体现的是传播方式的更新——这类有想法的"消费"当然另当别论。

显然，诗歌的"消费"与其他文体或文艺门类有所区别，事实上其综合形体、特性及功能也限制其"逐利度"，这或许又是一种"自保"。从这点说，诗歌的"自娱"式存在似乎又是应该和正常的。童庆炳曾将"文学消费"分为广义和狭义两个层面，广义看它约等于精神需求方面的接受、阅读和欣赏，狭义看则指文学成为一种特殊的商品被"消费"，但不一定会被阅读和欣赏，"书非借不能读也"，购书有时只是装饰收藏①。故而刘建平认为文学作品的阅读和审美体验行为"自娱"构成了文学消费的本质。

不妨将"自娱"理解为审美的主动或个体精神需要，这意味着"被动"情况的存在；亦如诗歌营销的基础并不一定非得以诗作质量来衡量，时常它就是诗歌的个体与群体"身不由己"地掺入到资本推动的运转链条中。虽然仍有不少诗者笃信诗歌是拒物质淡物欲的，是纯精神类艺术产品而非很强目的性的商品，但一旦进入娱乐与消费时空，就意味着大大小小、集体或个体式的"诗歌产业"不可阻挡地阔步而至。

想想，譬如以往的笔墨纸张与现今数字化工具，以跨界为名的各种活动、稿费、诗歌奖，诗集、选本之出版，诗歌之城、诗词之乡的打造，诗电影……诗歌本身或与诗紧密相关的公益或逐利的生产、制造、供给、创意、流通、服务——"诗歌营销"原来并不在"远方"，就在身边。以此类推，每一位诗人、每一种诗媒都好像是一个总是待售的"诗歌产业"。

四

网络传播环境提供了可能的条件，经济与诗歌文化的逐步交融，更可能直接地实现审美消费。诗歌在媚俗与媚雅、文学性表达与商业时尚交错的城市道路上，身份或许已非诗歌艺术本身或文学信仰象征，仿佛可以平添特殊趣味的街景装饰，又

---

① 童庆炳：《文学理论教程》（第 5 版），高等教育出版社，2015。

略等于观念、情感、文化娱乐等的杂糅，因此又是必要的。同时我们也该明白，无论是松散或庄严，无论何种形式和仪式，以诗歌文化为名或以其为主角的若干相关活动里，诗歌肩负的使命其实大多是陪衬。但可以肯定的是，诗歌与诗人的在场，有时确实又代表着"文化、道德、艺术"在社会环境里的某种介入意味，反过来，类似的"事件"及信息或消息也表明诗歌文化的"存在"。即说市场经济与诗歌的交集是双向选择的一种需要。

建立在新传媒基础上的"诗歌营销"及更多相关活动，能否解决诗歌是大众还是小众的老问题呢？这看来已不重要。在相对地理解、支持和参与的同时，诗歌只能尽力清醒，并要注意一些易被遮蔽的方面，比如在新传媒环境里如何建构新的诗歌文化秩序，诗人如何在新的读写传环境中自我加强主体性建设。还有一个自问亦是随时的：对数字化传媒的依赖、对资本的依赖改变了我的写作吗？

相当于网络时代"新媒体"新宠的"自媒体"曾一度成为多数诗者的依赖。近年来，随着"微信"工具的普及，诗歌公众号铺天盖地，其井喷现象也不断引起有识者的关注。北京青年报曾刊发题为《有一种杀死诗歌的方法叫微信诗歌公号》的文章①，指出要"防火，防盗，防诗歌公号"，其心灼灼。综合观之，诗歌微信平台传播仍以大众性诗歌文化为主，有明显的自娱、任性、通俗化特征。虽然精英型诗歌文化相对仍然稀薄，但我们认为这是正常的，以微博、微信为代表的热度诗歌形势，

---

①《有一种杀死诗歌的方法叫微信诗歌公号》，《北京青年报》2017年11月21日B3版。

并非完全等同于整体的诗歌生态。至少在目前诗歌公号是"无害"或利大于弊的，诗歌公号有效地激活了诗歌写作实践、诗歌意识，并让诗歌与诗人相对自在。

自在，也是自生自灭吗？种种宣传手段、营销策略和资本注入方式其实都是外在之力，诗歌本身则是"最前提"。虽然在此过程中，诗歌及好的诗歌的标准在传播方式的变动过程中，时常难以界定和稳定，网络上也因此持续唇枪舌剑，"网上谈兵"不断。而在线下，若干商业性现象如评奖、稿费、售书、采风活动研讨会议等则似乎不断让本属边缘的诗歌空气暖和自热。按粗略统计，2015—2020 年，全国范围内各类各级诗歌奖项年均近千个，即二至三天一个奖。体制拨款或民间资本的助力之下，诗节日、诗会、论坛及研讨会和各种各样的以诗为名的沙龙、朗诵、纪念、出版发布、跨界演艺接踵反复，这些动态几乎都会出现在网络传播时空。这些现象之因果利害尚有待进一步观察而论，而目前，不妨以为只要能动，就有可能，至少可以保障诗歌与诗人的自在和存在感，不亦乐乎？

"乐"的同时当然有必要保持清醒。如同贝尔所言，"过去三十年里，资本主义的双重矛盾已经帮助树立起流行时尚的庸俗统治：文化大众的人数倍增，中产阶级的享乐主义盛行，民众对色情的追求十分普遍。时尚本身的这种性质，已使文化日趋粗鄙无聊。"[①] 即资本主义文化通过科技、工具渗透生产生活，在结果产生的同时，交易交换亦被无原则推崇，当经济可以大面积支撑诗歌文化之种种时，诗心也将不纯，也就难免游戏、

---

① 丹尼尔·贝尔：《资本主义文化矛盾》，赵一凡等译，生活·读书·新知三联书店，1989。

犬儒、反智、颓荡、利己、感官主义过度或大行其道。如此似乎可以反问：在网络传播环境中的营销链条里，人们和时间是在消费或为了消费"诗人"还是"诗歌"本身？抑或二者都不是？这似乎是当下及以后将紧附诗者的必需的矛盾式辩证。

总而言之，世纪之交以来，各种经济力量对诗歌文化建设推动的积极作用是明显的，也是值得从大面上肯定的。与市场经济、消费及网络传播环境相适的诗歌营销、各类资本之介入等现象的渐兴，对诗歌生成与发展有多少作用，则有待观察。就诗歌而言，诗歌本身就是为着"问题"而生，可它解决不了"问题"，似乎也不需要解决，但它可以呈现反映"问题"。

在人皆置身和日益依赖于网络时空的如今，与诗有关的人们（用户）渐已对物质环境与诗歌文化的交融产生认同，诗歌作为文化象征、知识类型、语言产品可轻易转化为数字经济，诗歌本身是针对精神界并善于对情感、欲望进行观察、归纳的文体，各类型的资本的介入、网络化大众传媒反过来又牵控着诗歌的内容、诗人的情感及欲望等。在当前以及今后，物质与精神的持续合力表明诗歌在另一个新时代的彰显。在此动态环境中如何保持更多"自我"，如何在资本注入，如何在诗歌营销的公正、合理、道德、和谐等运动中保持期待和理性，是诗歌与相关有识者今后持续面临的问题。

新诗百年之际的常态与动态

——2018年度中国诗歌扫描

以365天来归纳总结诗歌与诗人，不科学。作家李洱用了13年创作一篇长诗，这十多年也正是数字化传播怂恿推动文学及诗歌风风火火发展的时段。

近年，我们陆续进行了年度诗歌观察，标题先后是：《中国诗歌：蹒跚于现实与标准的双轨之间》《中国诗歌简观：娱乐、被动与浅诗时代的持续》《中国诗歌印象：媒体时代的诗歌娱乐与介入》《中国诗歌印象：新媒时代的诗文艺与诗营销》。现在回看，这似乎呈现了一种递进式的脉络，虽也不科学，不讨好，但似比网络上推送的所谓年度"中国诗歌十大新闻"较客观。

实际上，"网络时代"或"数字化环境"至今已然常态化，伴随而来的问题也是。如何"科学"辨认当下诗歌文化之躁之劣之假等，仍然是长期的。

一、诗歌奖已成当代诗歌常态或诗歌舆情动态

8月，中国作协第七届鲁迅文学奖公布。作为官方在文学

评奖体系中最重要的奖项之一，鲁迅文学奖在业内具有广泛的专注度。它同时也是中国四大文学体制奖项或主流奖项之一。

没有获奖的不一定就不是"鲁奖水平"，这话有理，也不全有理。当年莫言获得诺贝尔文学奖，坊间就有言国内相当水平者不下 30 人。然为什么是莫言，总是有其原因，它首先是文学的原因！亦有说鲁奖诗歌奖是"熬"出来的，恋爱般"死缠苦追"的结果。还有人说需要运气，比如，在此期间没有作品当然没戏。无论如何，此次获诗歌奖的 5 位诗人，至少都辛勤耕耘多年，在界内有相当的认可度。

也在 8 月，四川省作协主办的第九届四川文学奖产生了7 个奖项的获奖作品及特别奖获奖作品。后一参评诗人指出"评比过程存在漏洞，监督机制形同虚设，评选过程缺乏公正性"，该省作协也做出了有关回应。此事引起数百家各类媒体关注。

获奖产生的种种终身性效益，是体制类奖项容易出现症状的直接原因。当人们强烈关注于、纠结于之，文学及诗歌的原本性构件如"真善美""道理道德"亦会烟灭灰飞。

2018 年，神州大地诗歌奖仍旧不少，或延续或翻新；诗歌奖的茁壮与经济环境、主文化建设需要有关，也与热心者、责任者有关，显然，各类各级各样诗歌奖总体应如是，且越多越好。虽然诗歌奖的意义更多地在于主办者与获奖者，与诗歌本身的关联程度不一，甚至脱节。可以认真，也可以不用较真。有奖没奖，它并非写作这种习惯或爱好的目标。

诗歌奖正成为一种当代诗歌文化（活动）常态，或诗歌舆情动态，这是新世纪以来，也是"新诗"第二个百年起始阶段的另一种面貌。

二、北京大学纪念中国新诗百年传统

9月，中国新诗百年纪念大会在"中国新诗的发祥地"北京大学举行。300余名来自国内外的诗人、学者、学生到场。纪念活动包括"百年辉煌——纪念新诗百年诗歌朗诵会"和"中国新诗百年纪念大会学术论坛"，与会者围绕"新诗百年的总体评述""新诗艺术特质""新诗批评与批评家研究""新诗与当代的关系""诗歌翻译"等议题进行了7场专题研讨。

从上引议题名称粗观，没有具体地出现"传统"这个词。但并不因此以为它与传统隔远，校名仍是中国字，还体现书法艺术。或许，就"坚持"而言，北大是对的。它一直在做着向西取经的工作，这个过程本身也是一种"传统"的更新生成过程。其实，"知识分子写作"如果不完全是褒义的，但至少也是中性的。同理，以口语或日常性话语为骨的通俗体写作，也合理且必需。所有的分歧都因人而起而异，又都因人因立场动机而有高有低。

三、"90后"诗人："自主的一代"

7月，《星星》第11届大学生诗歌夏令营在东坡故里——四川眉山举行，覃才、贾想、张文康、马修诚、赵琳、颜彦、纳兰、苏仁聪、张勇敢、代坤等24位优秀大学生、研究生诗人参与。9月，《诗刊》社第34届"青春诗会"在安徽蚌埠开幕。并为参会诗人李海鹏、洪光越、陈巨飞、刘汀、余真等15位代表出版了诗集，他们多为第一次出版个人诗集，包括数位"90

后"诗人。10 月,《中国诗歌》第 8 届"新发现"诗歌营在武汉开启,包括醒洱、路攸宁、马文秀、王冬等 12 位"90 后"年轻诗人参与。12 月,中国青年报社主办的文学新报《中国青年作家报》创刊,宣传语是"放飞青春梦想,实现文学理想"。"报业萧瑟"之际创刊,这,怎么看?

世纪之交以来,"后""代"为名的文学及诗歌代际命名在争议中似乎已约定俗成地"通用适用"。相对而言,它至今仍然是最合理的,更适用和方便于批评与观察。如果延续"70 后"是"尴尬的一代","80 后"是"漂泊的一代",2012 年在接受南京诗人梁雪波的采访时我曾不准确地以为,"90 后"诗歌写作者或许可谓"被动的一代"。与网络相伴成长,他们的阅读、写作、传播及发表、获奖等,多由前辈诗歌资源承垫及由现时良好环境铺就,这亦会导致其成长、生活、工作或多或少是现成的和被动的。写得如何、文学之路如何走,基本不由他们自己说了算。

如今,这种与生理和心理年龄有关的"被动"因素虽然存在,但相对的"自在""自足"感却也同步增长,他们一上路就有较高的起点。或说,"90 后"诗人相对将是文学及诗歌"自主的一代"。

一年来,除三刊夏令营和青春诗会外,《诗潮》《诗歌月刊》专栏刊发"90 后"诗人的诗,在诗歌自媒体上他们合奏、独唱之状更甚。拭目以待,中国诗歌的新一轮变革,将在一群群不断冲刺过界的"90 后"那儿初步完成。而入门意味着开门,如何对时政、犬儒、媚俗、物化、市侩、功利、虚无、资本、附庸风雅等保持着合适的距离及清醒的认识?这是需要"90 后"以后认真处理的。

四、必须保卫历史

10月，"刘福春中国新诗文献馆"在四川大学建立。就职于中国社会科学院文学研究所的刘福春30多年来搜集了大量著作、期刊、报纸、诗传单、手稿、诗人档案、诗海报、诗人名片等中国新诗文献资料，仅图书资料便超过10万种，其中不乏1949年以后第一部新诗史手稿等"文物级"史料。

秋冬时，谢冕《中国新诗史略》、张桃洲《中国当代诗歌简史（1968—2003）》出版。

五、诗歌交流活动此起彼伏

国际交流渐多。一方面是中国诗人走出去，赴外交流或出书或获奖，另一方面是多国诗人之身影和语言交替出现在诸如上海国际诗歌节、中韩诗会暨大运河国际诗歌节、张家界国际旅游诗歌奖、博鳌国际诗歌奖、徐玉诺诗歌国际学术研讨会、自贡国际诗歌周、西昌邛海"丝绸之路"国际诗歌周、成都国际诗歌周、贵州世界诗人大会、桃花潭国际诗歌周、泸州国际诗酒文化大会等不同场合，其乐融融。

诗歌活动之盛，不同凡响，而活动，仍然是有比没有好，多比少好。

当然，或许十余年来中国各种诗歌活动的兴起，可视为一种诗歌文化的"改革开放"的初级阶段，以前没有或少有。而经过一个时段之后，诸如动辄冠以全球、华语、中国、世界、国际、华文之类名称的诗会、笔会、征文、比赛、书刊名称等现象，或会稍微沉静；或许，类似的诗歌交流合作活动，会趋于非官方的小型的、民间或社会组织的、多样化的形式。如此，诗歌相对会更多回到自身。

和诗歌奖一样，诗歌交流活动亦为一种当代诗歌文化（活动）常态或诗歌舆情动态。

六、诗书类型化出版方兴未艾

诗书的出版之状持续旺盛。在大量个体作者类的诗集、外国诗人作品译介之外，各种冠以中国、全国名称的诗歌"年选""精选""排行榜""诗歌日历""诗歌扑克""年度最佳诗歌"依旧持续出版，以行政区为界的诗歌选粹式档案性书籍如《福建诗歌精选》《中国先锋诗歌地图·广东卷》《贵州诗歌档案》《四川诗歌地理》等亦持续面世，别具意义。

相对于传统性体制期刊如《诗刊》《星星》《诗潮》《绿风》《诗歌月刊》《诗林》及若干综合性文学期刊等的兼容，不同美学倾向与价值取向、观念呈现的类型书刊因专业专门专题亦值得关注。如年卷：《新世纪诗典》《中国先锋诗歌："北回归线"三十年》《中国先锋诗歌年鉴：2017卷》《诗收获》《湍流》，诗歌读本：《端午》《2007—2017中国诗歌版图》《客家诗人》《贵州90后诗选》《诗》《中国大学生诗歌年选·2018》《汉语地域诗歌年鉴》《读首好诗，再和孩子说晚安》《中国微信诗歌年鉴》《新湖畔诗选》《中国乡村诗选编》，等等。诗文论方面，亦有张伟栋《修辞镜像中的历史诗学》等多种著作面世。此外，还有主打女诗人的《诗歌风尚》面世，《中国女诗人诗选·2017年卷》出版，这是专门的女诗人诗作年度选本。

年底，江苏《扬子江》入驻新一轮北大"中文核心期刊"阵营。

七、诗歌文化共同体及"后民刊时代"

12月，来自全国各地38家文学内刊编者在北京参加首次全国文学"内刊"工作座谈会。相较而言，"内刊"相对是更"有组织有纪律"，虽然它很多方面的作用功能与"民刊"相当。

常被简称为"民刊"的中国诗歌自办报刊无疑是另一种特殊的诗意存在与时光证物，它对于"百年新诗"进程的贡献，对于现当代诗歌文化及精神的普及、探索和影响已渐成共识。临冬，湖北《中国诗歌》编辑全国民刊专号。正如其主编所言，诗就是诗，无分"民刊与公刊"，只有好坏之分、真伪之分。《中国诗歌》至今持续8年进行年度"民刊诗选"，先后刊发2 000余人次、近5 000首诗作以及相关文论，"给中国诗坛展示了别样的风情"。

换言之，包括公刊、民刊在内的广义的诗媒其实正构成一种"诗歌传播共同体"及"诗歌文化共同体"，有效地活跃和充实了诗歌文化的多样景观。数字化传播环境下数千民刊已置身一个新的"后民刊时代"。

八、作为既定事实的非悖论现象及其他

好诗人在哪，如何寻找好诗，类似问题已然旧话。今天看来，这是一个莫须有的命题。对于一个国家，无数的纸质媒介

及无边无际的网络，一年里自会有成千上万的作品产生，一年中可能产生佳作，但能否产生一个又红又专或品学兼优的模范诗人呢？我们所知的李白是成熟和去除芜枝的李白，我们看到的诺贝尔奖诗人也是如此。写作是一种反复过滤的积累，而非新三年旧三年，你方唱罢他登场的星光大道。

而一些已成既定事实的诗界非悖论现象却是被约定俗成地接受了，譬如，诗歌网红对诗歌精英的取代；或说盛大的网络传播让人们恍然于诗歌精英概念的诸多虚妄。由虚而实的现时使诗歌的文化动态正成为常规消息、日常信息，诗歌实用功能继续拓疆，以往的种种分歧在网络时空里已不突出。另一种现象也正常化了：著名诗人或诗人的著名和诗歌写作本身确实不那么密切相关了。

似亦可说，诗歌不在于好与不好，而在于是否体现审美的多维度与矛盾感，即可以引起争议的诗歌相对而言更有价值。这里并不是要一棍子打死太多的诗集或获奖诗作，但它们太安详太四平八稳，它们出版与获奖只对当事人有用——自以为是的安慰作用。这种作用对于鲁奖、骏马奖、省级作协奖的相当数量获得者是明显的。我们所见的诗歌绝大多数是一种安全写作、基础写作、符合要求的写作、平面写作、交易写作、应酬写作的产物。正如我们所见的散文及散文诗绝大多数都那么德高望重、德艺双馨，却又那么德不配位。

回望 2018 年，可以肯定太多认真的诗人与不错的文本。所有的阅读必然都是局限的。在 365 日里，各种报刊、书籍、网刊和微信、微博、博客、QQ 空间等构成的诗歌海洋，时间、少数人、作者自己和诗歌一起见证，就已够矣。

在必须感谢千百万诗歌写作者的耕作精神的同时，亦可再强调：并不否认个体的突破，但一个成绩诗人的诗作不可能全是佳作甚至合格，一个业余或不著名诗人亦可能写出好诗。当下诗歌创作的一个重要现象仍然还是：此诗与彼诗的相互距离日益缩小，一个选本、一个奖、一首诗、一个诗人能最大限度地获得诗界的普遍认同的可能性基本不在、不再。这样的同质与无距离现象还将持续。

九、持续的另一种意思也可说是量变会促进质变

一年过去了，一年又来，2018 年，几位诗人如李敖（1935—2018）、洛夫（1928—2018）、伊蕾（1951—2018）、孟浪（1961—2018）逝世，以及作家界的主流诗人二月河（1945—2018）、通俗诗人金庸（1924—2018）……他们将从若干消息、信息里静静地安息。而正在路上的我们，在日益物化的时空里，有多少会想到"生存还是毁灭"是一个问题、是什么样的问题？

（广西民族大学覃才博士对此文有帮助）

网络时代环境里的诗人

一

数字化传播环境促进了"诗意与诗歌普及"和"雅俗共存共享"，诗歌写作、编辑、阅读与评论队伍自然扩容，数量递增的同时，传统意义上的诗人形象、身份及角色担当也有了变化。随着传播的起伏，出现在"权威"媒体、体制型期刊、诗歌自媒体及各种网络媒介上的这一古老名称，有了不同的意味和指向。

总体看，这是一支成分复杂、参差不齐、来路与去向多元多向的队伍。他们分散在各个社会层面与角落，都打着同样的旗帜：诗歌。也正是围绕这面旗帜时，我们才能看到他们的呈现。在人间，他们的动静会为文化、文艺、文学增添光彩，无论是加分或减分，因为在内部的识别与相互辨认之外，非诗的大众在面对相关诗歌文化的信息传播时，更多的是在看热闹或不求甚解地旁观。

今天，当人们谈及"诗人"，仍然存在着约定俗成的印象，即文化人、知识分子，人们潜意识里的他们还有着些作料式的"花纹"，比如传奇的人生、浪漫的性格、多情多愁善感的内心，他们还是拥有写作这种技术的人才，诸如此类。在诗歌界本身，强调的也多是何为诗、诗为何、如何诗，很少谈及诗人本身——有意思的也在这里，当诗人谈到诗人，他通常会藏拙示德，转移视线，一些标榜"民间""地下""隐态"的诗人对此较为擅长，他们要用所谓思想性来掩护差欠的文学性。而在"体制"路线上的诗人，给社会面传达的印象，常见长串职称职务荣誉，以表个人成绩，虽然这成绩更多是社会层面的所谓"文化"附加值。

而众所周知的是，"文化"早已被滥用。严格看，今天的诗人真的不绝对等于文化人、知识分子，综合素质、道德品质与写作也可以是平行或各行其道的。换言之，国民素质教育与往昔大为不同的今天，多愁善感、情感过剩或情绪化明显、恰好有那么点文字技术等的人，都可以写诗，可以赋比兴观怨，而且传播环境的巨变让发表又是这么简易。当然，此说可能苛刻了些，只是针对少数。

很多时候，占很大数量的所谓"诗人"，多为兼职爱好者，爱好并不影响其认真与用心，以至于其写作更有专业性及成绩。但就这很大数量的诗人群体，也仍然不能"免俗"，他们需要或多或少地发表交流、参加相关活动及评奖参赛之类，以证自身的"不俗"与创作成绩，表明自我在人海里的与众不同。这是"人"存在的本能之一。

随着传播环境的改善，"诗意与诗歌普及"与"雅俗共存共享"的状况持续推进，过程中，难免会有些尴尬的问题或话题，诸如什么是诗及好诗，什么是诗人及理想的诗人等。这是

"诗"存在的本能之一。这也带来诸多值得注意的现象。

现象之一，诗歌在多信息多动态中得到大力普及，创作量增长与整体质量的不可观状态同步，低门槛的传播链条上，大数量的诗作趋于同质、模仿、相互复制及自我复制，诗歌作为一种精神食粮始终存在和必需，但又陷入不重要的境地；为了提请社会面的注意，又会导致相关宣传的过度，换言之容易成为失范的"炒作"。

现象之二，传播环境的红利与便利会使得"网红"式诗人自发频现，但其写作通常很难出彩或受到公认。这种情况也发生在"著名、知名、有名"的诗人群体身上，这一群体通常属于"体制认可"路线，常规方式是成为各级文学组织的成员。当遍地都是"作协会员"及诗歌的学会、协会、研究会，奖赏及鼓励就成为一种选优及再认可的辅助手段。这种手段也常出现混合与失序，有钱就是硬道理，奖赏之下有勇夫，一方面官方奖项剧增，另一方面所谓个人承办的"民间"诗歌奖层出，它们的旗号通常宏大，打着"国际""世界""全球""华文""桂冠"等名号，诸多脱离实际的奖项令人眼花缭乱。

"著名、知名、有名"的诗人群体也包括了阶段性野蛮传播的情况，这似乎已是不争的暂难改变的诗歌事实，近20年来，诗人层出，作者众多，却几乎没有相对公认的经典的"大作品"和大面积认可的"大诗人"出现，诗歌文本创新度微弱，相互间距离感模糊。这既表明新时期诗歌读者方面的品评鉴赏能力的普遍提高，新一代知识群体趋于成熟，也体现出新的时代环境中诗作者"思"与"想"的深度欠缺，或无力无心于语言技能的进一步锻炼。

时间不断带来怪诞，也会让其归于平淡，一茬茬事件、活动和种种阶段信息之后，时间之镜终会回照到诗人与诗歌本身。如今，茂盛的传播环境中，诗人位置是否边缘化似已不重要，虽然它曾"被重要"过，而今更容易看到的是，传播一方面让原来的诗人归为常人、凡人或所谓"平民"，另一方面，敞门入场式的传播又不断把常人、凡人推到了"诗人"的座位上。以及，以此为业、为命、为人生价值呈现的"诗人"，他们会不节制或不厌其烦地现身于"首页""头条""重磅""实力""名家"式的浓妆粉饰中，这些"标语"在微信平台或诗歌报刊目录中相对常见，有时它会催动一个群体的自恋骄傲与存在感，有时它和诗歌本身几乎无关系。

二

因为感觉丰富，感官解放，感情复杂，感慨万千，成千上万的有情、有心、有闲的人逐步或反复地参与到诗歌的写作实践中来，这当然是好现象，但不是说大众都真的需要"诗歌"，都想成为"诗人"，实则是多样的现实发生与多姿的现实生活催动使然。据统计，当前至少有9亿国人在使用微信，它作为社交媒介也包括了"精神交际""心理平衡"需要，对其中部分人而言，与诗有染，是一种"诗意"生活的主动的自我归纳，有偶发和阶段性，这种现象正好表明了网络时代诗歌文化的普及有效，正常而可喜。

为什么有了"精神交际""心理平衡"需要，却不用小说、散文或影视手段呢？这与诗歌文体的特殊性有关，它轻快，更有情感，更能及时地抒情，也更易与新媒体挂钩，它也不需要相对于小说必备的和难以达到的写作技能与条件。对于大众而言，有真情实感、有相当的经历经验和语言基本过得去就行了，在他们那儿，诗歌作为一种抒情的技术活，要求并不那么苛刻，或说入门并不难。诗歌比小说比散文类活跃，同时诗歌数量剧增且又质量失衡，原因也与此有关。

但门槛其实又始终存在。诗歌写作对于更多的人来说，在初期仅是业余爱好之一，但网络传播环境起到监督、检验与推进作用，即说诗人身份的淡化，并非指诗歌写作的停滞，而是慢慢入门后、继续前进中的自然淘汰，所以当说写诗的比读诗的多，其实是指初级阶段的队伍。时间一直是过滤人不眨眼的。相信唐宋时期的诗人数量应该比现在所知的要多得多。

值得注意的是，常会有人感叹网络时代的诗歌写作门槛低，难度低，其实是因为有相当文化水平、写作技能与鉴赏能力的作者与读者越来越多了，尺度随行就市提高。相信很多诗人或作者都有这种感受，即阅读别人可以提醒与激发自己，参看他人创作手法与技术可以提高自己的形式建设，其时，在比对中自有理性判断，不盲从或逆反，并不轻易对"著名诗人""职称诗评家"点赞，这也是一种倒逼，在某种程度上恰好表明诗歌写手涌现与诗歌写作水平的普遍提高是相辅相成的。

木秀于林本身就少见。之所以世纪之交以后的诗歌不断出现"同质""仿袭""复制"现象，是因为网络传播相对便捷也更集中了诗歌写作及呈现的"类型"，表达上和题材上难免出现趋同，还因大多数入门者本身并未有前行之心。

不过，"乌合之众"这一是非兼有的陈词在当下仍然需要辨识。网络环境对于诗歌个体突出"自我"是速效的，但从来就没有离开了"群体"而独立存在的"个体"，"民间"及"民刊"始终都是相对论的结果。无论是出于交流阅读需要或简单的抱团取暖目的，一度层出的诗歌群现象纯属正常，"诗可以群，诗以类聚，人以群分"，表面看，至少这是诗人及诗歌介入"公共时空"的开端。这种介入有时并非主动或凑热闹，且有多种向度，就诗歌文化而言，则似以自我道德感的省悟及建树需要为动因。

网络传播促进了"诗歌普及"，实则也是圈子或群体的相对扩展。戏曲、书法或旧体诗的作者与受者相对也是圈子式的，其动态也会随传播情况而变。这表明数字化传播在面上扩大了诗写队伍，其中绝大多数是偶尔为之的爱好者、初级尝试者，他们与诗歌"票友""写手"团结成块，不时也会诗出惊人。后来，如《中国诗歌》《诗歌月刊》《诗刊》等纸媒前瞻性地注意到了并不断在网上甄选无名作者的佳作，甚至为此公开征稿和发行专号。

三

成群结队竞相争艳的百花园中，怎么来识别一位诗人或诗歌写手呢？在远观与粗览的时候，在传播茁壮又简易的前提下，通常是看发表情况，其次是诗歌网民或诗歌群友的认同。显然，二者的判断尺度都不是绝对可靠的。

社会大众视角关于传统意义上的诗人或有相当技能的诗人的判断，很多时候是依赖于体制命名及认定的。比如官方文学组织成员、相对层级的文学奖项获取等。但是，即使如此，只要置身不断刷新的网络境地，各级作协会员也会成为广义的"乌合之众"，也会进入被阅读者偏食分食——恢复到广义的诗歌写手上来，当然如此说并非贬义。

不科学地说，计划经济时代，诗人、作家的产生与身份定位多与文学的"计划"体制有关，当网络环境里涌现无穷多的诗作者、诗歌文化圈或群，或说在如今不留情面的传播里，大众化诗歌文化即使不说覆盖，也在影响着往昔的诗歌精英与主流诗歌文化格局——这也是网络传播环境带来的巨大变化之一，这导致"诗人"往往需要通过期刊、出版、获奖和取得体制内文学组织成员身份以及参与相关活动来"证明"自己——证明自己是（有一定级别的）"诗人"。即便他或她其实并非成绩可观。

这些"证明"至少起到关于"诗人"身份的基本维护作用。这种维护一度有其丰厚的文化心理定势，在这种认识惯性里，"诗"（文化知识及技能）其实也略等于"师"（文化秩序与水平体现，传道授业解惑的代言），即诗歌文化传统或诗歌传统文化营养的阅读者或观众始终对"诗人"会另眼相看：一种集文化人、代言者、思想者、审美者等标签于一身的异类。即便如今的网络时空里，他们中绝大多数只是平民状态、中介状态，或对于诗歌这一文类也仅是业余爱好，并不以此为职业。

往昔的荣耀总是更多地属于往昔，在当下，渐失效用的以上名片式证明，在网络环境里效果已然打折，传统意义上的"诗人"意味、约定俗成的"诗人"印象，或多或少，渐被坚硬的、中立的网络传播机器裹挟磨损。

这是一种提醒吗？曾经的才子标准已渐被岁月模糊，所谓的社会文化精英已随时代要求改头换面，并被重新分配。

诗文化是中国传统文化的显要脉络，诗人及文人对社会和时代一度影响非凡，一茬茬成为杰出人物，成为众目睽睽下的精英或标本，或是体制文化的形象代表。社会转型以来，特别是世纪之交以来的数字化环境里，"诗人"与"优秀人物"或所谓"网络大V"几乎绝缘，汪国真、赵丽华、余秀华等的出现在一定程度上类似"芙蓉姐姐"，关注只因它是"事件"，虽然事实上他们的写作是有效的。

身份换位曾让诗人们怨艾，在20世纪80年代相关的诗史回忆文字里，不难反复地看到今非昔比的心理落差。如今看，移位未尝不是件好事，对于时光、环境、人与事物，诗人更该静观其变、求真拒假、审美识丑。而今，从网络时空里可见诗人位置身份等的移变在诗界内部产生的心理失衡仍在持续，一方面，诸多作者自降身份意识，坚定抵抗功利之心，以平民化、草根化、个人化写作为荣，坚守道德情操；另一方面，他们又觉身处时代边缘、少受尊崇，其潜意识里，亦含有对文化话语权旁落的失落感。

失落本来正常，部分诗歌从业者的失落，仿佛这个时代里自然而然的行业委屈感，程度因人而异而已。市场经济时代或城市化数字化时代的出现和成熟，确实需要另一类能对时代、对社会起影响作用的人及学科代表。客观而论，诗歌与诗人所体现和提供的知识、智慧、道德等已很难作为当下经济社会人心所向之标杆，至多只能是标杆之一。

四

但诗歌与诗人亦如书法、地方戏曲等有存在及扶持的必要——只是在这消费时代、娱乐时代、网络时代，扶持的方法只有主流舆论和倡导自是不够"给力",目前更多的方式,仍是"以体制建构体制"。如此,虽然而今诗歌更迫切需要的是社会公认、知识品格和时代影响力作用力等方面综合上乘的集大成者认同,但"体制"会导致著名诗人之"著名"更多地被诗歌作品之外的其他因素决定。

如果上述状态终无改变——如果一个诗歌写手凭借诗歌文本之外的力量跃进成为"重要"诗人,如果这种现象普遍地发生,对诗歌文化的提升有益否?诗歌专家的"重要"之产生亦同出此路,一个无职称、无学历、无机构归属的"诗评家"在当下诗歌文化环境里几乎是不存在或不可能被认可的。一个高校的有职称的读者则可以轻而冠以"专家"名分。

类似现象的原因有相当的复杂性,涉及较多。事实上,正因以上诸种不平衡以及网络环境的作用力,恰好也促使了"诗人"印象的改写并使其从神坛转入人间。

在古代的巫师之后,也许现当代诗人本来就不曾置于神坛。这样说来又会让人回想起20世纪80年代,其时的诗人可谓"精英"?这个也和传播环境有很大关系的,常让当事人津津乐道的话题至今仍存异议。在此不赘述。在数十年过去了的当下互联网时代,共享的传播时代,社会经济文化与秩序大同,诗歌及诗人所能供给的世界观、价值观、审美观、道德观、人生观……高超乎?于此,众所周知又需客观清醒的是,相对而言诗歌及诗人并非时代的先行者了。如果曾经是,现在也应该是记录者、"拾垃圾者"……保持这份理性认识有助于自我完善并切实"求真"。

那么当下的传播时代里诗人的作用应该是起着思与诗的接受与传播——而有可能不是有效的"创造"。这么说可能会让认真有为或自认为有为的诗人存有异议，那么或可这样理解，网络传播时代里并非没有诗歌精英——而是没有了按以往标准塑造的诗歌精英，或没有了公认的诗歌精英，甚或是精英也已然被分解、被碎片化，分属于各种群体、区间，当然也包括微博、微信圈子。

细究之，其实诗人身份的"平民意识"强调或心理暗示，也相当于传统精英意识的承接，这与部分所谓"地下""民间""隐态"之类的自我标榜相似，其成立须预设一个对立面或参照面。"平民意识"也仿佛"自我意识"，这与传播与经济状态与生存生活境况甚至工作职业有关，所以也曾有如诗歌是否为"中产阶层下午茶"的讨论成为阶段性网络话题。

自我意识或自我感相当重要。据观察，诗歌写作的"气息"有时与职业有关，譬如教育工作者、打工者、工商业者、公务员、农民、学生的诗作各有相关相应的主题题材、审美趣味、遣词造句习惯，还可细分如性别差异、城乡差别、代际区别等。但，总有一些东西是共通的——诗意的核心、诗性的内质——这是诗歌之所以被视为诗歌的元素，也是诗人之所以作为诗人的根本，如果没有自我意识及独立的个性的科学的价值判断与审美努力，终归也就是"写手"，充其量也就是"诗人"，但并非"精英"。

如此看，作为诗人的余秀华再怎么家喻户晓，再怎么符合当下的娱乐消费时空，也不可能是时代文化精英或代表一个国家的诗歌水平与标高。但值得肯定的是，她代表一类观念或倾向，这体现了自我意识与存在——更重要的是，她不只是她，她也是"她们"的代言人。这是余秀华的意义之一。

每个诗人每首诗都是文化观念与精神倾向的表达，事实上效果往往事与愿违。传播时代同时也是欲望更加恣意的消费时代，诗歌文本的优秀需要建立在相应的思想和实践之上，这方面我们的诗人队伍大都并不可观。反过来，坐在相对的成绩上休闲蹓场、拎着毛笔挂着相机改行转业体现了另一种存在感的诗人比比皆是，有着相当物质存在感与社会价值成就感却写着数十年陈调的"归来者"也此伏彼起，在不分青红皂白的传播时空滥竽充数。从当代诗人形形色色的自我简介可略见一些共通处，"组织关系"与"获奖和发表记录"似乎略等于创作成绩。这成绩略等于作者是有诗歌能力的人才。诗作还不能证明你是一个诗人。

其实也已众所周知了，在网络传播时代，简单或不简单的诗歌与诗人都可以通过炒作包装或说广告宣传，被研讨或评论，出版发布签售入市，当事者也就成了著名、知名、有名的诗人。类似"套路"已然常态。那么，就诗人而言，在网络时代谈到营销就难免面临一个矛盾式的辩证问题：人们和时间是在消费或为了消费"诗歌"，还是在消费"诗人"这种名称？抑或二者都不是？

这似是网络环境反抛过来的问题：当诗意普及、诗歌意识加强，传统意味的诗人角色与身份则在相对更严格的新标准中发生变化，诗人有时也身不由己，大数量的诗歌作者及诗作涌现，经典性的诗作屈指可数，或说精英诗人之不再亦因诗歌精品之缺失？

总的说，好诗人少、诗歌写手涌现与诗人身份的淡化等原因复杂。其因果关系在于，在传播环境变化、作者自身和文本质量低平浅等因素的合力下，诗歌不再完全是曾经的优雅、崇高或神圣之类的象征。但，它仍是且将久久地是真善美的中介、参照甚或是目标本身！由此也可相信，无论"传播"如何，相对的好诗与好诗人总是有的，更可相信，每个时代，有的诗人死了，他还活着；有的诗人活着，他已经死了。而在每个时代，都会有人心怀远方，有人坚持仰望星空。

风格、风格局限与中年写作

一、风格随人，如影随形

文学风格也是一个常说常新的话题。简言之，风格就是指与众不同。但在今天的大文学环境、文学大环境里，关于风格的话题，实际上又是一种悖论。

当我们以风格为前提讨论一位作家或诗人及其作品时，也就意味着他或她的相对成熟，以及相对的个人性呈现，还意味着他或她的写作有着明显的辨识度。同时，当一位作家或诗人在写作上呈现出个人特色，并且相对稳定时，时常又面临内外交替的可变量：

一是当风格形成并且相对稳定时，是否也表明写作者可能的一成不变或自我守成？还要不要或将要如何更新？而从阅读方面来说，时间需要的是一位不断变化的还是一位千篇一律自我复制的写作者？二是风格的辨认与命名通常来自"圈内"，来自专业或职业文学队伍，包括与此粘连延伸的高校学术队伍以及传媒界。这种主观的、短期的认定在诗歌方面似乎较多。其实风格或许是一种莫须有的东西——它的有无取决于作者之外的"看读"（读者、评者的理解），那么，辨认与命名是否能经受时间及各种检验？三是传播的湮没。当下文学传播迅速，它体现于：一位作家的阶段文学成绩可能时常进入大众化传播界面，同时他的文本也相对能得到迅速推送传播，虽然风格是支撑一位有成绩的写作者屹立不倒的重要因素，但传播在事实上亦会带来一个问题，即风格在一浪覆盖一浪的互仿情况下，本就"莫须有"的文学命名是否有效？

如果从大面上看，包括诗歌在内的文学写作的所谓潮流，诸如朦胧诗潮、家园及寻根诗潮、海子式诗歌，或新状态小说、个人化写作、日常性审美之类，我们会发现文学的风格体现，个体性是相对不强的，通常是反过来的"以面代点"，这似乎值得思考，就是个体的写作通常会被纳入预设的群体、集体、整体的格局里去。也就是说，风格有无和是否有效，很多时候仍然是一种"凑份子"的现象，风格的有无，实质在于个体是否真正脱颖而出，这需要时间。

同时，风格在很大程度上也更多意味着稳定和守势。形成了风格，也表明个体的创作有陷入自我模式化、自我复制化、自我同质化的危险，可能有量的积累，但难达到质的提升。而文学本身是动态的、变化的，而并非安于束缚的，创作之"创"，其实意思包括创造力与创新度。所以对于写作者，如果不是具有强大的持久的天赋式的创作能力，最好不要有意识地去考虑风格的创设，只需认真前进，任由它自然生发消长，风格如影随形，自然随人。

二、风格即技术

但在创作的长途里，有风格呈现又是自然和必需的。因为它其实代表阶段性创新。文学创作需要"与众不同"，但往往事与愿违，时常不得不大同，作为人类的我们想诗意地栖居于大地，而大地上栖居的不只是我们，在全球化、全国化、网络化、工商化、城市化等大同环境和相似链条上，我们的思想、观念、审美、情感实则大同；对于阅读资源、题材的采纳以及表现形式与方法，也常难免相似；我们的生命、生存、生活与存在，前提就是大同的，也是共享的。也就是说，对风格问题的重视，可以理解为对创作"经典化"的期望，那么，在大同与共享的时空中，在一个繁盛的大传播环境里，"与众不同"的另一个意思，也就是"大同小异"或者说"同中有异"。这个"异"，可以理解为写作技术及方式的不同。

通常，文学评判常以思想认识、价值观念为重，回看包括茅盾文学奖、鲁迅文学奖等国内各级各种文学奖颁奖词，能看到它们多是强调"作'品'"，强调精神道德的高度、深度或程度，动辄堆砌"关怀""悲悯""同情""良心"之类，可以理解，无可厚非，但是很少强调和认真对待一个获奖文本的写作技术成绩。一个有成绩的作家、诗人，当然也是知识分子或文化人，如果他或她没有精神准备，没有思想认识及必需的伦理道德，他还写作什么？还能写作吗？

换言之，我们生存的大小环境大都被同质了，这导致作为一个个被生存、被生活的个体的我们其实都是同质的，包括精神、道德、阅读及参照等诸多方面的近似。要想尽可能不同质，让作为精神生活的写作不自我复制，写作技术的差异性就很有必要。

中外优秀作家和诗人，他们生活在各自的时代、地域，他们的精神倾向、审美标准也不尽相同，但其实后来我们在膜拜他们的精神高度的同时，其实也在学习他们的颇具高度创造性的文学技术。

略看诺贝尔文学奖及茅盾文学奖、鲁迅文学奖的作品，它们都体现着个人与时代、民族与世界、传统与当代、历史与地域文化的整合，或曰融合——而这些，仍然是文学技术的结果或必须与技术相辅相成。当然，这里所说的技术，表面看是形式呈现，是艺术表达，而实质上是拥有技术的前提下也包括了思想观念及相当的艺术实践，技术本身就包括了认识及经验，并与这些要素融为一体，相辅相成。

三、中年可能是种开始

当谈到中年写作，仿佛也意味着还有"少年写作""青年写作"以及"老年写作"这样的参照对象。有时我们会说某某作者是青春抒情、是文艺腔，不足之处明显，这些，在他们而立之后的中年阶段，随着才气的调整归纳，往往能得到解决或缓解。

诚然，中年写作意味着经历了相当时期的锻炼，这也会存在一种例外，比如一个中年才开始上路的"后起之秀"，其年龄可以是中年，写作则不一定。综合看，中年阶段是"经典化"塑造的可能阶段或起始阶段。但我还是认为文学风格对于作家不是最重要的标识，或只是之一。在不同或大同的时代气候、民族传统、地域文化等尺度之外，经典的认定不是落脚于风格。

如果说一个写作者的风格，大略等于技术表达，这又会带来新的桎梏：技术相对是熟练了，却又会导致匠气，以及日益失控的精神状态的油腻与平滑。

另一方面，中年的写作与写作者的中年，都面临诸多亚健康式问题。就生存、生活而言，顺畅者，成家立业，身心稳定，与物质条件相关的幸福感逐渐增强，精神的冲突、矛盾很少或不突出，这些也会让写作不思进取、不痛不痒，饱暖而不思，或有思而欠缺技术；阻滞者，通常面临物质条件的压力与要求，也存在生理状态的自然下滑，若隐若现的疲惫与焦虑逐渐具体——这些因素，通常会使他告别或与真正的、纯粹的写作拉开距离。其实，类似制约或局限并非只产生于中年时段，而是一种随时随地的、越滚越大的雪球，它集中在中年时段体现出来。其实，处于青少年与老年之间的"中年"不仅面对诸多问题，它本身也是一个问题，如果我们不解决好问题，我们就难免被问题解决掉，这也是为什么很多写作者的写作几乎就"到中年为止"。

综言之，风格意识并非写作的前提，它始终在路上；风格即人，中年、中年的写作，是每个写作者不可回避的先后均要遭遇的话题，也是关于写作在"技术革新"基础上进入新一轮个人性、差异性层面的必然要求。

（本文曾发表于《山花》2021年第8期）

中　编

枝蔓：个体风景与诗歌美学切片

落日朝霞何尝不是人间烟火

——杜涯诗歌局部读后

一

　　杜涯的写作似乎并非惊艳或说并不时尚，在诗歌也讲流量的时下，如此静中有动地呈现，平中出奇地揭示，平缓从容地漫步，同时考验着写作与阅读方面的稳重、层次与耐心。2018年，杜涯诗集《落日与朝霞》获得鲁迅文学奖诗歌奖，进而让更多的读者知悉。

　　在写作时，杜涯曾自以为从未考虑过自己的女性身份，"我考虑苦难和命运时，想到的并不是作为女性的苦难，而是作为在这个世界上的个体的人的或者人类的苦难和命运。我只考虑生命，而不考虑是男性的或是女性的生命。""我只想写出我对这个世界的感受和认识，说出'我之所以为我'的一切，尽可能完成我这个个体来到世上的任务。"

　　诗歌任务也可谓认真者的自我要求，或曰永远也做不完的一种梦。如果将此任务分解来看，杜涯的倾向是明确的，对广义的"自然状态"的顽强在意与持久关注，使她逐步形成了自我特色。在此言及或挪用"自然状态"这一概念，并非专指西方相关思想理论，但也有些巧合交汇，即指人类生活在一种理性的自然状态中，其中人们具有同等的自然权利、平等、自由，但并非每一位诗人都有此意识或追求，事实上诸多诗人仅将"自然"主题或题材当作写作的作料或色彩。杜涯则更执着。卢梭认为自然状态是一种原始的情感状态，自爱心和怜悯心牵控着自然人、人与人的关系与行为，"自然人具有的自爱心促使他们自我保存，怜悯心则促使他们保存他人"，粗略阅读杜涯部分诗作，深感这可谓杜涯写作的深刻的底色。

诗人的生活经历和经验时常会决定其写作道路的种种，有的作者可能更多着力于保存自我，有的则会同时保存他人，杜涯属于后者。虽然她不多考虑性别，但肯定的是，其实性别前提时常也促进了她的思与诗，让她的写作在"异性""女性"之外还有不时换位的"男性"以及更宽厚的"母性"意识。

如此，杜涯的写作总体又呈现一种"拥抱"态度。不凑近、不拥抱，谈何辨识、怜悯、关怀与保存呢？她在拥抱"自然"的同时也主动地让自己被"自然"拥抱，表面上，唯此才心有所属、有所安，其实也是一种精神上的自我拘留或节制。在与广义的"自然界"努力默契、暗订契约之后，她难免会自我边缘化，但又会跃跃欲试，在触及、探究人和自然的关系之时，对人与人、人与社会和现时不断识别、判断之时，她以语言为翅，在静谧的时光角落从容抒情和叙述她所理解的发生、因果和安慰。

保存自我也包括保存自己的自然部分，这是人在尘世中最易磨损、污染和变质的部分。而爱人也是爱自然，或二者其实是同一的，虽然杜涯在其代表性诗集《落日与朝霞》后记里说"我承认：我爱自然胜过了爱人类"，诗集名字《落日与朝霞》来自诗人两首诗歌——《落日》和《致朝霞》，后记标题也是《向着朝霞，向着落日，向着永恒》，但我仍以为，对不知所终的"自然"的强调，其实是对"永恒"的向往及强调，而"人世"则是必经之隘，所以我以为，对自然及永恒的倾向与执念，或永恒之感，其实不一定非要通过约定俗成意义上的辽阔、无限之"自然"才是唯一的最佳呈现角度。

我的意思是，杜涯写作的自然倾向，其实本身也是非自然倾向（人间或尘世）或她其实始终置于其中，不可拒分。落日与朝霞难道不也是人间烟火？以我之浅见，一些论者及杜涯本身反复言及强调的"自然"这一术语或概念，其实只是一种有意无意的外形式，它有些许道法自然意味，然更多地指向天然生成的相对于个人处境、心境外的大环境、外环境、时代环境，诸如山川草木鸟鸣蛛丝，以及城乡、落日与朝霞之类。

显然的是，杜涯在对现时、现代多少是有规避的，我想这虽然是其写作倾向与习惯选择，但也可以理解为这将是其以后的优势或说她以后还有更可能的探索空间。而目前她仍有犹豫，她在诗里有时不安，有时矛盾。百感交集的生存生活流程，城乡差异间的"尘世劳碌、苍凉生活"，如何与窗外的屋顶上的"自然"相互反映观照，这当然需要时间来和解消融。杜涯对此其实也清醒，她曾说："谁能断言爱自然爱远方的人就不爱人类呢？"因此，杜涯的诗如同两岸间的索桥，头上与脚下各有路线而大方向略同，她在心朝"自然"（远方）的同时也实在地面对着由乡村现实与记忆、具体生活感受，以及城外天空、大地、树林、河流、落日、繁星等"自然事物"构成的庞然"尘世"，她其实并不避世，她在小心翼翼地挪移中寂寞而自在地感应着、叹息着、悲悯着、沉思着、归纳着时间与空间的无奈与不可控。

而这，当然是一条永远的未尽之路。

二

在路上，什么人才会时常考虑着尽头？而杜涯，却是诗思同步，且行且吟，且如叶，有青春色，有新奇感，还有身不由己的怆然与茫然，更有总是止不住的怅然与寂然。

"路两边的宽宽林带又在风中飞舞、摇摆／婆娑的树影，匝地的、绵延的绿荫／更远方浓郁葳蕤，粉蓝并广阔／天空也总放出玫瑰色的温和温柔光亮"。这一段似是实写，诸多形容词堆砌，是为景，和悦之图，也是着力为第二段的情感的转移而铺垫。

"那是一条无始无终的路途／在一个早晨我踏上了它，春日正深／那时我尚年少，不知道它通向哪里／我独自走着，风雨相伴，云霞时常也隐现"。这第二段的转移似乎陡了那么一点，但也并不影响对第一段的顺利承接。这里，这条"路"由实变虚，从目前换位于可能的记忆，这里，"路"本身渐隐，继续被形容词拱卫着的"光亮"与"远方"成为关键词，它们若有若无地在昼夜交替，是存在的，又是难以命名的，诗人的心情由此也是复杂的——所以"华美地忧郁"，所以"芬芳地惆怅"。

而"多年的时光已过去了／东霞丽丽，春去又回／风儿回荡，问我心中是否忧伤／云絮漫卷，问我心中是否忧伤似往

年 // 我望着远处无尽的路途，那里 / 浓郁的林带在风中飞舞、摇摆——/ 我从未离开过这条无尽之路 / 风雨漫漫，我心中从未黯灭过理想"。这里，诗人渐将远景、风景重新拉回，这条路貌似在能见的从未离开过的"远处"，其实又可理解为莫须有，其实它属于"心境"！其实这条路，也就是我们心之蹊径，它通向（莫须有的）"理想"或其实它本身也是"理想"的样式。

为了表达对这个属于"我"的而又无须具体说明的"理想"的用心和坚持，诗人再以一段诗进行了强调："担忧于短暂，担忧于日落、完成、抵达 / 人世上桑田变幻，时光已苍茫 / 但那浓郁的林带在风中飞舞、摇摆 / 我从未在心中黯灭过理想之光"——窃以为，此段已赘似可不必。

"现在，我依然走在那条时风时雨的路上 / 倾听召唤，信赖光亮、芬芳 / 相信那广在的法则，沉静的力量 / 年复一年，河岸边的芦苇如火焰燃烧 // 幽寂地走行，我已然知道那条路通向哪里 / 我仰视庄严，不改变方向。我已不再关心 / 繁花还是落雪。'走下去'，像星系走向 / 命定的轨迹，已如肯定、鼓励，已如真理"——这里，诗人的淡静从容已然明了，此路或许无终，却已不重要，重要的是继续"走下去"，这是命定的轨迹，这是诗人自己决定和忠贞不变的"真理"。

上引之诗题为《未尽之路》，约 40 行，在形式建构与遣词造句方面似不出奇，它不是杜涯的代表作，但它能基本体现诗人的写作观。正如前述，她习惯于从"自然"入与出，自成特色，像朴素的一缕风、一道光，或是一片仓皇落地的树叶，敏感而又自信甚至自傲的神态，时而介入，时而旁观。

如果介入或旁观属于外形式，永不凋谢和歇息的"思"则随时随地而在。思，对于有为有力有"任务"的诗人来说，是如影随形的难题同时也是余生的养分。

看《云之深处》，开头段"在云之深处，是什么更高的法则广在？/在云之深处，有什么拨动尘世的存在、力量？"结尾段"有一个永在者，已把庄严的面颜转向了我/在云之深处，在天空无邪的地方"，在中间数段里，诗人看见季节、风吹、麦田、树林、村镇、劳动的人们、收割、游动、筑梦，这是亘古大同的生活，"而在云之深处，有什么永不变的慈悲、庇护、沉默？"接着诗人回望自身，少年的懵懂游走，青春的孤单游走，岁华茫然沉郁，"而在云之深处，是什么深沉的光芒守望我陡峭的今生？"往昔和今日，在成长旅途的徘徊里，"是什么引领在宽广里，用力量托住我的忧郁崛立？"

诗人继续追问，大地上的事物，大地上的人们，他们建筑、走动、生老，"而头顶，是什么更高的自然在云之深处崇高、庄严？"诗人思想着，似乎恍然，"一种伟大的启示已来自时间之上""给予我镇定者，也给予我磐念、信仰！"而这节的结尾句，让我再次叹息地留意："我将随风前行，心中的眺望、希望也如忧怅。"比对杜涯的诸多诗作，我看到，即便时常会想通、不时会释然，但一种深刻的抑郁感始终附着她的文本。换言之，"思"让诗人与众不同，难免痛苦、习惯性忧悒，但不思不忧又怎么可能叫作诗人？从杜涯的写作可以看到，她以"思"贯穿着抒情、叙述、议论，她一直努力在诗与思之间平衡着，如在野之草木，又仿佛女版的中国的当代的叶赛宁。

三

为什么爱好或擅于选择"自然"这个"道具"或"器"呢？

这似乎是杜涯自己的问题。事实上对她而言，无论是自然事物，还是自然景色、自然形象或表象都是重要和可亲可敬的，她在关于写作的解释里也曾反复申明这点。早年，她说："我关心的是屋顶以上的事物。"可见，这是一位对自己有着明确方向的诗人。虽然我并不认为"屋顶"本身就能完全代表某种高度或是高低的分界。"屋顶"以下人性居多，神性亦有。

关键是，"屋"在何处？"屋顶"是什么样的一种界限？显然，此"屋"在记忆中，也在不断且待完善的想象中，它其实也是杜涯自建的一种精神建筑，这多少意味着诗人的对现实的规避和习惯性清高。但诗人自身首先得落实，杜涯对此明了，譬如《春深》中所写，"……几只黑羽鸟儿也藏在我窗外的 / 茂密园林中散漫地啼鸣 / 它们已这样啼了一个春天 // 我站在窗前，看着园林中茂密的树影：/ 一声一声的鸟鸣里，一代一代的 / 人相继离去，世代的芳华谢落了……"诗人随时都在与近处景物与保持着联系，并不时从屋里走出，"我从园林边经过：园中浓荫低垂""油绿的麦田中，一些人在弯腰、走动""大地上，树丛一行行地排列"，以及远处的小学、纺织城，新建的桥梁、小区、道路、厂房，都"无可阻拦地陷入了凉荫和春风中"，也不可拒绝地进入诗人心眼里，而诗人的目的当然不是对日常物事进行简单的记录摄影，"我站在风里，心中有无限往昔、来日 / 世代的芳华总要随风而去 / 我站立着，心中有无限轻凉、深伤：// 万里江山，春深如绣 / 万里江山，我心悠悠"，如此似可见，杜涯所谓"屋"又是一种可以移动的"壳""家"，低抑地看，它是现实的身心之"笼"，豁然恍然地看，它又是一种想象的动力、信仰不断的始发站或理想之居。

这里突然想，如果不存在"屋顶"或不预设这样的一个区隔，或将日常与非日常有机融洽合一，杜涯的诗会有什么样的变化？或许，诗歌的真正的变化有时就在不变化或肉眼看不见的变化中。正如松树就那样，兔子之所以是兔子就因它就是兔子那样。眼前，从这组诗的标题，似可见诗人对"时间"（变化）的持续在意：《在八月星空下》《五月，物说》《六月，物生》，抑或《雪中漫步》《雪日自语》《云之深处》《春深》，而其获奖诗集《落日与朝霞》里的诗歌标题，除了山水鸟树风云等可粗略归于自然物象外，多如《岁末诗》《秋风辞》《忆往昔》《春雨》《春日志》《黄昏》《悠远的春天》《夕歌》《为某日的夕光而作》《星夜曲》《第二年》《十月弹奏》《漫步之秋》《秋忆》《秋景》《徘徊之秋》《初春生活》《深秋的光芒》《花家地的秋天》《雪，或致你》《春柳》《春之轻》《春事》《春色》《春夜》《夜风》《傍晚》《八月之光》《秋日归来》《月落》《致朝霞》《岁暮作》《立春》《春秋日记》《秋天之花》《春天的早晨》《夏日茑萝》《一个下午的秋天》《夏日池塘》《一年》《一个春天》《秋天十章》《入冬的生活》等——撇开文本形式与意象的选择不论，这样的标题，简单吗？

　　也许对于喜欢纠缠和挖掘自我情感多样性的小清新式抒情的诗人，对于钟爱日常现实发生的通俗体表达诗人，以及对于翻译体知识诠释派、后现代口语派等来说，杜涯诗歌的观念诉求与形式建设文化相对是平稳"保守"了些。但我想这也是表达上的路线差别原因，即便如此，杜涯在形式与表达上的传统路径并不影响她的价值观之真实，以及立足于现时、独立于现世的清醒。亦可认为，她尽力维持着内在精神生活秩序，努力感觉和捕捉个人与自然的可能的关联，这是一种有难度的自律。自律，本身也是一种介入、反思，一种批判意识与道德自觉的体现。于此，我倒认为，杜涯朴素的表达里不时渗出的困惑，正好表明"未尽之路"中的未尽，而这正是价值与意义的探寻与终极托付之动力之一。

诗歌的标题需要复杂吗？这是另一个话题。正如杜涯自己也曾认为，"季节""时光""自然"，这些也都是中国古典诗歌的主题，其实也始终是诗歌的主题。从杜涯的诗歌标题过多倚重或呈现出的"时间"意识，或可略见，她在路上，在"未尽之路"上，矛盾、轮回、虚无甚至是绝望感是必然的，对逝水年华的追忆，也是对人生的意义、永恒命题的追问。在杜涯诗中，标题如果属于"时间"概念，内容则相当于"空间"，后者相当于对前者的补充夯实，应该是这样，杜涯擅用"空间"（关于事实、现象的叙述）来弥补或衬托"时间"（内在矛盾：关于得失、瞬间与永恒、流动与固定等），再通过借景抒情、融情于景、情景交融，以及由此及彼的情理兼容方法之际，她在时间与空间构成的坐标上本身也像一个动态而忧郁的词，时而仰望，时而俯瞰，时而低落微观，对"时空"的顽强抒写表明，她活在人群中、现实中，但又不甘于就这样活着。

其实，这也正是一个诗人之所以为诗人之缘由。诗人先是人、常人、自然人，但终不仅如此，还有事之外的诗与思。从外景（自然）到内心，多年以来，杜涯一直在默默地替一棵树表达自然的寂寞，在为一条流水记下纯朴的哀愁，她不追风赶潮，而是心在城外、在工商环境之外，用心执着地与自然自在的时空对话。

那么，再回想到她的诗集《落日与朝霞》，这书名，是否正是表明"自然"（无可拒绝与改变的轮回）：循序渐进又循环往复的始终、结束与更新？或许是的。在路上的她，和我们，其实，都在无限无奈的循环里希望着是这样的重生——"我缓缓转身，背对死之花园的绚丽迷幻／万物生长，众峰涌动，我朝向了万物之心：向着生"（《六月，物生》）。

"这个过程，也是重新寻找希望和信仰、恢复生活信心和写作信心的过程。"她曾如是说。是的。我们努力生活和写作，正是为了不断地寻找希望和信仰，不断地辨识自我，虽然过程中时常面临掉队停滞、徘徊无力甚至迷茫虚无的情况。而值得宽慰的是，杜涯正在超越，正在成为一种榜样。

（本文曾发表于《草堂》2020年第2期）

诗、生活与诗人的生活

——鲁迅文学奖获奖诗人荣荣访谈

赵卫峰：初看到你的简介，有些小小的惊讶，你学的是化学，先后做过教师、公务员，现在，是文学杂志的掌门人。你之所以"跨界"或"跨越"，有什么特别的机缘吗？

荣荣：很多人都会惊异于我的专业与爱好之间的落差，其实，我喜欢诗歌是从初中就开始的。我没有选择文科，其一是那时候学生中对文科有一定偏见和误解。再者，我数理化非常好，但文科相对差远了，有些偏科，所以，我只能去学理科。

毕业后，我发现我真正的志向是做一个自由自在的人，而搞创作，似乎是通向我理想生活的一个路径，所以，几经周折，我来到了《文学港》这本纯文学杂志。从老师到编辑，我跨界很大，要说机缘，只能说我运气好，很多喜欢文学的人，都从事着与文学不搭边的事，而编辑工作与创作似乎是兄弟行当。如果我现在各方面过得都还差强人意，只能说是我命之幸吧。

赵卫峰："化学是人类认识和改造物质世界的主要方法和手段之一，它是一门历史悠久而又富有活力的学科，与人类进步和社会发展的关系非常密切，它的成就是社会文明的重要标志。"能以此类推诗歌是人类认识和改造精神世界的主要方法和手段之一吗？

荣荣：化学，仅仅在生活中的应用，就几乎是一场伟大的革命，它给现代生活带来了巨大的改变。诗歌似乎没有那么大的作用，我是指实用性。它什么也改造不了，更多时候只是人类精神困顿时的一种疏导途径。对于诗写者来说，也是通过表达后的一种精神减负。自古如此，历来如此。诗歌拯救不了什么，只是多了恰似一江春水向东流的悲鸣。

赵卫峰：你20岁时就从大学毕业了，16岁就开始写新诗了？这又算是一种"跨越"吧？初看到你的名字是在20世纪90年代初几乎就要停刊的《诗歌报》月刊上，记得编者按称你是写作的"天才"，有这回事吧？不过按时间推算，写作方面的开始可能不算早。

荣荣：我写作开始的时间并不早，1983年开始写新诗，也有十八九岁吧。我不是天才。我离天才十万八千里还多一里。当然蠢材也算不上，至今为止还没有权威机构界定过我的愚笨。不过我是一个好学生，因为老师都夸我学习聪明。后来到了社会上，我发现我的老师太伟大了，我真的只是学习聪明，其他的就不太那个了，比如说如何做人圆滑、如何与人周旋等。一个直性子，老是拿头咣咣撞南墙。关于我这个性子，好听点说是阳光，难听点就是简单。不过简单也有简单的好处，晚上可以一挨着枕头就睡，常常一夜无梦。

赵卫峰：你是一个地道的江南人，并且是一位女性，作为历史文化概念范畴的"江南"，在你的写作里，似乎未能有充分的形象的体现，这是有意还是无意？

荣荣：我的诗歌中还是有南方的一些特定的东西，只不过因为写得"小"，感觉就少了历史文化厚重的支撑，这也是我一直为之自卑的。

赵卫峰：我的感觉是，你相对地放弃了肯定存在的诗文化传统的"地理区位"优势和性别特色。而反过来，不少生长于江南、栖居于江南的男性诗者，倒是陷于某种以为然的无骨的倒错，把字行弄得胭脂粉气、梅雨纷纷，挪用、扮演或换位于（实则是现成的）历史文化地理资源里拖声摇气……

荣荣：前面我已说过，我其实并没有丢弃地理对我诗歌带来的影响，对此，我曾写过一篇小文，发表在前几年的某期《诗刊》上，题目是《只能这样了》，里面的一些话，很能说明我创作的姿态以及我对诗歌地理上的南北方的认识：一次与人闲说南北方诗人的不同，在北方人看来，南方这个区域总显得开阔不够但纵深有余。

不知怎么的，我便突然想到"绵柔无骨"，并将这个词与南方联系起来。在我眼里，南方是旖旎多彩的，它有它的刚，也有它的柔，但绵柔无骨，应该可算作南方众多面里较典型的一面，这也是南方生活特通俗的一面。酥酥的、绵绵的，南方太多的雨水、太漫长的花季，南方的长街里巷和小桥流水，以及人们过于膨胀的温柔欲望，让南方有了这么一种骨子里的媚。

很高兴我一直生活在南方，大多数时光都被南方这温和的一面抚慰着。我不想说我如何因为习惯而热爱我现实的生活，有些东西是显而易见又心照不宣的。我生命里的性情让我对南方的温和有种深深的依恋，这份依恋，其实更是自己的内心对相对安逸生活的一种喜欢，对动荡不定的生活的本能排斥和恐惧。

这样的生活充满了无数可能的小诗意，也许不够激烈，更不够纯粹，也许更缺乏了一种锐利，但它是纤巧的，也是安静的，像一个人静处，也像在深夜里与喜欢的人面对面。

我的很多诗便与南方这个地理相关联。我愿意我的诗是婉约的，因为它与我的生活是般配的，这也是我的生活真实。我宁愿丢掉那些太硬朗的句子，比起那些空阔的诗，我更愿意呈现那些庸常的入世的姿态。

便将不跟风，不赶时髦，认真、独立、执着、自足，将诗歌目光投在像自己一样普通的人与事上，在内心更多地开掘诗歌的窖藏，作为我的诗写方式。便守着一份自我。有时候也会开玩笑或者赌气地说，我将辽阔让给你们，我独守我的一分真二分温柔三分小。

只能这样了。

赵卫峰：这样看，你的某种原则支撑了你的写作方向与观念，比如诗低于生命、小于生活本身。

荣荣：我从来认为诗歌是生活的产品，一个人不能不吃饭，但可以不写诗。当然这并不是说诗歌艺术与生命相比，无足轻重。诗歌是有意义的，诗歌让生命续上了我们曾有的翅膀，但不能简单地拿生命与诗歌相比较，没有可比性。与生活相比也是这样。

诗歌艺术是心灵所需的，但不是心灵本身。我想我说明白这个问题了吧。

赵卫峰：即所谓你曾说的"让诗歌拥有一颗平常的心"，其实有平常心，前提是做正常人。"让诗歌在生活中的位置从情人退为姐妹"，你说的这句话，它很实在。当诗歌的位置如"情人"那般时，整个生活会变形、很异样，对吧？

荣荣：既然我认为诗歌是生活的产品，那么，生活首先很重要。你有什么样的生活，你便会写什么样的诗。至于如何高于生活，有精神的提升和拔高，这取决于每个诗人的境界和修为。我常常听到有诗人跟我说，不写诗，他会死的，其实他只是说出了一个精神痛苦的问题，要死也是死在他自己的精神问题上，而不是死在诗歌上。

他有太多的东西想通过诗歌这种艺术形式来表达，不表达会憋得慌。他为什么想表达？还不是拜他的生活所赐。所以，我一直认为，诗歌写作一定要有一颗平常心。想写了才写，能写好了才写。这样的诗歌，对读者才会有点价值吧。

赵卫峰：你对诗歌的理解确实很到位。可曾有过冒险之举？

荣荣：冒险之举？你指的是什么？是现实中挑战生命极限这样的冒险之举吗？这个没有，除了喜欢开快车。当然也会有其他的冒险之举，比如喜欢一个不像是自己的菜，结果折腾得要死，发现确实不是自己的菜，整个过程仿佛做了一道判断题。还有一个险大家都在冒，就是结婚。

我觉得对于一个和平时期的普通女性来说，与一个人结婚，决定眼睛对鼻子地过上一辈子，该是最大的冒险之举。因为今日的决定，未必是将来的选择，她不一定是他的第六根肋骨，事实证明还真的常常相反。不过，我是幸运者，我现在的生活平静安宁，看起来，当初这个险似乎是冒对了。

赵卫峰：我还注意到你的另一方面的"异样"。我常坚持认为好的诗歌标题应该就是一句诗，或一首诗的第一句，而你的诗歌标题更像一个小说或故事的标题，判断与陈述语气居多，不依诗情画意的老规矩，有时特别生活化，有时亦呈现荒诞、夸张感，如《靠右行驶》《一定要有漏洞》《钟点工张喜瓶的又一个春天》《一个疯女人突然爱上了一个死者》《仅供参考》，对此，是写作的策略之一还是其他个性因素使然？

荣荣：我常常是先有诗后有标题。因为我写的都是很短的诗，这几年尤其是，越写越短。很多话，以现在的心态，总觉得不说也罢，要说就少说几句。所以，有了几个句子，然后取个题目。这些题目自然不是最合适的，所写的诗歌也成不了什么经典，凑合吧。只能请我的读者凑合着读与看了。

赵卫峰：所以在一个评奖中，评委对你的诗歌评价是"娴熟地瞄准当下底层市民生存的本真状态"，应该正是这样。吕进对你获鲁迅文学奖的诗集《看见》曾如此评述，"荣荣善于从日常生活中寻找诗意。她的诗落脚在小的生活入口处，通过对现象的穿越，写出了'上升的蔚蓝'。""上升的蔚蓝"是什么意思？

荣荣：这是一个借用的词，我曾编过我市诗人的选集，厚厚的三大本，诗集名就是我取的，叫《上升的蔚蓝》。我取此，意有晴空、阳光、豁然开朗的意思。我始终以为，生活多苦难，也多凡俗的琐碎，而诗歌就是那些轻的、美好的物质，是向上的，有翅膀的。评委评语的意思，也有这个意思吧。

赵卫峰：有时想想，生活有多少入口，其实就有多少出口，太有压力的生活并不是提高生活质量的初衷，你平常减压或调整自己时喜欢做什么？家务？舞蹈？旅游？"喜欢泡在牌桌上"？

荣荣：我与朋友们在一起，不管男女，我常说的一句话是："想干什么我奉陪，什么玩的我都会。"确实，在现实生活中，除了那些太高雅的我玩不来，我自认为我还是一个很好的玩伴：唱歌，打牌，喝酒喝茶，吹牛聊天。旅游也可以啊，我还可以当个好车夫，只是有点路痴，一上高速还喜欢将车开得似乎只有油门（自然这很危险，我会很注意看表盘里的数字，及时点一点刹车）。

我觉得玩，与朋友和家人一起消磨掉很多时光，这不是为了减压，这本身就是生活很重要的部分。反过来，写作也是生活的一部分，我并没觉得写作比与亲人相处更重要，所以，我总是说：我想写了才写，更多时候我只想写我想写的。

赵卫峰：我感觉你诗里"爱情"的表达，也有些"异样"，综合看，爱情或相关的词在你诗中其实显现很多，但你似乎声东击西，将独有的情感状态分配给诗歌里的角色，或是有意漠视它，用现实的物事去抵消它，"现实的问题是 / 爱情常常会落在一棵大白菜上 / 也可以是一只胡萝卜……"（《仅供参考》），"已有些年了 / 我在诗中回避这个词 / 或由此引起的暗示和暖色……"（《爱情》），甚至偶尔相见，也是对"那些迷信爱情的家伙"略带揶揄地说"等着哭吧，有她受的！可是，我知道 / 我其实多么想是她 / 就像从前的那个女孩 / 飞蛾般地奔赴召唤"。你诗里的爱情观，是大喜大悲以及大幸大累……之后是大感悟，而后懒得再说、不想再究？

荣荣：渴望才会去关注，得不到或者不如意，才会去表达。我总喜欢将现实生活与内心生活作某种分离。诗歌写作，更多的是关于内心，它是我内心世界的一个呈现。这样的呈现有时候自然也会有顾虑，那时就喜欢说东反道西，顾左右而言他。

不好的一面是，当我在写作时，我有时会将心灵世界混同于现实世界，似乎我写的都是真的，与我正在过的生活是一回事。当然事实不常是这样。这让我的很多诗歌，隔了一些日子自己重读时，感觉当初的我在做一场又一场白日梦。

赵卫峰："我曾因她的耀眼而盲目，如今又因清醒而痛楚"，飞蛾动身之扑，是另一种美，多含叹息、悲壮与凄清感，而火焰或火源的燃烧结果，又该如何客观地重视？你怎么看中国女性的包容与宽容，其在诗歌与在生活中是否相对不同？

荣荣：包容与宽容，都是环境使然。如果环境允许一个女子（当然男人也一样），可以随意妄为，那么，天知道，她会成为什么样的人。如果说中国女人与别的国家的女子有不同的心态和处世态度，那只是因为各国国情不同。我在诗歌中，只是表达了自己，因为我从来都将自己放在大多数人里面，我将自我表达好了，我也表达了她们的感受。只不过这些东西一侧身于诗歌，被诗歌这种美好的艺术形式赋予了一层柔情的薄纱，似乎就与生活不同了。

但是诗歌是诗歌，生活是生活，诗歌中表达的，常常在生活中是可笑的或不被允许的，比如诗歌中的爱情描写，很多都是"爱之不能"的状态，往往是不被现实允许的。我们可以将之入诗，却不能在生活中堂而皇之地招摇显摆。所以，诗歌来自生活，但诗歌真的不同于生活。

赵卫峰：爱情当然不是全部不是饮食，你的诗给我最大的感慨就是"事事关心"。看到有关你的采访里，你对自己的定义和评价很多，譬如小诗人，不跟风，不赶时髦，认真、独立、执着、自足，随遇而诗……定义太多，反而就没定义了。这是否意味着你其实内心非常丰富多彩，甚至是变化多端呢？

荣荣：我是一个兴趣爱好非常广泛的人。兴趣爱好是外在的生活，而情感生活是内心的。我两样都不想落下，都想精彩。前者让我的生活有了很多颜色，后者从某种意义上说，成就了我的诗歌写作。

赵卫峰：看过几位"80后"女性诗人关于"分娩"之类的诗作，从读者角度感觉并不成功，我想这表明经历并非就是资源，身与心演变过程中的关键环节，往往需要更多的时间才能回味和体悟。你近年开始写作"更年期"主题，这至少表明你其实是很有计划地继续着，并且更多地考虑质量而非数量，这又算一种"跨越"吧？

荣荣：你说得对极了，经历并非资源，关键是如何由表及里地予以良好的表达。更年期的诗对于我来说其实只是一种标签，说实话，我的诗情感居多，上了年纪，突然觉得再以第一人称写内心的情感波澜或感慨，真的有点难为情了，也怕别人对号入座，让我诗歌里的白日梦做不下去。所以，我尽量以第三人称介入诗歌的情感内核，我试图告诉读者，我说的可是别人的事啊，我诉的可是别人的情啊，这样的写作，让我有了一种更放松的姿态。有读者说我这些诗写得透彻，或许是写得放松的缘故吧。

赵卫峰：你家的小男孩读诗、写诗吗？

荣荣：我孩子小时候写过诗，写过一些很有意思的小诗。那时我看他语言感觉不错，就老哄他，夸他厉害，让他写一些。后来他大些了，就哄不进了，他的眼神告诉我："我不想写了，妈妈再哄也没用了。反正我懒得写。"后来看他功课也忙，又要弹琴，我也就随他去了，再说，他以后干什么也许都比当诗人强吧。

赵卫峰：家庭生活，你可能是属于强势族吧？是否曾让小男孩"学习"过《弟子规》《三字经》之类？

荣荣：家庭成员之间的爱，很多来自依赖。我觉得我必须是被他们所需要的，不可或缺的，所以，我是一个还算用心的家庭成员。在家里，我很自觉地扮演很多角色，如饲养员、保健员、妻子、母亲、媳妇等，反正每个角色都得上心。我天性是一个做什么都想落个好的人，这样的天性，让我整天像一只转个不停的陀螺，从单位到家里，都风风火火的，感觉时间不够，睡眠不够。我还是一个贪玩的人，自然更觉得玩的时间不够。

孩子有自己的阅读喜好。《三字经》孩子小时候会背，是老师要求的。但《弟子规》倒还没让他学。你提醒了我，下次我会推荐给他看。

赵卫峰：突然想到未来，从母亲到祖母的角色转变及其过程，应该会使你的诗歌写作再现光彩。这倒是个偏僻诗歌领域呢。

荣荣：这肯定是一个不错的主意，现在写更年期，以后当祖母了，写一本《祖母诗》，我想我会考虑的。不过，祖母诗的题材内容应该以两方面为主，一是"知天命"后的平静写作，二是致力于给"小读者"带去有童趣的诗性东西。前者该是更大的诗吧，后者会充满生趣。谢谢你！正愁年老无聊呢。

赵卫峰：现在经济发展了，但相比较而言文学却式微了，诗歌更是如此，但还是有很多人爱好并坚持着。你作为获得过中国诗歌最高奖鲁迅文学奖的诗人，对于诗歌和诗人在社会生活中是一个什么地位，能起到什么作用，你的看法是什么？

荣荣：诗歌式微是正常的，如果现在还像20世纪80年代那样，全民对文学有一种狂欢式的追捧，那反而是有问题的。诗歌从来就是精神的奢侈品，是少数人的事业。诗人作为人，首先就该是社会上正常生活工作的人，只不过在情感表达上，比别人多了那么一点"调调"，咏叹调吧，或者说是抒情。诗歌就是将诗人心里那些柔软的部分以柔软的或者诗歌的方式表达出来。

诗人没有什么比别人高明的地方。也许生活的直接，比诗歌更有力一百倍。所以，诗歌被冷落，诗人被边缘，都是生活正常的选择。同样，诗歌被一部分人选择，被一些心灵感动，被一小部分人作为言说的工具，也是一样正常的。世界是多元的，相信诗歌永远是多元里面的一元，或者一小元。生存着就好。

赵卫峰：当今的诗歌越来越呈现出多元化、多流派的局面。由于网络的普及，让诗歌写作和展示变得越来越容易，多元、多流派的局面是不是一种积极或者说正确的方向？对于在这种背景下的诗人、诗写者、诗歌爱好者，你能否给出一些建议？

荣荣：世界一大步，诗歌一小步。都在变，万变不离其宗，不是诗歌写作变容易，而是诗歌的受众随着网络的推广，变得更多元，大雅小雅都有相应的聆听者。这是好事啊。今天在欣赏口水诗的人，明天他就不满足口水了，他希望来点盐、味精，来点精致的样式，慢慢地，口味会越来越刁，也许后天他就是一个高明的欣赏者了。既然读者是多元的，如何要求诗人"专一单一"？反正爱怎么写怎么写，爱看什么看什么。只不过那些专业的刊物，专业的理论家，应该做一些引领：什么才是诗歌里顶尖的美味？什么才是真正的诗歌大餐？

赵卫峰：对于一个诗人来说，诗歌生涯有没有顶峰？比如就说你，在你获得了鲁迅文学奖之后，自己的写作有没有变化？一个诗人应该给自己设定怎样的目标？

荣荣：学无止境，诗歌创作也一样。怕就怕你内心里有一个"境"的局限。都说一个人看得多远就能走得多远，内心的境界决定作品的境界，所以，一个人，写作到后来，就是与自己的内心在比拼。我对自己的建议是，耐心些，只要你往前走，你总会在前进。上年纪了，老了，老要老得有底气——阅历、见地、经验都很重要，但知识的更新和积累更重要。老了还要懂得取舍，少写多思考。如果一定要说什么目标，那就是，什么年纪写什么样的诗，写对得起时间的诗。

赵卫峰：能给现在的诗歌爱好者或者说诗歌初学者一些建议吗？比如说，应该有怎样一个心态，怎样去读，怎样去写？

荣荣：我以前老是很着急，看到人家的好诗急，看到自己写不好急。现在想想，急是没有用的。要多看多学多写。你要写诗，就得有"熟读唐诗三百首"这样的准备，要有"衣带渐宽终不悔"的历练，要有"见山是山，见山不是山，见山还是山"的认识过程。不急，你有的是时间。这时间不是让你等待，而是让你在不断地磨炼中，找到一种最适合你的诗歌的言说方式，这样，你就成了。

赵卫峰：现在大量涌现的民间刊物，对诗歌的发展有着怎样的影响？对于这些办刊者，应该提出哪些意见和建议？

荣荣：首先向民间刊物的同仁们致以崇高的敬意！你们的付出太伟大，今天，如果中国的诗歌说得上繁荣和发展的话，那么你们是功不可没的。希望你们有一流大刊的雄心和志向。民间刊物虽然大多办得艰难，但还是有优势的，就是自在，条条框框少，爱怎么美就能怎么美。

赵卫峰："如此访谈"下来，你给我又添了些印象，我也如你那般堆一下：伶俐，谦逊，大方，自在，热情，从容，明白……好人！好诗人！

（本文曾发表于《青年报》2018 年 6 月 10 日，本次出版有所修订）

从三角到三维

——沈苇及其诗偶感

作为首届鲁迅文学奖诗歌奖获得者的沈苇，其诗歌内在地呈现出一种守恒的"三角"状态，即理性之辨、哲学思考与抒情本能时常能形成和谐之合力，语言动静其中，声东击西。这"三角"不管是正的直的或等腰的，又都可动态可旋转却始终稳固，类似的图景，当然只能出自丰富的好手。沈苇正是这一代诗人里最能把握叙、议和抒情并把它们平衡得当的优秀分子。

沈苇以他的方式装填和充实着自己诗歌的"三脚架"，或可谓沈苇式的诗歌手艺。诗歌手艺显然不仅仅是指技术。它须用心，更须善用生命体验与生活经验。经历或经验人皆有之，如超市之菜，敞开供应，但怎么烹调则是一个很重要的环节。时常，这不仅是确定文本是否有效或有特色的评判标准，也是我们辨识一个诗人质量的尺度。

生活里与工作中，有值班经历者或许不在少数，入诗则较难。沈苇的《值夜记》大而不空，又如同小电影，如同一个复杂而简单的生命个体的摄影记录，能动的巨鲸、移民、夜鸟、雪豹、鹿和二十岁的穆克苔丝的笑，与属于静物系统的远山、沙海、星空、冰山、黑板、沙漠、大厦相互轮换，记忆的画面与现时的镜头交错，恍兮惚兮，亦虚亦实，"疲惫。但热爱"，"拥有一种禁闭的自由"，生活亦如此，人生无非如此。

"在这里，我已是远方／连土著们都在纷纷逃离／一个移民，还在这里——"（《值夜记》）这是异地居住已数十年的诗人仍耿耿于怀的身份或特殊情结？时空的变化对于诗人更多算是外力作用，我倒以为这当是沈苇的"自我感"的潜在表现。"回到练塘：一个小世界／借一亩桑园、几丛芦苇／'吾心安处是吾乡'"（《练塘，上海郊外》），如沈苇之类步入诗歌较高层级的写作者而言，确实是，所到之处皆家园，想象之所即远方，吾心安处是吾乡。

或说，安心时常只是外在形式，时常是诗人以文字搭建的表层仪式，对于诗人，只要还写诗，应将总在路上漂泊，永无安宁之时。对于诗人，语言既是故乡，也是远方。这又似乎构成沈苇另一种精神界面的"三角"状态："我"＋"故乡或熟悉之地"＋"远方"。

而沈苇又是令人羡慕的。他生长于江南，久居于西域，地理空间的移变，往往会促进身心的敏感体验，亦会促进写作向度更多样，于此，他是认可的，他曾认为自己亦是这种自然区隔"差异性的受益者"。就沈苇的诗歌及其他文体的写作题材看，"新疆"及"西部"方面题材或主题颇多，它们有时直接体现于诗歌的标题中，如《麦盖提鸽子》《房东吐尔逊·乌斯曼》《叶尔羌河》，更多的则起伏于字里行间。这体现他个人的写作积累与精神演进。此前，已有诸多观察者对其写作的"西部""新疆"意味进行了分析。

数字化、城市化、工商化在当下的强力覆盖，一度导致了有识者对自然人文时空的关注，地理与诗歌的关系再度被重置和提升，但此倾向往往又矫枉过正。众所周知，地理命名对于诗歌更像是一种策略，诗歌面临的关涉当然包含地理内容，但绝不限于此。沈苇似也不想囿于类似的划分，在接受某报访谈时他提到："一个诗人无论生活在哪个地方，他面对的文学基本主题没有变，如时间、痛苦、死亡等。""在一位好的诗人那里，地域性只是虚晃一枪，他要揭示和表达的是被地域性掩盖的普遍人性和诗性正义。"故而不难看到，多年来沈苇的诗歌在地理基础上既吟唱离自己最近最熟悉的，同时又坚持着他自己的诗歌伦理，并不断地推论和充实。

数年前，某诗刊曾安排我对沈苇进行访谈，他并未应允，听得出电话里的沈先生是健谈的、激情的，又是悲怆的，因为此前不久他生活的地方有所改变。他在电话里透露某种难以定义的无奈或无力感，认为其时谈诗是不适合的。这事令我明白，他是当代诗人群体里本就很少的清醒者之一。虽然，沈苇的诗歌里，"睡眠"或与之有关的意象或相关描述不少。

这样的清醒，呈现在他的写作里则似乎是一种豁或容。20世纪90年代沈苇曾提出"综合抒情""混血写作"，我想这与我倾向的"复合抒情"大抵一致，亦可谓杂糅，事事关心，万物有灵，一切皆可诗，关键在于如何实现表达上的和谐与平衡——不至于让上述的"三角"偏颇失重或空洞。沈苇正是少数做得相对完好的当代诗人之一。"诗歌内容"是个复杂的话题了，在此想略微提醒的是，如果说，叙、议和抒情的"三角"平衡体现出沈苇诗歌的可靠的外形，那么"诗歌内容"则表明"三角"内里的"三维"甚至是"多维"的镜像。这或许是今后进入沈苇诗歌的另一种角度。

在沈苇笔下：生活的貌状如同情感自在的漫流一样，自然而然，自我精神界的矛盾或冲突隐匿于字里行间。他的表达并不炫技，他的叙述平易亲和，人性的疑问却以拆散的方式巧妙组合，不动声色。他虔诚地践行着诗歌关于观念与信念、理解与需要以及美的婉约表达，甚或是那自然的基本的应该的隐秘感伤——它在人过中年的沈苇那儿，如同沙地上的绿色植物、桌上的盆景，谁说养殖花草不是一种情绪表达呢。

在诗与日常用语、与散文、与新闻消息的界限日益模糊的当下网络传播环境里，沈苇的写作让诗歌有效地保存着本来的独立、自由精神以及诗歌的本体性意义。那么，我们会觉得对沈苇如何命名都不那么准确和可行。他是知识的，这毋庸置疑，其文本所蕴含的知识量清晰可见；他又是日常的口语的，他尊重且用心于生活，他对写作与生活的关系、现实与想象力及梦想的关系的艺术处理相对是完好的。他的清醒于此呈现出沈苇式的智慧。

世界或生活其实是那么粗糙和片面，又是那么精致和复杂，沈苇的机智无疑是一种提示：常见的被重新发现还不够，未知的被婉约指见也还不够，还可能恰当地通过语言艺术地整合。

1995 年，正值而立之年的沈苇出版诗集《在瞬间逗留》，后获首届鲁迅文学奖。他没有像一些写作者就那么躺在一诗一书或一个奖上，他陆续又获得了全国优秀青年读物奖、天山文艺奖、华语文学传媒大奖、十月文学奖等，先后著作诗集、散文集、评论集等 20 多部，作品被译成英、法、俄、西、日、韩等十多种文字。这些，体现了一位写作者的持续写作能力。诗歌本是未知结局的漫漫长途，并非人人都有比拼的能力或可持续的毅力。值得欣喜的是，沈苇仍然努力，仍然有活力，仍然可持续。

2017 年，在成都的一个诗意活动里我看到沈苇，鸭舌帽，大眼镜，络腮胡，休闲装，斜挎包，这似乎没什么不和谐不平衡，但看他在景区门前的街头那么席地一坐，把玩手机，很常人，很凡人，很一般人呵。是呵，一般人一般不知，这个混合在如织游人里的人，是能从犁铧中锻造出乐器的人，是当代一位优秀的抒情诗人，一位对中国当代诗歌有贡献的诗人。

（本文曾发表于《草堂》2018 年第 7 期）

于恒常中见证和重建自我

——骏马奖获奖诗人杨犁民诗歌初识

一

一般而言，诗歌题材的选择可以透露诗人的基本观念与审美取向，由此看，杨犁民的写作是散漫的、动态的，他并未"局限"于作为常规性和大众化的特定地域风物、民族文化概貌、易入俗套的爱情或亲情之类的简单抒发，或说杨犁民的心胸相对更为广阔，但又从不脱离实际，即便他在"创作谈"以"在广袤的宇宙和星空之间"为题，实则我们也知，对高远的仰望是必然的，也必然有着实地的铺垫。

对于诗人，纷繁复杂和多姿多彩的现时发生与社会生活始终是精神的背景与梦想的舞台，也就是说，杨犁民其实是聪敏的，他的"实地"，是博大的传统文化场域，这永远是中国诗人精神与传统文化的原乡，也是杨犁民写作的根本，他反复调整着自己的视角、焦距，不断进行艺术化梳理，在舒展变通中取得成效。

乡下的阳光是广博的

普照大地，乡下的阳光

也是自私的，一小块一小块

最小的一块，菜园那么大

母亲的菜园多大

小块阳光就多大。萝卜白菜

茼蒿大蒜，南瓜莴苣

也有杂草野花

为了防止猪拱鸡啄

还加装了一圈栅栏

母亲走在其间，脚下似儿女绕膝

母亲一生辛劳，碌碌无为

与人无争，没出过远门

也没干过什么大事，她是世间

最小的王，三分钟即可

巡视领土与边疆，她的袖珍王国

小得不能再小了：三分菜地

一亩阳光

——《菜地》

这样的诗作素朴而清新，简拙而自然，或许并不能简单界定类型，但又可以从阅读时的心情、联想来自行考量，由此可见杨犁民的诗作时常会考虑到阅读接受，或说他会有意无意换位，自增共情力度。这让我偶想到一个略缩词：诗智。杨犁民属于智慧性的诗人，前提是拥有诗人的智慧。世纪之交以来，网络传播环境逐步成熟，各种各样的诗歌涌现，我们会看到太多诗作是不智慧的，诸如主观而单调的物事叙写或情绪抒发，这样的状况虽然可以大致理解，但类似的诗歌确乎只是体现出相当数量的诗歌写作者的诗商或文化素养欠缺，并因此形成了雅俗失衡及粗糙。

"乡下的阳光是广博的"，确实！而"乡下的阳光也是自私的"，这句就让人不得不顿一下，想想，也确实！一小块一小块的——乡下的阳光被诗人用心分割出来，最小的一块，原来是属于母亲的，母亲又属于哪儿？一生辛劳的母亲，碌碌无为的母亲，与人无争的母亲，没出过远门的母亲，也没干过什么大事的母亲……也是众所周知的"母亲"之中国式形象。而城市环境里的"母亲"，或多年以后的"母亲"形象将会如何变化呢？显然这似乎是另一个话题。这样的诗作，是可以让人深思和联想的。杨犁民这样的诗作不少。

杨犁民这类诗作写得是得心应手的，它似乎一种静淡地截取时间的局部，似乎一种浓淡相宜的情感的画面，也似乎一种人生阶段经验的有效提纲。杨犁民这样的诗作数量较多，比如《火车》《远地》等，从中，我们可以看到诗人、诗意、诗心在路上的状态。对于诗人而言，在路上其实也是一种身心的起伏、位移动态，杨犁民的诗歌题材之所以丰富，得益于他充分的经历与经验，如此，也就促进了他在多样的时空里能持续进行主动的比较与自省。

比较的前提自然需要参照系。对于后来它是从前与现在，对于乡村它是城市，诸如此类。从诗作数量上看，乡土性似乎是杨犁民写作的主要背景或环境参照，但我并不认为可以将之划归于乡土写作方面，在此我倒以为杨犁民有乡土背景的写作是一种可观的过渡，它相对于以往程度较深的乡土主题写作而言至少有值得肯定的新变化。

文学与诗歌的乡土性写作是一个层积而耀眼的资源库，也会给晚出的写作者带来新的难度，相对于往昔乡土性写作的直奔主题和为乡土表现而表现的写作习惯，如今我们会感觉到一种潜移，即以往的乡土抒情，或通常由农业日常、乡村环境、村野人物这三个要点构成的传统的、主观的"三农"背景抒情模式在后来已有了变化，城市环境与之开始了平行并立，这种逐渐的（主题、题材的）平等趋向显然值得肯定。杨犁民其实已对以往的乡土、自然、亲情的单线式大同式"礼赞"保持了清醒的距离，换言之，乡土或地理、时令等大同的标记应该更多是诗人对生命个体意义与价值辨识的时空坐标，但不等于目标，杨犁民的这种游离实则表明了他的理智与创新意识，以及对"自我"的真正重视。现阶段，他对"城外"或说对民间、乡间的关怀，有寻求精神底背、寻找生活本真的因素，其实本身就是"认识"的必需。

杨犁民的诗大多是客观化、旁观式的表达，看得出他正在进行"我"与"我之外"的世界的辩证与调整，有时他会迟疑，但他的技术会迅速改善笔锋的徘徊，这表现出他的诗歌整合与包容能力。譬如《远地》这首诗，若在预定为"乡土抒情"的前提下，它更像是一种对农业文化环境约定俗成的回望，这样的回望或多或少地体现出物是人非的感慨，而事实上，"用十年，二十年时间 / 我们去荒芜的远地，造一个遥远的家 / 如果不够，就用一生"，那么，可不可以多些自问，此地是何处？难道不也是远方、是城市、是人生大梦？只是诗人笔锋接着就转到了熟悉的农业文化境地，那么，这是否说诗人对于人生"环境"的认识与上台阶尚需时日呢？是，也不是。因为诗人接着笔锋又一转，深入浅出的表达里，诗人开始绕过熟悉的农业文化境地，或并未将之作为"目标"，而是自律性地倡导："我们诚实劳动，两不相欺／把河水当成谈话对象，河水无空／便自言自语，吃最朴素的食物／建立最简单的人际关系"（《远地》）。看起来，杨犁民擅长由此及彼甚至是彼此难分的表达，譬如，"即使停下来，也永远是一副／出发的样子，奔跑永无停歇，远方／才是最后的目的地"（《火车》），"火车永远都在远行／我们看见火车的时候，火车／正隆隆驶过自己的一生"（《火车》）。

　　杨犁民类似的诗作既珍藏着朴素的原初的乡村情感，又坦然面向时代变迁和与城市及工商环境进行着呼应，曾经诸多诗人的短促鲁莽的情绪，在他这儿，通过努力的语言艺术和技术得到了解决。在他这儿，现时与历史同一，动也是静，出发即是回归，他的认识与表达于此从容，他总能在不经意间让诗意平实敞开且更多维度呈现。

二

　　对现实的在意与尊重，可谓杨犁民诗歌的一个重要倾向，也铸成了他明显的写作特色。活着，现实就在，如何用心发现和诗意呈现它，则会区分出诗人的视角、站位和精神状态，在此，杨犁民令人叹服的方面则是他并不哗众，并不热衷于容易吸引眼球的所谓私密性争议性热点题材，他漫步于依存于平易的常见的现实时空，更能以此为基础，在对个体生命记忆、阶段性人生印记的安静镌刻里，不动声色地进行自我审视与超越。

　　他写"火车"："它跑几千公里，拉着／一车厢疲惫，风尘，汗臭，嘈杂／偶尔的方便面味，方言和归途／／如今它进站了／终于如释重负地／喘了口气"，以及前引的《菜地》，还如《去远山》《整个天空是我家屋顶》《落叶》《吊桥》等，在类似的诗作里，可见作为诗人的杨犁民的能动性或其对外环境的敏感、善感，以及由此生发形成的个人性情感，他总能对一枝一叶抱有热情与尊重，对时空动态保持积极的关注与感应。

这种应对看似偶然，实则体现出诗人的人生历练与知识积累，或说无论是触物起情，或见景生情，都意味着诗人主体性的存在或渐趋从容成熟，并置于情景交融、情理兼容的有机和谐状态。杨犁民曾说，"生命经历的苦难，惆怅，徘徊，忍受，尖利，矛盾，虚弱，煎熬，挣扎，悲恸，撕裂……都是诗歌的供养。"确实！而经历当然并非要人停滞，从杨犁民的诗作可以看到他本身像是一个阅历丰富的进行中的动词，他能随时随地、随性随意地动脑动心动笔，在感性与理性之间驾驶着语言之车，一路观察，一路回望，一路认识和判断着，动身亦即动心。安静之时，亦能构想着"在一条无名河上"，或设想着"众人饮酒我饮落日"的自足。其时，他又是一枚情感丰富的觉悟的叹词。

对于丰富的情感，节制有时反而起着锦上添花的张力作用。初读，杨犁民《三个人》这首诗似乎暂属于"未完成"状态："同一套房子，我们住了很多年，／同一顿饭，我们吃了很多年，／同一个地址和户口簿，我们使用了很多年……／／仿佛永远都是同样的早晨和黄昏：／我们离开房间，又一再重临，／早回的人坐在沙发上，边看电视边等待，／晚归者把钥匙插进锁孔的声音。"再读，便觉它其实又已完成！这首诗所展示的其实已是当代人并不陌生的画面或发生，或说与以往诗歌主题诉求有所差别的另一种模式，一种在既定路线上反复、重复着的日常情景，它侧面地提示出一种真实性并具有现代感。同时我更接受它的精短样子和调式，诗歌之所以是诗歌，其外形是前提性的重要特征，节制实则也是一种理性及自律，它可以调控着诗人的语言技术、情感抒发程度——

再看《良宵引》：

> 明月孤寂
> 唯树枝可栖
>
> 在这个苍凉尘世
> 月亮是我最好的兄弟

四行短制，四两拨千斤似的水墨简画，让我想到很久以前的陈子昂！也让我想到杨犁民今后有可能的再"启程"，即语言运用与形式建设方面的更加内敛，主题与题材方面的更加广泛而又独辟蹊径。

总的看，杨犁民的诗歌写作是丰富的，这不单是指其写作的内容，也包括他的感情之丰富，前者当然意味着他充分的经历与经验，后者则表明了他的敏感与善感。这就让作为诗人的他写作题材种类多，也数量可观，风吹草动，皆可感觉，凡尘物事，拈手即来。一路走着一路歌，他的诗来自众所周知的生活，阅读之，又觉不同于生活的众所周知，以小见大，忽表忽里，由此及彼，这应该正是作为诗人的杨犁民的过人之处。

杨犁民认为："一首真正意义上的诗歌，没有好与不好，只有喜欢与不喜欢。我们在完成着诗歌，诗歌也在完成着我们。

但诗歌从未完成自己——每一首诗，始终都处于未完成状态。因为诗歌一直就存在那里。"此言我很赞同，也很同感于他所说的"肉身与灵魂，生活与诗歌，相生相克"，更能看到他在种种"对立"中的努力"统一"，这是一位有为的诗人必需的自律与自我担当。

一位诗人之所以是诗人，其因果式的答案大约众所皆知，亦如我前述的诗智或诗商的拥有，而一位诗人成为有成绩的诗人，还该有诗性的持续及完善，这个过程又包含着个人性的增进与提升。在此，杨犁民让我想到了这个话题。应该说，杨犁民是一位有文化的诗人，又是一位自我感较强的写作者，从其对各种环境的理解和表达方式，对常与变、是与非、从容或焦虑的辨识及融化，均可见他并不随大流，他自有一方山水，自有自己的民族文化资源和消化判断，他与自己所感所知的时间与空间平和地对话，这同时也是一种"自我见证"的深化——或说自我始终在场、介入。在现实与梦想、现时与历史之间，个人主动性的发挥与主体性的强化，也意味着动身即是动心，出发即是回归，而在这通常百感交集的进程里，我欣然看到杨犁民的写作不仅是知识的还可归为个人知识的，他有从复杂中提取简单的能力，更有从常规情感里捕捉被遮蔽的精神纹理的可能，他的诗歌因而常有互动共情之效，阅之可会心，读之有所得，并由此形成了可观的特色与气质。

（本文曾发表于《红岩》2022 年第 1 期）

建造一间自己的屋子

——李以亮诗歌简论

一

"多年前我就这样设想／一间自己的屋子／屋子朝南或者朝北都不重要／重要的是一把自己的钥匙／以及一种长期住下来的想法"——题为《一间自己的屋子》的这首诗写于1989年，我想那一年李以亮大概像如今刚出校门的青年，亟须寻找"一间自己的屋子"——拥有这间自己的屋子，不是像弗吉尼亚·伍尔夫那样，让它成为抵抗性别政治的精神堡垒；也不是像这一年离世的海子那样，让它成为"面朝大海，春暖花开"的美学幻象——而是在"钥匙"和"长期住下来的想法"之间，让它成为一个栖身兼以安心的生活居所，成为一个朴素的现实愿望。可见，融翻译家、诗人、随笔作家和评论家为一体的李以亮，其理智重于感性的诗学性格在当时就已初见端倪。

实际上，永别的人可能比活下来的人更幸福。特别是类似李以亮这样的智识者，年复一年，需要逐步与情感对证，与孤独对抗，与虚无对峙，写作的过程，也便是建设自我的过程。慢慢地，诗歌就成了自己的"屋子"。这并非原地待立而是能动的"屋子"，也并非躲避式的安乐窝，而是个体稍带隐秘色彩的精神根据地，是一个可退可守的移动式据点，是灵魂的、梦想的、记忆的坐标。

以此为凭，李以亮自在地瞭望，描述着他所观察、想象和理解的世界。其时，窗口与"屋子"都成为瞭望的途径与凝视的平台，如《秋天》："秋天落在窗外的 / 树枝上 / 季节里最后一只鸟儿飞逝"；如《天气》："有时我转动座椅，看见窗外阴沉的天空"；如《燕子》："我只见过一次 / 燕子往我家屋梁上衔泥 / 终于，半途而废"；再如《雨中》："而你一个人在一棵梧桐树下 / 暗自唏嘘，那些一生不被雨淋的人"；还如《大风过境》："一夜大风。大风检查 / 每一寸土 / 每一扇门和窗户"……在李以亮的诗中类似的言辞不少，显然这位善于沉思的诗人其实已将可能的"屋子"改装成了貌似不动声色的"战车"，随时出击，进行着一次次纸上远征，"一生里我所经历的 / 太多不在我的设想 / 或掌握之中，唯有在这间屋子里，宁静 / 依然是最高的秩序，仿佛杯子在我手心。"（《天气》）

其实"屋子"本身也是一种通道。它朝向内在自我的同时，也包括并切合了风声雨声读书声，通向万物万事和浩瀚宇宙。自我与世界的"平衡术"，在李以亮这里，诗歌之力体现得均衡得当：一方面他对自在、自足有相当程度的自律及控制力，另一方面对外部世界或身心以外的大小环境，亦保持了足够的警惕和恰当的兴趣。其实诗歌的含义或作用，也正在于自我完善与对外部环境的适度介入。特别值得注意的是，在李以亮的写作里，"自足"与"介入"可以同在，且表现得非常从容和

是必需，我也要创造世界""无名者也可享有自己被遗忘的生活。/ 所以，有时我只要一块邮票大的地方安顿我疲乏的肉身。/ 是的，给我一块邮票大的地方，我也要拥你做我的女王，/ 摆放鲜花，摇篮，新年的吉祥物。"他的"地方"不是故地或家乡，仍然是他一直在追寻的"屋子"。这间"屋子"承载了诗人对于世界的丰富想象，盛放着他执拗、朴素的"存在之思"，直至进入他的"理智之年"。

三

李以亮的"屋子"，是一个可以自由自在地栖息自我的地方，也是一个可以持续创造和容纳他者的世界。其实对于像李以亮这样的诗人来说，可能真正的家乡就是自己随身携带的"屋子"，或者说其实自己就是"家"。

他在其中静坐漫游，旁观着"天气"，"一生里我所经历的，/ 太多不在我的设想 / 或掌握之中，唯有在这间屋子里，宁静 / 依然是最高的秩序，仿佛杯子在我手心"（《天气》），构思着《履历》，感受着"我独自一个 / 深陷黑暗之中 // 我的出场是我的退场 / 我的存在是我的隐匿"（《黑暗》），"活着，谨小而慎微，屈居屋檐"（《大风过境》），或者，衡量着《和一个美国诗人的距离》（暗示罗伯特·布莱），或者，与自己论写作："在幽暗的 / 角落，打磨命运的 / 矛和盾。必须经受 / 虚荣的诱惑和烘烤——/ 那最后出现之物，不过是自由"（《论写作》）。

的确，"那最后出现之物"，只能是自由，只能是对自由的思虑、揣摩及向往。

值得继续追问的是，还有多少因素是可以让自由受限的？

或者，在隐喻的意义上——让诗人"禁足"？回望年初，我们不禁百感交集。关注公共事件是人心所向，而疫情归疫情，诗歌归诗歌，作为武汉居民的李以亮，这首相关题材的诗《禁足》，仍然是他的风格，"还有多少病毒 / 是口罩也不能隔离的""唉，多少人呵，多少人 / 死于窒息……"冷峻，脱俗，有一种情理之中的深刻，深刻于言此及彼的感喟。

冷峻，脱俗，深刻，也正是我所认为的李以亮诗歌的重要特色。他始终是智性的，内视的，但并不拒绝具体的"生活"，相反，他能将之从容消化，让雅俗互融，令出世与入世并行，典型如《买断工龄》《与某成功人士交谈》等诗。成熟的诗人理当如此，肉身与凡心可以与众同行，灵魂却总能与众不同。于此，李以亮便像是那种能把诸多事物或各类信息一起填装的高手，作为知识分子的他，其实也并不排斥市井，相反市井为其写作注入了恰到好处的人间气息，我们不妨理解为，这也体现了诗歌的另一种作用，即坦然于生活，同时又暗含自我救赎的必要。

事实上，李以亮从未规避对时代、社会、文化诸多现象和事件的关注与抒写，他深刻领悟到，如何以诗歌的方式介入和参与历史，以轻小型叙事、个人化风格抵达和穿越庞然的物质、消费、数字和传播语境，而不是一直待在自己的"屋子"里闭门造车或者异想天开。这首先保证了一间"屋子"和"我"之实在，然后就是在对现实世界的审视、批判与启发中，由此及彼，向更广袤的存在跃进，并在自我思辨的追问中，不断校正个人精神的焦距。

我想，这肯定是一个难度层出的心路之旅。正如李以亮很久前曾写过的："一间石垒的屋，我习惯称之为我的家 / 我久居此地，初衷不曾更改／我平静地生活，仅仅根据／内心自然产生的愿望／这是多么简单，又是多么艰难"（《断章》）。作为个体精神建筑的诗歌之屋，这也是个人主体建构及完善的复杂历程。不过我相信，作为中国"60后"诗人群体中特立独行的诗人，作为拥有翻译家、随笔作家等写作身份的多面手，数十年来，一直执着于自我建构、追求完善，李以亮在"理智之年"已取得可贵的成绩，我相信他跨越中年的门槛，在未来也将持续寻求新的突破。

（本文曾发表于《诗探索》2021 年第 2 期）

中编 枝蔓：个体风景与诗歌美学切片

成熟的重瓣之花或复合抒情

——浅读台湾"70后"范家骏的几首诗

"小鹿比上次看到它的时候又长高了 / 它现在已经可以亲吻 / 自己的倒影了"，《鹿抄》给我带来的清新感并不仅仅是它在表面上仿佛畅快的儿童诗。回读，我又知它不仅仅是清新，也不仅仅是"儿童诗"。技艺方面，它以"观"为引，让读者与作者一起静静地旁观，这观察，通过小鹿来拓展延伸，这其实是观心的视角视线："可以亲吻自己的倒影了""有些比眼睛还要潮湿的果实你不敢吃""湖泊这种动物会因为过度地注视而死去""你的眼睛是整座森林最靠近额头的地方""没有了雾你又该如何认得那条回家最近的路"，诸如此类。从中足见作者的深沉心情与敏感中的善意。我不想说其中也暗含一种保守或维持原状的潜意识——事实上，没有一个诗人希望外在或内在的世界是动乱的，虽然动与乱也是世界发展的必需的力量。

是的，诗人本身在很多时候也是一种如鹿的动物，向往着安详与平静，乐于保持和谐与平衡的心境，虽然往往事与愿违。其实，诗歌及其功能在很大程度上不也是有这样的初衷吗？它最终总是要走向简单与纯粹。

但在喧嚣的时代环境里，真正做到简单与纯粹很不可能。所以，诗人在这里的写作是稳妥的，这体现心灵的成熟。"成熟"这词当然是个相对的变量，我的意思是，范家骏能够把"旁观"转换为"达观"，这不仅是传统文化赋予的生存哲学使然，而且是过多地与个人心性经历有关的经验扬弃。从《玫瑰》这首诗，我们能看到诗人对他所知所想和欲表达的世界保持了超然与豁然，并且，他在抒情的助力下将这种自在感转化到哲思层面：玫瑰是从玫瑰这个字演化而来的，每朵玫瑰都有相同的深处！"玫瑰是群居的生物／它们迁徙的时候／年老的玫瑰／总刻意走在队伍后头／把自己当作星星的猎物"。我喜欢这样的深入浅出的表达。

借用动植物，把鹿或兔子，把玫瑰、鸟和河流请进诗中，也是我喜欢的。有时我也会想，这是否不现实，是否在刻意规避什么呢？可以说是，也可以说完全不是。无情绪无法诗，但诗肯定不仅是情绪，有机地呈现与有度地把握，更能表明诗者的"成熟"。其实，对于诗人而言，成熟更多地表明经验、道德感和文化感的拥有。

网络时代以来，大陆诗歌的情绪化排放过度泛滥已有目共睹，在日常性口语式所谓诗歌写作空前盛行之余，不难看到一种"礼失"趋势，诗歌难度要求与自律感消失，诗歌很多时候不再是一种文化，而是浅层情绪化，是情感同质化表述的一次性消费。读范家骏的诗，我们则可感受到匠心、节制，以及尽可能的雅量！他喜欢用"眼"，喜欢掩蔽式地告诉我们公开而又易忽视的"秘密"，他在保持着相对纯正的诗歌抒情功能的同时，清醒地知道将"我"的观念有度而有效地倾入，如此也可说，"成熟"有时也意味着"好手"与自知之明。正如他写道，"一个人游过自己的脑海／他现在已经是个不需要回头的人"。

或许是因为台湾给我们的那份众所周知的特殊性，我对台湾诗知之甚少但仍有相当的好奇，或许是因为选择性引进的因素，印象中台湾诗歌的相当部分给我的印象如同大陆的主流化传统风味写作，习惯于依赖历史文化并做出一种主动的复读与再消化状态。当然我并不能肯定这就是台湾当代诗歌的例行审美机制，但从范家骏及我所见的"70后"诗写者，我倒注意到他们并不依靠和一味倾向于历史文化、工商与城市化现实，对大陆多年流行的"三农"背景式的传声也有距离。他们自有兴趣与个见，这兴趣呈现的过程也表现出了对现实的点到为止的表达。这是值得留意和赞赏的。

因为这极大地体现出了写作个人性，而我们的诗歌一直欠缺"个人"性。诗歌的力量最后总是需要指向内在的人、倾向深层的自己。写城市写现实并非就是与时共进的，留念于自然与远方也并非就是不可取的，换言之，主题与题材确实都不是问题，如何有效地表达才是重心所在，这是个人性或说个体观念有效地艺术化呈现的必需。植物学界有个概念叫"重瓣"，其实向前的、有效的、个人性的诗歌写作亦然，范家骏的写作亦像重瓣之花，他是崭新的，他在努力但不刻意地保留着足够的花瓣或可能的花轮数量，以及作为外围的花序状态，但又更大限度地执着于内在的属于自己的花心部分。如此，我也认为这相当于以前我提到过的"复合抒情"。读他的诗，能让我们跟着他一起漫游，在自然、生命、环境之间不断地看到自己。

（本文曾发表于《草堂》2017 年第 1 期）

乡土中国的另种表达

——谢君诗歌印象

一

　　把谢君的诗歌归为乡土写作也许并不真正合适，如此也难免陷入以"题材"为前提的老套中去，只是谢君诗歌中的某一部分，让我感到了一个写作者对一方山水的独到的呈现给"乡土"这个陈词赋予了令人侧目的亮度：一方面，谢君在诗歌中绕开了具体的（也正是因为常用而易在诗歌中失效的）村庄事象以及其中常见的那种概念化、为意义而意义的传统语法；另一方面，他又借助村庄并因这种借助使其言说在浩荡不止的旧式乡土写作模式中有效地自我突兀出来。

> 小 K 在河面上行走
> 在一条叫作浦阳江的河面上
> 整个夏天有许多的人看见
> 那些穿着短衫去田间的人
> 捕鱼的人、带着狗的孤独的人

他们谈论着穿过树林

在暗影中慢慢消失

河面蓝蓝的，那个在河面上

行走的人是小K，许多年前

他曾独自走到河的对岸

看到那边是如此明丽

有许多湛蓝的光

会朝他突然地涌过来

——《湛蓝的光》

正如拒绝城市其实是心理上的一厢情愿，拒绝城市之外的土地也根本是不可能的，何况它的广大与实在是如此与我们或多或少地息息相关。而如何有效地就地取材，妥善改造并重新利用，是我们应该始终正视并必须不断修理解决的。在此，在谢君诗歌的乡土章节里，我看到一种与此前的乡土诗歌写作有别的、超越所谓"地域写作"的真实的另一种写作态度：作者身入其境，作者又在置身其中的同时像一个奇怪的不出声的隐身人，他接受现实，他超越表层的现实——而在以往，在对农村环境、处境感慨万千的抒情通常是主观的、隔河看柳式的，甚至是居高临下暗含太多虚假成分犹不自知。

对于乡土诗歌，我们首先要保持的是谦虚谨慎和客观，而不是所谓"农民代言人"之类，更不是陈旧无新的、虚伪而空泛的劣质呻吟以及公共的貌似"关怀"的忸怩作态。这些倾向在保留现实的同时易远离语言和诗性，技艺粗糙，会成为卖弄加工"苦难"的假大空，这种狡黠的"田鼠"容易啃坏中国乡土诗歌的本该有变的现时版图！

就当这不是知识而是认识的差别问题吧，或者，是暂时的倾向不同吧。虽然，按理说诗歌写作者似乎并不缺少知识或他们本来就是知识分子。而如今，我们似乎看见，对于乡土写作，正产生一种随时、随地的分解，这种同源多流的趋势其实早已彰显。对那些生活生存在具体的乡村中或对乡村记忆坚硬而鲜明的部分诗歌写作者，由于众所周知的原因和很难再克服的自身阻碍，他们的写作在传统的老路上举步维艰；对与具体乡村拉开心理距离同时对城市保持一定距离的部分写作者，他们的写作则多倾向于更自然、更山水化的虚拟或神话世界，他们的身心与永不可能竣工的梦想不断起伏其中，这一类写作从狭义上讲也许不能算是乡土写作。而谢君诗歌中的乡土部分，略靠近前者，但似乎更介于两者间，他用他自己的文字把某种人为的空隙按自己的方式进行了可能的联结。

> 小 K 10 岁了
> 他还没有邀请过女孩
> 初夏的一个雨后
> 他请求小娜一起去村外
> 田沟里捉鱼
> 但是小娜却选中了
> 他的朋友
> 他看见她跟在小 P 的身后
> 用双手捶着屁股
>
> ——《邀请》

对昔日乡土主题的某种心理模式的主动避让，表明了谢君的清醒与自觉，这种自觉自然也体现在写作方法的更新方面。这种主动的避开同时也表明另一种深入，一种对乡土中国、乡土的南方的深入后的浅出。他对他的南方村镇了如指掌，在更随意、更聪明的叙述中，在常规的乡愁、村庄和家园的旧有抒情套路之外，谢君与记忆融为一体，他用自己的方式将一个实在的村庄轻描淡写，将意义化整为零地隐藏，化为随身携带的小背景，或是一种可不断动用的记忆取景器，这也使他的写作在一个漫长而宏大的诗歌传统背景中自成特色。

二

> 他梦见自己
>
> 站在一个月光之下的白色村庄里
>
> 他看见许多孩子
>
> 相互追赶、嬉戏
>
> 他们奔跑着，转啊转
>
> 直至慢慢失去踪影
>
> 最后只剩自己
>
> 继续站在石桥上
>
> 站在一双灰白色的
>
> 回力牌球鞋之中
>
> 在那月光之下的白色村庄里
>
> ——《村庄》

谢君诗歌中直接取名为"村庄"的诗只有一首，而它却被安排在梦中出现，梦与现实的距离到底该是多大？恍若隔世？

而谢君自己也并不想解答，他只是一意孤行，以"梦"为马，以"村庄"作为自己新型写作实践的背景，沿自造的虚幻隐约的记忆路线逐步找寻。

> 在暮色之中，你将看见
> 一些人晃晃悠悠，他们反复出现
> 他们从远方归来。你将看见
> 落叶纷飞，在河堤两旁
> 风把它们从高高的杨树上反复带走
> 你将看见一些人，他们反复消失
> 从村中离去，没有声音
>
> ——《暮色之中》

　　暮色，是谢君诗歌的又一常用词，这既是作为底色的"当时"，又便于作为"我"的旁观与客观。下一步又将到哪里呢？而谢君仍是不想作答。他只呈现着，叙述着苍茫暮色中的稍带悬念意味的暧昧图景。显然，至此我们已大约可见某种或许他自己也并不在意的企图：以现时的逼真而鲜活的内容注入古老的既定形式框子。

　　是的，如果"形式"不变，从"内容"上寻求突破实为必要，谢君正是如此表达着他的村庄观或说是其精神世界。这事实上是一种先锋写作向度。他用的不是常见的感恩、缅怀与感叹，他反其道行之，不宏观，不批判，也不歌颂，他以细节代替了、浓缩了历史与现实，像一个反常的画家，他把一幅幅图画展现在你眼前，自己却在你注目画卷时悄然隐身。他不由分说地把评判权留给了读者。

自然，谢君通过个人化叙事手段，缓缓展开他的"村庄"，他的"浦阳镇"，他与记忆的原址的特殊关系，在恍然与沧桑感的交错里，乡土中国的现时侧面与内向的点线便沿着合情合理的潜在规律延展开来。难得的是，谢君在借助这一大众所常用的手段的同时，又自觉地表示出一种距离，他的包含对话、场景、呈现、事件等的诗歌文本，是时尚的，也有种意欲在原有阅读习惯平台上制造"陌生化"的效果——但其实上述这些事件、对话并不是谢君所真正倚重的，他所着力和并因此取得意外效果的，是对语言的独到的感觉和把握。

也即是说，寄情山水者真正在意的是构造着一个城外的广阔的精神语境；对他来讲，叙事是必要的，但和他控制得当的节奏一样只是手段，他需要的是一种笼罩着记忆取景器的气味，当然它不仅是泥土味！正是这种很具压力的和稍带梦幻色泽的南方气味，让我对乡土背景的诗歌写作的原有印象得到了更换和充实！

在村子里，夜晚会慢慢来临
夜色中隐隐传来百叶窗
渐次关闭的喀嚓声，夜色中有嘈杂的
打斗声，好像从电视中发出
慢慢地，随着夜晚加深
村子四周的音域，愈来愈广阔……

——《在村子里》

仍然是浦阳镇，不过，现在是
另外的时候，江边已经没有人散步

也没有人钓鱼，只有暮色

在慢慢斜落、散尽，在那些

高大的杨树叶子上面

仍然是浦阳镇，但是，现在

有许多的事情只能留在回忆中

或者，一个人在回忆中

慢慢说给自己听

——《浦阳镇》

　　值得注意的是，对于乡土，谢君的笔几乎就是在一个"邮票"大的地方顽固地打转，他的世界的中心似乎就是"浦阳镇"，他的"故事"则只辗转于这个镇所辖的几个村，"县城"也似乎是属于"暮色"以外的远处。诗意正在这里？是的，水不在深，有龙则灵，诗意只需要合适的时空而不在于表面的阔大。正如当我们说乡土中国，实际上也不仅指乡与村。而谢君关注的也并不是那种已成概念化的地理写作。

　　就在这个南方的乡与村，在特定的谢氏取景器里，他所知所见所想的发生，亦真亦幻的现象，随潜流的节奏轻轻浮动，随意、平静地轻铺在莫名的忧郁的场景里，还被从容的暗暗的潮湿轻轻浸润。谢君的诗歌方式虽然仍含有可以理解的暴躁因素，但总的看是冷静的，点到为止与不动声色使他的唱法温婉而轻盈。这是一种与经验息息相关的超然，一种隐于事、隐于诗的豁达！是的，表面看，谢君沉迷于具体的生活细节，但正是这种细小，反有着强硬的渗透力和表现力，古老乡村的原汁原味，复杂的内在的"我"，若明若暗的记忆，也连带着现时的村庄，一波一波地铺展开来。

三

有意无意地制造浓厚的抒情气氛是中国南方诗歌的一个显著特征，谢君也不例外，但与众不同的是，他在情景交融的同时更注重人与事。或者说是那动不动就勾魂动心的一缕缕时间细节，这大约也表明了他的生活观。

被时间与空间支撑着的生命与生活，其实也就是被一个个一场场事贯穿并联，生命与生活的表层意义正在其中，另一种意义，则在事后！简而言之，"简单得就像生活本身"（罗兰·巴特），谢君显然知道这点，他在叙述中不动声色地还原或客观地整理着，将自己所知的包括自己和不只是自己的"东西"，又通过自己的方式表达、摄制或记录出来，而渲染，回望的同时他似已置身事外！

他并不是一个习惯于应景的即时吟哦者，他是有备的，他成熟地、像卡片式地写作，似乎正为一部可能的史记积蓄着必要的材料。他是真实的、有性情的，精神上的驻村诗人！在其诗中，频频出现的小K、小P和小娜等"人物"与H村、C村等"地方"一起，成为个人记忆的稳定代码，它们形成了一系列诗歌的标题，诸如《天一直黑着》《挖马铃薯的人》《一个寻找C村的人》《一份米饭烧煮说明》《马戏团》《瓦砾》《反复》《下瓜子棋的人》《别沮丧》《H村》《夏夜》《电影》《樟树下》《喊叫和摇晃》《小娜》《河堤上》《浅红色的凉鞋》《孤独与快乐》《消失》《天上的云彩》《遥远》《回忆》等，不断以各种方式组合着，它们就是史诗的若干片段，是村庄史，也是一个人的成长史、心灵史的最初切片，当然它同时也是所有村庄的，也是一代人的——这看似难以清理的复杂与宏大，在已懂得叙说本领与妙趣的谢君那里，按着可能的思之纹路，被节制了，分割了，细小了，也因而更具体和确切而貌似简单。

> 向南而望，暮色隐隐，有人
> 走在高高的河堤上，鼓着胸脯渐行渐远
> 脸上慢慢长满雀斑
>
> 秋风吹过，河堤两旁，远近的村庄
> 慢慢凉了下去，那些摘棉桃的女人
> 蓝色的布帕轻轻飘荡
>
> ——《秋风》

但清醒的他又并不过多沉浸于实际上永远是理还乱状态的"人事"。他时常以情境的强化和形式的简约来抵触当下叙事时尚，同时，从对细节的选择、物景事象的滤取看，谢君的叙述采取的是中性策略，偶尔的焦虑也被婉转于淡淡的荒诞中，这种倾向，与湿润的基本情绪和对古诗词韵律的借鉴一样似乎是江南诗人所共有的，但自造的取景器使他又游离于笼统的江南，这正是他的特别之处。总的看，谢君的写作还体现出当下诗歌写作的某种"回归"，一种意欲通过非浪漫主义方式保存个人记忆与古典情绪的倾向。

其实我们不须对传统喋喋不休，更不须写作者自己亮明精神旗帜（那常常会浪费时间），在今天，一个用心的有心的写作者，迟早都会自觉地与传统中的优良部分靠近和对接！谢君正是这样，独辟蹊径，在暮色中揣着诗与思悄然独行。

而在以后的过程中，如果他能稍微调整对物质社会现实的距离，对散文化的叙述方式保持一定的谨慎，相信他的写作又将更上一层楼。

梦在光芒与幽暗的交界

——海子诗歌谈片

去世至今的海子，仍然是中国诗界绕不过去的路碑，依然是一个拥有数代粉丝和关注者的焦点诗人。将近半个世纪里，他与另一位逝世的诗人汪国真创下了作品接受及流行度、诗集发行量甚至是被模仿抄袭度、研讨频率等多个纪录。这种情况，也和时代环境、传播环境的生成变化有关。但是从某种角度也说明，他们对于"与诗歌有关的中国人"之巨大影响力。

关于海子的诗歌，众所周知，相关研究及定论亦数量众多。同时，对其认可度也不完全一致。这并非否定海子是一位"大诗人"，而是文体差异使然，在达成共识方面，诗歌始终没有散文或小说文本那么现成和容易。关于海子，对他的肯定当时是一边倒，后来，质疑也有。诗歌文本的盖棺论定通常是需要足够的时间来检验，而问题在于，诗人与读者关于诗歌的阅读、理解，却又并非一成不变而是动态的。我们都会有这种体会，比如海子的同一首诗，十年前的感觉与十年后的理解会有不同。因为参照物的变化，因为认知、写作经验、时代环境的变化等。

例如，海子的诗《面朝大海，春暖花开》，广为人知，大多数文学与诗歌爱好者或许都会背诵，或至少能熟记其中的句子。很多年前，这首诗就被房地产界移去套用作了广告语。当然，这首诗肯定不是先感动了房地产企业家，而是感动了有诗情诗心的人们。海子的北大校友、诗人臧棣曾在 2014 年海子诗歌幸福主题的论文里，花两千余字来分析过这首诗[①]。而在 20 年前，有反对者在网上发出异议时提到，摩罗在题为《体验爱 体验幸福》的文章里，对这首诗"赞美的篇幅少说也有一千五百字"[②]，反对者也在网络花了较大篇幅对这首诗进行批评，得出"海子的诗逻辑混乱、语言拉杂、病句百出"等多种观点。批评与反批评层出。

这似乎也是一种奇怪现象。海子能不能批评呢？

就这首诗来说，摩罗说："打动我的不是激情，也不是一般意义上的美感之类。打动我的是这首诗的平静和朴素，以及在平静和朴素之后像天空一样广阔无垠的爱和幸福。"这种评判没错。不过臧棣的理解更为深刻。也就是说，"面朝大海，春暖花开"意味着一种告别，一种从头开始全新开始的心愿，也是对新的自我新的人生的召唤，这也是这首诗能更大限度被接受的原因，即这首诗的感召力，并且，它围绕的中心词"幸福"选择相对巧妙，无论尘世如何沧桑，人生如何变化多端，幸福，正如爱情这类概念，始终是人心所向。

我认为这首诗确实不算是海子完好的作品或是代表作。

<hr />

① 臧棣：《海子诗歌中的幸福主题》，《文学评论》2014 年第 1 期。
② 摩罗：《体验爱 体验幸福》，《书屋》2000 年第 7 期。

现在我们回看这首诗，仿佛如梦，仿佛光芒与幽暗交界处喜忧参半的梦，能看到其中的矛盾感是明显的。一方面，诗人想要自我觉醒，仿佛来自"闪电"般的顿悟，闪电在此像一种神示、一种来自高处的犀利的光，海子想把幸福想象落实到俗世——"喂马""劈柴""周游世界""关心粮食和蔬菜"，但同时他又惯性地回升到非尘世状态：原来我只想表达祝愿、祝福，我自己仍然只想"面朝大海，春暖花开"。诗人其实已经不能返回现实世界了。这首诗写于1989年1月，两个月后，诗人就去世了。

现在看，海子的很多短诗都有些类似倾向，即，他对现实世界、现实环境即便不那么认同，但也不会很强烈地去呈现反抗、怀疑，他宁愿适度规避，宁愿尝试着"以梦为马"、以语言为车船，去自我寻找平衡的方向与目标，以达至和谐。从这点看，海子是一个很善良的人。他对世界即使有意见，而且这种意见并非针对自己的——他也不会似愤青般咬牙切齿。他本质上更像是文青。"文青"其实是一个可贵的值得珍重的词，它的内核是善。比如海子另一首名为《思念前生》的诗，其中将"前生"寄于"庄子"，真能逍遥游，返璞归真，物我相忘相谐吗？应该不能。我更愿意将这首诗看作是一种情爱表达。我并不认为海子对道家思想有特别的兴趣，海子应该更像是一位在存在与虚无间徘徊不定的杂食包容型诗人。他在现实里应该并非左右逢源，在诗里，在想象里，在梦里，却又可以如鱼得水。

在诗里，海子虽然自比庄子，但应该说他其实不是对具体的宗教在意，而是对历史文化知识都有广泛兴趣。但是，他看起来又确实是有些传统道学意味，他是迂回地前进，甚至是绕道而行，自怨自艾，甚至有自虐情结。这不像鲁迅，不那么直面人生，横眉冷对。如果不科学地说，这似乎也妨碍了海子成为"大诗人"的可能。他在路上张望，浮想连连，梦游一般，但动不动就会想要后退撤退，这有点像成长中的小孩，对外界好奇又倚墙扶壁，小心翼翼。

小心翼翼也相当于敏感。其实，凡人都敏感，文学人、诗人更是，但是，对什么敏感？为什么敏感？敏感后又如何？海子是太敏感，敏感得脆弱，敏感得随时随地。这让他的诗，感觉就像一片很薄的石片而不是石头，或像易碎的瓷器。

"小心翼翼"，海子《明天醒来我会在哪一只鞋子里》的诗里首句就用了这个成语。一个很敏感的诗人，其实可能是更有创造力的。他可能时常都在做梦，在梦游，人梦合一，也在不断迷惑：明天醒来我会在哪一只鞋子里？类似的想法或许我们都有过，而海子将之写成了诗。当然，举诗为例，并不是说例诗就一定是佳作。海子有很多好诗好句，但并不是每个作品都完好。这首《明天醒来我会在哪一只鞋子里》有点长，我就觉得写得不好。等会儿大家可以网上搜搜看——在网络里，海子多首诗歌都有百度百科词条，注解、评说、论文提要一应俱全。这现象似乎有点奇特。

这也是今天我们谈论的一种诗歌现象，或说海子诗歌的一种意义，即它们让人关注！海子和他的诗歌在一定程度上，让诗歌这种古老的精神物种持续受到关注。而有关注就有更新的可能。

就这首诗看，选入多个选本，包括中学生阅读本，光是专业评论就有多篇，有些题目是这样的：《生活在别处——海子〈明天醒来我会在哪一只鞋子里〉别解》《生命之问，存在之思——海子诗歌〈明天醒来我会在哪一只鞋子里〉赏析》《海子

〈明天醒来我会在哪一只鞋子里〉的存在主义解读》。海子写时怎么想的，这就无从知晓。

印象中，我以为像《黑夜的献诗——献给黑夜的女儿》相对更可谓佳作。它写于 1989 年 2 月 2 日。丰收之后，一片荒凉！太黑暗，太幽暗，太孤独，太寂寞，太让人想到陈子昂的"念天地之悠悠，独怆然而涕下"。我认为这首是海子佳作，当然只是个人意见。大众的看法、专业的鉴赏、诗人们的理解，会否达成一致呢？显然不能。如果，大家面对的诗歌不是诗歌，而是通俗易懂的标语呢？实际上，专业研究与少部分有较高鉴赏力的诗人看法，是自己关于诗歌的认识——海子的诗歌成了可能的合适的例证而已，有时，也是评论者为完成评论而自圆其说而已。

那么，当我们阅读海子时，也像阅读其他诗人的诗作，最直截了当的方式，就是直接感受，先忠于自己的感受。这就有点像遥望远山，看山是山，或看山不是山，都是自然的，因为视角不同，心情不同，年龄不同，所见就会有区别。

而海子诗歌引发众多不同角度、程度的看法，本身是有积极意义的。至少，让诗歌或诗歌中某些部分受到持续关注。

1978 年以后，中国诗歌进入一个现在常被赞扬、肯定和怀想的黄金时代，其实这一时代还包括美术、小说与散文诗。新诗的传统内容、样式和观念呈现都发生了显著变化，诗歌流派涌现，诗歌民刊内刊到处创立，那时，一个边地小县城的中学，甚至诸如粮食局之类的都可以办有诗歌刊物。那时，诗歌观念其实也多元多样，可以说，就是在近二十年里，中国诗人把诗歌的各种探索实验尝试都玩了一遍，其实最具影响力的是"朦胧诗"与"第三代"。这似乎是后来者晚生者的遗憾，也就是：

世纪之交以来的中国诗歌，其实仍然是在 20 世纪后期种种实践基础上的再推进，进行着局部的变化，或比如技术方面的改进，这也让后来的诗人如"70 后""80 后"的写作创新难度无形中加大。

联系到海子，我偶尔会想到类似的话题。如果他不早逝会不会被发现或像现在这样被大面积接受认可？如果他不是恰好有一群同样有写作成绩的诗友的推介，他是否会被边缘化？这类话题其实也有人提及。人生在世，必然也偶然，可以不探究这些方面了。评论家张炯曾这样评价："他创造了仅仅属于他自己的意象系列，他的诗歌语言与此前流行的新诗潮的语言全然有别。他建立了属于自己的诗歌风格。他是当代最具独创性的一位诗人。"[①] 张炯的评价相对是准确到位的。

既然是独创性，应该是参照，但不是唯一的方向。或说，海子诗歌的另一种意义，就是在让中国当代诗歌持续受到关注的同时，其具体文本应该只是一种参考，更不能成为反复模仿的对象。它的作用是基础性而不是目标性的。实际上，对海子诗歌的仿制现象一直存在。客观而言，海子创造了诗歌的"海子时代"，这是一种阶段性诗歌现象，我们阅读它、谈论它，是回忆一个或一种诗人，而并非要反复学习模仿其诗歌的形式、内容和表达方法。我们要汲取的营养，是诗歌精神，是对真善美的辩证与坚持，是对"诗歌梦"的执着。

独创性也是一种更大的包容性。即海子可以划归于任何流派，但他写作的其实又关涉各种所谓诗歌的流派，比如说，他也可以是知识分子写作，他继承着中国传统，民族性与现代性

---

① 张炯：《新中国文学五十年》，山东教育出版社，1999，第 107 页。

交融，他的诗里也存在口语运用。也就是说，海子是一个集大成的写作者。或者，他并未意识到自己有意无意成了一种集大成的实验者。

同时，他又只处于这种实验的初期阶段而未完成。他其实一直在做准备或想做着这份集大成的事业，这种梦想最终没来得及实现。他早早去世了。所以可以认为，海子诗歌已呈现出夺目的光芒，如果有种种局限，就只是因为年轻的他早早离开了。

海子让我觉得有点遗憾的是，他的诗没有或者还没来得及关注和介入现实。20世纪80年代中后期，中国环境已然变化多端，他也生活、工作在一线城市和中心城市的北京，但在他的诗里几乎没有呈现城市文化景象、工商文化迹象，或者说他并不关心，或者说暂不能分心？他的梦，他的诗歌，整体看来，确实立足于一个渐行渐远的农业文明环境，以及由阅读而来的他所理解的知识帝国，它当然也自然地存在着必需的虚拟成分。所以他不是鲁迅，不是北岛，也不是韩东。

由此，我觉得臧棣的看法也是客观和准确的："海子是一个有着严重局限的大诗人。一般而言，诗人都想克服他的局限。但我觉得，海子对他自己的局限的克服，是以放纵局限的方式来施行的。某种意义上，海子的局限反而成就了他。"[1] 年轻是人生的多梦时段。这让我有时联想到年轻的僧人有梦吗，僧人的梦与常人有何不同？如果把海子比作孤独的苦行僧，他的梦想是什么？当然可以笼统说就是乱麻般的诗歌梦。但海子的诗歌

---

① 黄涌：《臧棣：海子能野蛮对待诗的语言 这是他迷人之处》，中国诗歌网，2015年8月3日。

梦，主体又是什么呢？

多年来，太多的研究观察对此有所涉及，并就海子诗歌里的一些常用关键词，比如麦子、麦地、村庄、幸福、太阳等，形成诸多学术文章。现在看来，无论说海子是诗歌"乡土中国"的最后守灵人，还是传统诗歌文化乌托邦的终结者，都可以，都合理。从某种角度说，在诗歌面前，所有的读者都是公平的。

但是诗歌阅读的种种沿袭性问题又是始终存在的。我们不妨稍微换个调子。即海子的诗歌该怎么读？这一首真如评论家所言？这一句是什么意思？诸如此类。这也是多年来不断有人问到我的同类问题。由于诗歌教育的缺位、"新诗"自身变化的跃进等客观因素，对于更多的读者来说，海子诗歌仍然存在阅读理解障碍。

关于海子诗歌的评论，主要来自专业专家阵营包括较高知识层次的诗人与读者。中国诗歌评论通常以正面肯定为主，仿佛进入评论的诗人、诗歌其前提都是因为有所成绩、值得肯定、可以推介，这几乎是一种惯例了。评论通常是从精神高度、观念与知识传达、形而上意义比较等方面进行解析和理性评价，但是往往又会忽略和淡化诗歌文本构成基本的方面。比如情感与技术——这有点吊诡，这两方面是诗歌文本的基座，却常不被重视。或者偏向于安全常规情感的褒奖，比如被评者的乡情——通常是真挚、浓厚、强烈等。

我的意思是，如果大家光看海子的诗歌文本，而不联系他与众不同的人生情况，不管诸多关于他的生活的介绍性文字、评论性文字，结果会如何？我的意思还是，被定论定型的海子的优点、亮点，其实也是共性的属于中国诗人的大面方向。他个人的优势与特色，其实还是情感与技术方面的。技术这不用多言，其实在一次阅读主题交流会上，央视主持人白岩松说的话挺到位的："海子写过'今夜我不关心人类，我只想你'。这句诗有哪个字你不认识吗？但是他把我们熟悉的汉字重新组合在一起，诞生了'人人心中有，个个笔下无'的意境。"[1]也就是说，如果说海子是数十年来中国最优秀的抒情诗人，并不为过。

但是在中国，在后来的中国诗坛，如果单纯将一位诗人定性于抒情诗人，仿佛有点"掉价"。仿佛显得不高深不高级不那么玄乎。这可能与中国人习惯性的内向内敛的性格和知识崇拜心理有关。

再看海子的《打钟》，每个读者对于这首诗应该也各有看法。单看里面比较有情感色彩的字词如"恋爱""爱人"似乎不难理解，但要准确说明它在写什么又是事倍功半。那么，如果就将之归为一种、一次情感表达，是不是更好进入它？

不科学地说，小说主要是事情，诗歌是情感。阅读诗歌，首先也就是对文本的情感的触碰，悦目而赏心，如果没有至少的触碰，一首诗对于阅读它的眼睛是无效的。情感当然包括多种，乡情、亲情、爱情、友情，人间常情；每种每类情感都自然而然，就看怎么表达。海子可谓罕见的情感表达高手，其中又以爱情为主，当然也包括不具体的"大爱"。海子相当部分不在明面上指向"爱情"的诗歌，也可以先视为广义的爱情诗。这样阅读，或许可以就能更好进入。

----

① 白岩松：《阅读与人生》，厦门大学主题交流会发言，2014 年 12 月 18 日。

这里，想说海子诗歌的又一种意义，即他让中国诗人重新正视情感这个问题，或说个人性情感表达。笼统言之，如果朦胧诗的情感是某种"大而空"，海子的个人质地更明显的情感表达相对而言就有了变化或矫正。当然并非就是说海子之前的诗人、他的同时代诗人就没有情感涉及与呈现，而是指海子更集中、更虔诚、更有效——在阅读接受和传播层面。从这看，他也是个真实的人、老实的人，他忠于情感，并且重要的是，他不羞于表达情感。

《亚洲铜》是海子众所周知的一首诗。关于《亚洲铜》的阐释、解读较多，几乎是在替已逝的海子想象，将其作品视为"文化反思"的文本、对"文化寻根"热的呼应、飞翔或远行的愿望等。而与我交流此首诗的年轻人并不这么想。或者说，他想不到这么"深远"这么多！我当时在交流中觉得无法准确地回答他，只好说，就把亚洲铜当成想象中的身体吧，至少别去管亚洲或铜应该是什么，更先去想到青铜文明之类。我这样说，是否以弗洛伊德式的揣测一下子把海子这首诗拉低了呢？

其实也没有。诗歌如果是一种风景，人们就可以以不同的视角去欣赏它。何况身体并不肮脏低级，没有身体何来灵魂，身体同样可以让人深刻和自我升华。怎么看，当然在于阅读者自身的精神尺度。动辄把诗歌朝形而上意义上看，诸多时候并不合适。海子忠于情感，那么阅读时，先忠于自己的感觉也无妨。诗歌总在寻找它的读者，和读者的关系是双向选择。

以此类推。海子诗中出现那么多的麦子意象，曾也让专家们从"意义""文化高度"方面定义不少，我们也可以先视为肉体及器官虚拟？是的。正如他诗里的村庄、坛子之类，可以意会。麦子可以指代女性，也可以转化为自己的化身。

当然，也不能全这样解读，如果仅仅如此，海子也就不是海子了。他不仅是诗人，还是一位高级知识分子。而诗歌，无论如何发泄、抒怀，它有意无意都有"个人化"的自我救赎成分。一个诗人，无论他什么身份、什么地位、什么文化程度，当他写诗和读诗时，诗歌的净化功能就会油然而生。这是诗歌的奥秘所在。

有人看到金灿灿的大片麦地，会心旷神怡，会高举手机拍照，画家会画他所理解的画，诗人也会写诗，而思考者也会由此评价海子说"麦子的光芒在他的语言中闪耀"，海子通过麦地"找到了自身生命与大地的对应关系"，等等。是的，邹建军所认为的也没错："体现海子的个性和人格魅力的意象就是'麦子'。'麦子'意象之于海子，犹如'太阳'之于艾青、'雨巷'意象之于戴望舒、'荒原'意象之于艾略特，是深具价值的独特创构。""'麦子'之于海子，就是自己人格的写照，是自己对故乡、心灵归宿的憧憬的象征，是海子不畏任何挫折、挺直脊背的顽强精神的见证。这就像梵高画笔下的向日葵，满是活力激情，张扬的个性而不失本性，是内心追求乐观的显现。""'麦子'的意象已经升华为一种民族的精神。"而当我们阅读，可以先忠于自己的感受，如果你没有认为"麦子"意象之于海子是深具价值的独特创构，也没有错。

海子在世时是位年轻诗人，他生长于水稻遍布的江南，"江南"是中国甚至东亚经济文化富裕之区，他却选择了"麦子"这种作物，或许最初应该有种偶然性，有情爱方面的原因，也有个人写作的癖好或习惯，久之，固化为一种精神寄托体现，正如——如果它先是身体，后来已超越身体，诗歌帮助了这种超越。每个写作者都会有些自己喜欢和常用的事物或意象。其实不只麦子，海子诗歌里的相关意象并不少，比如钟、井、河流、陶罐、月亮等，这些意象，也表现出海子选字遣词的习惯，即它们仍然是历史文化背景里的"陈词"或乡土环境中的产物。

这类意象反复运用，抽象变形，就会在运用中附加意义，多种情感糅合形成新的象征物。譬如，海子这首《麦地与诗人》写道："麦地 / 别人看见你 / 觉得你温暖，美丽 / 我则站在你痛苦质问的中心 / 被你灼伤 / 我站在太阳 痛苦的芒上 / 麦地 / 神秘的质问者啊""当我痛苦地站在你的面前 / 你不能说我一无所有 / 你不能说我两手空空 / 麦地啊，人类的痛苦 / 是他放射的诗歌和光芒！"后来，中国诗歌里小麦、村庄一度蔚然成风，是海子生前一定想不到的事。"人类诗意地栖居在大地上"，这是海子很喜欢的诗人荷尔德林的名句。大地上不只有村庄与小麦啊，当然，这不能怪海子。

说到情感，爱情主题是海子抒情诗里相对最完好的部分。虽然专业研究者并不怎么着力于这部分。我们的文学与诗歌，长期以来并不强调个体情感的重要、多样性或以爱情为表现主题。当然这种情况在近二十年已经有显著的可喜变化了。如今，越来越多的人已经真正认识到，情感及爱情这些与生俱在的东西原来对于生命、生存、生活及存在非常重要，其实，古今中外的文学与诗歌经典里，曾经被闲置被边缘的"情感"及"爱情"，不仅鲜明，而且还是核心或动力。当然，可以苦笑的是，结果也众所周知，矫枉过正，抒情本能在网络时空转变成矫情秀、滥情风，这时，内在的尺度的讲究就很必需了。好诗人应该也是明白尺度与自律的人。

爱情、身体和生命及死亡意识等的延伸，能较好体现人性的多样性、复杂性，它们本来就等于或者构成了诗歌的生产力。

爱情的起伏会带来人生的幸福感，也会带来非幸福感外的种种体验与喜怒哀乐想象。海子是一位拥有丰富想象力的诗人，在意象使用上不拘一格，譬如一些词，如"庄子""亚洲铜""哲学家""菩萨""国王"等，在他恣意又用心地挪用下常会形成陌生化效果。

总体看，海子的爱情主题甚至是整个抒情写作，仍然存在着一种反复对立的阴柔的矛盾感，既俗世又非现实，有幸福更有忧伤，边自我摧毁边自我救赎，不时显现与生俱在的伤悲与不可获得、不可挽回的忧郁。可见，他的作品也总体呈现"幽暗"质地，这同时也是海子诗歌的另一种力量所在。其实，也是诗歌的力量所在。不绝对地说，诗歌其实就是一种喜忧参半的梦想，既幽暗又闪亮，它总是不快乐不满意的样子。看他这首诗。

坐在烛台上
我是一只花圈
想着另一只花圈
不知道何时献上
不知道怎样安放

——《爱情诗集》

如果一个人真的幸福感足足、无忧无虑，没有伤感，没有情绪，诗歌与他通常就是无关的。敏感的、不安的海子始终是一个忧郁的诗人。"爱情"在他这儿，和性格相互作用着的情感成为诗情诗意动力，同时也造成阻力。特别是当诗人想更上一层楼，超越小我的自我的常规的情感，广涉家国情感、世界情感时。"今夜我不关心人类，我只想你"，而明天呢，又会在哪一只鞋里？

史诗或长诗写作是海子作为知识分子的更上一层楼的梦想与诗学追求，正如其太阳主题系列的多部长诗，在努力靠近这高远的"光芒"——这一抽象的逻辑的"虚无"世界的同时，他又不得不努力平衡年轻身心自带的情意、情绪、情感本能，抒情已经是他的习惯或另一种本能，他必须解决好情与理的冲突、情与思的矛盾。

结果，正如有学者客观指出的，海子"集大成"式的史诗尝试相对而言是失败的，最终，总量约300首的抒情短诗成了海子写作的成就体现。海子卡嵌在光芒与幽暗的交界处。这也是他生前想不到的事。有的专家虽然认为海子的长诗创作对传统长诗或史诗有所突破，但又基本上是个体抒情诗在体积内容上的自我重复、叠加或扩张，可以把它视为一种"心灵史诗"。实则仍然是认可海子的"抒情诗"。

印象中，在中国诗坛，如果单纯将一位诗人定性于抒情诗人，仿佛有点掉价，说起来都有点嘲笑感。特别是中国诗歌行进到"第三代"，情感的有无与如何呈现成了一种界限和审美判断尺度。"第三代"的口语诗人是拒绝"情感"的——其实是追求情感的另类表达式而已。但对于海子却不掉价。

如今看，海子的诗歌仍然是有感召力、说服力、感染力和共情度的。换言之，海子是特定历史时期无与伦比的抒情诗人，20世纪后期中国新诗潮的独特的代表人物，反过来，传统抒情诗也因之而焕然一新，获得更新的可能。这里，也是我们谈论海子诗歌的意义之一，他把抒情诗推到了一个极致层面，就这点看，他当之无愧是中国诗歌史上的真正重要的人物。

而成败皆因"情感"，这，又延伸出另一种意义，即他让后来的诗人在情感辨识和表达上，有了另辟蹊径的自觉和创新的可能。

无论成败，海子已经去世 30 多年了。正如另一位北大校友西川所言，"他在那里，他在这里，无论他完成与否他都完成了。"也就是年轻海子的写作无论成熟与否，如今已然定论、定性、定型了。而即便如此，他仍然还是一种诗歌奇迹——我并不愿意提及"神话"这个词。没有一位当代诗人能像他这样持久地受到关注，就像小麦，年复一年一茬茬更新。

那么我们今天还在阅读他，谈论他，是为什么呢？

首先，海子虽然离去，但其诗歌仍倔强存在。在海子的诗歌面前，仍然有很多很多的诗人与读者能在他诗中找到同感，能看到一些光芒以及幽暗的影子。从这点说，海子的诗歌如今仍然是鲜活的。

其次，我想起同样也已去世的评论家陈超的话：在当下平面化的诗歌写作成为诗坛主导潮流时，海子对精神问题的专注的探询，具有某一角度的启示意义。事实上，这个启示意义是长期性的。精神问题也包括情感方面，这并不矛盾。海子的诗歌仍然是诗歌文化关于真与善、关于情感等方面的参照坐标。

再次，如果诗歌是一种梦想，今天的诗歌越来越普遍地浅显、简单、单调，欠缺思考、独立精神和真情实感——那种有相对升华度的艺术化的真情实感。也就是说，今天作为梦中人梦游者的诗歌写作者太多太多，太多太多的他们已经越来越不海子了。

前些年我写过一篇文章，认为当代诗歌大部分已经渐趋实用化、工艺化，它越来越不像精神界的善意的真实的礼物，而更似虚荣伪劣的一次性商品。如是，那就更需要海子的存在，我们今天还在谈论海子，其实是对一种诗人、对一种诗歌精神的回望和致敬。哪怕它只是一种神话，只是西西弗斯或与风车对抗的传说。哪怕它只是梦。

只要有梦，就有可能。其实，"今天"我们谈论海子，也表明，我们至少是有梦的。

好诗都是现在进行时

——《花与恶心》读感

2016 年里约奥运会开幕式上，现场朗诵了巴西诗人安德拉德的诗作《花与恶心》。卡洛斯·德鲁蒙德·德·安德拉德（Carlos Drummond de Andrade），巴西现代诗人和小说家。因诗歌触角常常伸向社会的黑暗和小人物，因此赢得了"公众诗人"的称号，是巴西最受民众敬爱的诗人，曾获得过多种重要的国际诗歌奖。这里试读其诗《花与恶心》。

被我的阶级和衣着所囚禁，
我一身白色走在灰白的街道上。
忧郁症和商品窥视着我。
我是否该继续走下去直到觉得恶心？
我能不能赤手空拳地反抗？

钟楼上的时钟里肮脏的眼睛：
不，全然公正的时间并未到来。

时间依然是粪便、烂诗、癫狂和拖延。

可怜的时间，可怜的诗人
困在了同样的僵局里。

我徒劳地试图对自己解释，墙壁是聋的。
在词语的皮肤下，有着暗号和代码。
太阳抚慰着病人，却没有让他们康复。
事物。那些不引人注目的事物是多么悲伤。

沿着城市呕吐出这种厌倦。
四十年了，没有任何问题
被解决，甚至没有被排上日程。
所有人都回到家里。
他们不怎么自由，但可以拿起报纸
拼读出世界，他们知道自己失去了它。

大地上的罪行，怎么可以原谅？
我参与了其中的很多，另一些我做得很隐蔽。
有些我认为很美，让它们得以出版。
柔和的罪行助人活命。
错误像每日的口粮，分发到家中。
烘焙着邪恶的狠心面包师。
运送着邪恶的狠心牛奶贩。

把这一切都点上火吧，包括我，

交给1918年的一个被称为无政府主义者的男孩。
然而，我的仇恨是我身上最好的东西。
凭借它我得以自救
还能留有一点微弱的希望。

一朵花当街绽放！
它们从远处经过，有轨电车，公共汽车，钢铁的车河。
一朵花，尽管还有些黯淡，
在躲避警察，穿透沥青。
请你们安静下来，停下手里的生意，
我确信一朵花正当街绽放。

它的颜色毫不起眼。
它的花瓣还未张开。
它的名字书中没有记载。
它很丑。但它千真万确是一朵花。

下午五点钟，我坐在一国之都的地面上
缓慢地把手伸向这尚未明朗的形状。
在山的那边，浓密的云团在膨胀。
一个个小白点在海上晃动，受惊的鸡群。

它很丑。但它是一朵花。它捅破了沥青、厌倦、恶心和仇恨。①

227

中 编 枝蔓：个体风景与诗歌美学切片

---

① 卡洛斯·德鲁蒙特·德·安德拉德：《花与恶心：安德拉德诗选》，胡续冬译，译林出版社，2018。

很多诗作其实都可以不用解读的，它们本身就是一种综合性信息，其透露出的多维度意味正好能让其自身成立。《花与恶心》也是这样。

或仅从汉语诗歌的惯常感觉看，这诗似是两首诗的合成，自"一朵花当街绽放"始可为另一首？但两部分凑一起，再看又会觉得这种阶梯式的组合也蛮有意思。这诗与这诗人，与我们的现在相距大半个世纪，而看着并不觉得隔阂或陌生，由此想想，相对而言，我们的城市背景、工商环境里的诗歌书写确实尚需努力，虽然20世纪90年代至今这类倾向的写作已有了可喜变化。

不会觉得隔阂或陌生，是因为它所呈现的日常性。这确实和我国传统诗路的明显的玄幽雅致有别。如今中国诗歌"口语体"倾向或者说通俗化日常审美实践一浪接一浪，正是因为它很日常很"接地气"，它更能和生命原样、生存境遇、生活的现实变化息息相关，这至少局部解决了长期以来诗歌写作的假大空，以及言不由衷的粉饰惯性。

从细节的精心选择可以看到这首诗内在的活力。其实，对细节的重视和优选，首先就有了务实的心理前提，源于真，倾向真，探索真——至少，《花与恶心》达到了这个条件。且它的诉求不单是非一即二的，而是充满辨认，自我辨认、环境辨认，个人与人们、与世界的错综复杂关系的独到观察与独立判断。

虽然不会觉得隔阂或陌生，但好的诗作又常是刺眼的，常会有一定程度的巧妙的陌生化呈现，通常还会提供些意外的东西，即便是形式上的技艺上的小小花招。《花与恶心》在这方面也是有效的。重要的是它并不只属于巴西，不只属于这位作者，而几乎也是"我们的"现时。

或说好诗是可以跨时的。好诗总是现在进行时态。在《花与恶心》里，"镜头"不停地或远或近地挪动和转换，"画面"的移动巧妙搭配"旁白"——就是诗——它们貌似随意镶嵌，事实上又可以挤出历史语境、时代环境之类的栅栏，并让我们觉得很有意思：

"太阳抚慰着病人，却没有让他们康复""那些不引人注目的事物是多么悲伤""我的仇恨是我身上最好的东西""大地上的罪行，怎么可以原谅？""它很丑。但它是一朵花"。

可以联想。有介绍说，诗人的头像曾印在巴西50元纸币上，也有资料说，葡萄牙也曾发行印有佩索阿头像的纪念钞，而在2014年索契冬奥会开幕式上，曾展介普希金等33个有世界影响力的俄罗斯历史文化名人与科学家……继而又想，除了唱歌跳舞，若是真的可在类似大型场合诵诗，"泱泱诗国"什么样的诗人什么样的诗作合适？屈原、李白，海子、汪国真，抑或，四川遂宁的陈子昂？这可能是我们以前并不怎么多想的小问题。

我们需要外国诗·保留及其他

保　留

安东尼奥·西塞罗

保留一样东西不是把它藏起来。

保险箱留不住任何东西。光天化日下，保险箱子也会失盗。

保留一样东西是望着它、盯着它、打量它、欣赏它，也就是说，

把它照亮或者被它照亮。

保留一样东西是监护它，也就是说，为它去留意一切，也就是说，不离它左右，

也就是说，

为它难以安睡，也就是说，为其生，亦为其死。

所以，保留一只鸟儿的飞翔

胜过保留一只不飞的鸟儿

因此写作，因此说话，因此发表，因此宣示和朗读

一首诗：

为了保留这首诗：

为了使其保留已经保留的：

保留一首诗想要保留的：

所以在此张贴这首诗：

为了保留需要保留的。

（姚风　译）

一

我们在阅读诗歌时，通常有两种潜在的习惯：一种是寻找或选择适合自己的阅读期待的作品，这类作品通常也是最符合一定标准的审美观的，比如著名诗人的诗，甚至是唐诗宋词，它能让人愉悦和享受；另一种习惯就是反过来了，寻找一些常见的、常规的、常识的阅读印象之外的东西。安东尼奥·西塞罗的《保留》属于后一种。

《保留》的"陌生化"让我们的阅读有所停顿，并对既有的阅读惯性、写作惯性有所疑，有所思。

其实有时从标题也能看到中外诗歌暗暗的区别，中国的诗歌标题往往实在，具体或具象，李白、杜甫的标题也是很朴实的，饮酒，会客，玩耍，看看风景，都可以诗。不完全地说，中国传统诗歌是由实到虚，到玄；在抒情指向明确的那一类诗歌之外，不少外国诗歌给人的印象是概念化及自我解读较明显，它可以主题不"鲜明"，或无主题——这时，主题的事情就由读者你自己来完成了！

虽然这诗的题目没有李白实在，但它从标题到对标题的解读，又很现实，它并不蹈虚，它贴着生活声东击西。人生及生活为什么会出现"保留"？为什么太多太多的物事无法保留？为什么我们会努力"保留"这些或那些？

保留并非占有。"保留一只鸟儿的飞翔／胜过保留一只不飞的鸟儿"，它是内在的珍藏。是"把它照亮或者被它照亮"的记忆或可能。它也是一种伤悲或无奈，或矛盾，也就是说，当我们谈到"保留"这个词时，也意味着可能逝去或消失了。

这诗的下半部分延伸到"诗"，诗是什么呢？为什么会有诗这种东西呢？你所认为值得保留的，都是诗的？! 反复观摩罢，如果倒数 7 行均删除（保留的反义词），整首诗更能减轻些因理性过重的失衡，也能因精简而更留白一些，以对应照顾到更多的眼睛和心。

保留不是尘封不是静止，是一种以静制动，明藏暗示。保留的应该是什么呢？作者表面上玄而未示，但相对形象的"鸟儿"的出现已是足够的提示。

保留的应该是什么？作者表面上似是而非，悬而未决，这恰也是诗的妙处，你认为应该保留的是什么，它就是什么。

二

当然上面的这种回答并非要把这个问题转移到"读者"这边来，其实也不应该，否则写作的意义就会大打折扣。作者也在努力着，他要把个体和个性的体验化为普遍的唤醒上来，他尽可能地在浅出中深入，又循环回来："为了使其保留已经保留的"，"为了保留需要保留的"。这样的句子，就会让读者有所联想，或会联系自己，那么诗歌之所以作为诗歌的意义就出来了：让人有所思有所感。

我更关注它的"形式"价值，即它是否提供了相对新鲜的"表达"。由于不同的语言传统、文化背景和精神环境的差异，中外诗歌的形式表达和诉求的"观念"与"思想"会有不同，毋庸置疑的是，没有有效的表达，观念与思想的传递自是无效和不可能的。就是说写作的技术很重要，没有"技术"，一个充满离奇经历、多种故事和发生的人，就难以成为作家。

诺贝尔文学奖在对诗人特朗斯特罗姆的颁奖词中，形式的创新度、表达及技巧就是重要的砝码："通过凝练、透彻的意象，他为我们提供了通向现实的新途径。""……以凝练、简短和深刻的比喻为特征。在其最近的诗集中他转向了更为短小、更为精练的模式。"

这颁奖词所言，对于《保留》也是适合的，每首诗其实都是通向现实的，也其实都是通向自己的。

当然，阅读的技术同样也很重要，在此暂不展开。就从翻译的角度看，也可见译者的高明，他把原作者的思与诗尽可能地通过我们熟悉或能够理解的语言系统转述出来，在本土与异域的经验差异之间，做出一个综合的又融会贯通的审美判断，并付诸最合适的语言形式。

但从国内不同层级的诸多诗歌奖项可见的是，人们通常对一个文本的评审习惯，明里暗里仍是强调内容，形式的建设与语言的努力时常遭到轻视或忽略。在中国境内关于特朗斯特罗姆的推介语也多是这样，有意无意强调了"主题"，并进一步强调了类似主题在中国的"古也有之"——这似乎又绕到了一个习惯性的不休的问题上了——而同时这也证明了，在地球村里，主题可以共有共享，可以"普遍"，但形式及表达却不是的——但它事实上真是当代中国诗歌一直面临且须一直摸索的方面。

三

《保留》是巴西诗人安东尼奥·西塞罗的代表作，也是他的第一本诗集的名字。1945 年出生的他还是哲学家和作曲家。据介绍，这首诗发表后，褒贬不一，受到争议。

一首优秀的外国诗歌被译介自有理由。在这里，再怎么说也只代表观点之一种。而我们阅读外国诗歌，是因为我们需要比较、需要提醒，需要在诗歌的中国环境、中国语境里增添异质。所以说诗歌史也是比较史。故而我们在此还应该关心的是它如何与我们的身心环境、我们的语言传统和环境发生关系。这也正是诸如《保留》等外国诗歌范本的重要作用之一，它产生了镜子式的参照提示作用。

如此可说，外国优秀诗歌之所以优秀，译者功莫大焉！而今这也几乎是共识，翻译的重要性不仅在于翻译本身，更在于西为中用的具体实践，这是锦上添花、精益求精的结果。这也同时是一种重新理解、重新发现、重新创作的结晶。

译者的高明在于，他把作者的思与诗尽可能地通过我们熟悉或能够理解的语言系统转述出来，用中国的元素去解释去加工非中国的内容，他能在本土与异域的经验的差异之间做出一个综合的又融会贯通的审美判断，并付诸最合适的语言形式，结果，还让我们的阅读尽可能地有所获。

换言之，我们需要镜子，但目的并非要成为镜中人！那么，外国诗歌阅读其实存在着有意思且值得关注的一种潜在现象，即无论如何翻译，在阅读外国诗时，有意无意地，作为受者的我们仍是把它当成"中国诗歌"来看的，传统的精神环境其实成了接受的先决条件，在其中，我们调动运用的工具，也必然是中国化经验、本土化观念——它先让我们有一个基本的价值与审美判断，接着便是按各自理解各取所需（这也是后来渐多的学院诗歌写作会让读者感到另一种不切实、不现实，另一种非"附庸风雅"的原因？）这时，会有至少两个倾向：

Ａ：有感应并心安理得地接受，完成阅读及审美的基本任务，但易生的并发症是只为阅读而阅读，阅读最终成了精神消遣的重复、被动与盲目；

Ｂ：在共鸣接受的同时，测量相互距离，辨析彼此差别，并在玩味摘抄甚至是仿写学习之后进入自觉的下一步再下一步。

可能的情况是我们或二者都不是，或二者都是，较好的情况是，经过 Ａ 再到 Ｂ？

作为一种传播现象的诗歌"截句"

一

以作家蒋一谈诗集《截句》为名的"截句"概念在诗界局部产生反应，在较集中的传播宣传中持续发酵数月。何为"截句"？作者说，它来源于中国的古典诗词和现代西方诗歌并结合了截拳道大师李小龙"精简、直接、非传统性"的思考与行动理念。

由此带来的变通理解及相关宣传延伸是多种多样的："21世纪中国文学崭新文本""填补了当代中国短句诗歌写作的空白""一种诗非诗的文体"，这些标饰确实正如"截句"后来的定义，有传播需要的再定义和包装的意味。

关注时，我注意到另一位后来也"截句"了的知名诗人著文说道，蒋一谈最初并不将这些诗稿完完全全称作"诗"，而称之为"诗意的句子"。诗人严彬的理解也很到位，认为它是剔除繁复铺陈的语言后的"一种新的文体，又或者说，对文学语言的一种重新组织、重新定义、重新认识——正如我们在生活中发现诗，原来'诗'，也可以在文学被再次发掘"。

换言之，无论它是"截取文句"，或是从古已有之的角度出发的"绝句"，或是中式"俳句"，以及"短诗""小诗""微型诗""格言"等，并不十分重要了，重要的是，它是"诗"，而不是"非诗"。

而这似乎在今天已不是问题，如何判断它是诗或非诗？这事儿其实就巧妙地转换给读者了。今天诗歌群众的眼睛至少没以前那么花了。亦即截句的成立、接受及效果，其实也是对读者（诗歌阶层）的选择，同时也是双向选择。这同样反映如今诗歌传播中的"进步"，受者已非往昔的被动和盲目。

二

诗歌的发展常伴随或依靠着概念的营造与营销，这本正常。时代在进步，诗人们对概念的制作及解释也更能够自圆其说。故而亦能理解，诸如"截句充满文体实验的考量和美学上的探索精神"或"截句比俳句更具有现代精神和开放姿态，与我们的生活和内心距离更近"皆可不细究。若真认真，太多规律与真理都会显出至少的漏洞，只有金无足赤才是颠扑不破的真理。

比如，你要用"话剧""摇滚乐"甚至是"新诗"这些词代替一下"截句"，同样也是"更具有现代精神和开放姿态，与我们的生活和内心距离更近"的。这里，联想到的是，截句是不是证明着如今的诗歌不得不裸身露骨了，而在形式上的缩小、碎片化，仿佛对应着这个"短平快"的时空，那又是什么让我们越发不耐心不耐烦？

当然也有前提的，近些年，微博与微信对诗文字数、篇幅的限制，督促着写作的开门见山与凝练，让写作者与繁复冗长的旧习惯拉开距离，这对思考对技艺是有益的。然而代价与后果似乎也是同步的，段子体、标题党、口号风流行，巧言于舌，但含蓄的环节及想象力的铸造可能被搁置了。

打个不恰当的比方，如果"截句"是一段旋律，如果诗歌充满的都只是一段段旋律，如果一段旋律能代替整体的音乐作品，这，可能吗？不可能。所以也不用担心，亦正如截句的前提是存在着非截句。它是阶段性的产物。不就是出个"书"吧，北岛应不会在诸多桂冠上再加道"截句"护身符，人们也不会称臧棣为"截句诗人"吧。

三

通俗地说，诗歌本身就是励志品，是心灵鸡汤，如是说并非贬义。说截句是适于某一诗歌阶层的心灵鸡汤，自然也非贬义。

当年培根的随笔多思，一般不被读者当成诗歌，它是"散文诗"的开头；当年泰戈尔的抒写多情，更像诗，但又似乎随意形散，所以叫"散文诗"。我们的散文诗在形式表达上更倾向于后者。现在来看"截句"，无论它是自语、私语，还是腹语、密语；无论是感受、感慨，还是感想、感觉，它的表达及审美趣味终究要遵守诗歌的内部规律与要求。

也就是说，"截句"实是诗歌内部的变化，不算文体的创新。如果非要说是，那"三句半"算什么？近邻的"俳句"又算什么？

被宣扬的截句，在一定程度上对形式与内容进行了新的"规定"，"自由"当然同时意味着"限制"，形式与内容之间同时相互依存和拘束。因此它可以称为内部的内容上的跨体。这与近年的诗歌传播之"跨界"作为外部的形式与方法不同。

我一向对形式比较看重，略感怪异的是，这本非新诗的诗体建设而似是新的束缚，但点赞之声却不少。

它也并非体现常被点赞的"原创"。形式与内容的局限已规定了它还是诗人个体之诗与思的方式，它是这一诗人或这一群、这一类诗人自己的事情。

四

当我们说"小清新"时，潜意识或说比照里有"老清新"吗？显然，如果把"截句"比作"小鲜肉"，它之存在或突出，往往也伴着"回锅肉""红烧肉""老腊肉"之类的若明若暗的存在，都是"肉"。"截句"不管有无问题，是否问题或许不重要，或者说，它作为一个貌似新的小问题，重新衬托出了剪不断理还乱的诸多"诗歌问题"。

问题其实正是诗歌向前或行进的动力。

比如，它不管是否对抗"欧化的语言、繁复的修辞、无关痛痒的炫技、大而无当的凌虚高蹈"的武器，至少也表明"翻译体"的麻烦确实越发明显了。反过来，它同样也提醒着"口语体"存在的常见症结，特别是白开水式的不知所云，所谓废话。但不要以为精短就能巧妙遮蔽不足，正如一些隐态诗人与民间诗人习惯于示德藏拙。截句也兼有这两大阵营各自的毛病。

还比如传播方面。"截句"主要依靠网络渠道，仍属于特定范围传播。其出笼相对体现"诗歌首都"的优势，体现天时地利人和的强势，显而易见，微时代、自媒体对于诗歌传播是有益有效的，但仍是圈层化的。文学与诗歌的小众事实仍然存在，更进一步说，新媒体对于诗歌并不是写作本身，但它可能促进生产兴趣，且功能主要仍是"传播工具"。微信时代的诗歌传播仍然是通俗化的：诗人比诗歌更重要。我这样说，也可以理解为，引起阶段性升温的，是"截句诗人"而非"截句"本身。

五

有针对性地揣摩玩味诗歌之树的一枝一叶，是自由。枝叶永远不会取代根本，但它能映照和在归根后可能成为养分。至于"截句"概念如何运营，能推广到哪一步，其实将会逐渐与广大诗歌群众无关，即便以后还可能出现"词汇"之类的"新概念"。

之所以跟风谈这个，正如前述的问题，诗歌在形式上的缩水与内容的碎片化，显然不只是传播工具使然，也不仅是"短平快"精神文化需要。小说是张开的，是讲事；诗歌是浓缩的，是感想。一位作家在摆故事之余，笔记般有了积累，事情高度浓缩为情节或片段，这很正常，也似因作者自身功力等因素而显得轻易。反过来，一位诗人能否反过来如此呢？

世纪之交以来，日常生活审美与现实经验受到大面积认同，"叙事"成为诗歌行进的创新动力，它直接改造着诗歌各个层面，甚至可以说它与口语体以及后期的翻译体的膨胀相辅相成，诗歌的散文诗化、散文化也因此而普遍。现在开始"截句"了，我觉得这即便不算回头路，也真不算是前进。

再看截句之"精简、直接、非传统性"的思考与行动理念，至少就回避一直被议的"诗歌难度"，当然这恐怕也与当代中国诗歌喜避虚就实和忽略想象力锻炼的习惯有关。（"非传统性"仿佛伪命题倒不必理会，读者自会随意处理）所谓"精简、直接"，是否也可以理解为叙事能力的欠缺，以及前述的对时间、持续恒在的诗意与诗性的反复认识欠缺耐心——而浮躁而无奈的潜意识呢？

而就"截句"而言，虽然为了强调概念的正确及营销，而进行所谓诗歌文体新创显得合情合理，但若换位再想，它本身只是昙花，如果是昙花，如果大家都明白它是昙花……这所暗示的当下因传播而催生的诗文化形态或许值得深思。

当然，无论如何诗歌都会感谢和祝贺一位小说家长达七年的孕育和分娩。

合奏时代、观测山水与探究存在

——贵州诗歌 2020 年度浅观

一

新世纪第二个十年行将结束，与中国诗歌进程一致，2020年的贵州诗歌发展势头稳中有进。一年来，按省作协统计，全省作协会员在省级及其以上报刊发表的诗歌作品有 300 余首（章），出版诗集（合集及选本）计 20 余部；获省级以上各种奖项计 10 余人次。其间，各类诗歌主题活动线上线下结合，维系着诗歌文化与区域文化的共振。《山花》第三届、第四届"写作训练营"，贵州文学院第三届贵州中青年作家高研班、第十三届贵州民族文学创作改稿班（高研班）等在贵阳先后举办，学员与省外作家诗人、期刊编辑面对面手把手，促进交流与进步。

省作协开启"宣讲＋采风""作家＋工程"模式，在各地开展"2020贵州作家进行时"式主题调研、采风、征稿活动，推动诗人投身攻坚火热战场，书写时代动人乐章。脚踏实地始终是重要的，如贵州 21 世纪诗歌研究中心、贵州省文艺评论家协会等赴石阡进行主题活动，实地感受区域生态之美，体验脱贫攻坚带来的"山乡巨变"，有效推进了对文学地域性、贵州性等的认识。

总体看，过去一年的贵州诗歌在题材上持续呈现"主题鲜明＋枝叶缤纷"的多样状态，诗人们对于时代环境的感应、地域文化的认知、个体情感的探索、语言艺术的实践都有明显成效。

二

没有任何人能真正远离时代。作为一种"传统"，感应时代环境，对主旋律响应传声，本身也成为贵州区域诗歌的一种主要旋律。

> 想拥抱你、拥抱阳光
> 而你留下的背影，义无反顾
> 火神山、雷神山有你心手相牵的托起
> 抚慰我们千里之外的疼痛、纠结、不安
>
> 无论身体，抑或灵魂
> 你的背影，都是我们拥抱的皈依
> 无论万缕千丝，都与窗外的期待一起
> 收获你捍卫生命的感动
>
> 远隔千山万水，黎明的多娇
> 让天涯成了咫尺，我们满含的温情

在期待和你的拥抱，与霞光，与牵挂

在泪眼朦胧中，互祝平安

——《拥抱》（牧之/《贵州作家》2020 年
第 1 期"抗疫"专号）

2020 年是特殊的一年，诗人们以笔为旗，抗击疫情，身体力行，脱贫攻坚，书写梦想，记载真情与感动，充分体现出诗人与诗歌对现实的积极"介入"，如李发模、龙险峰、黄明仲、唐宗舜、姚瑶、陈朗等以"弘扬与传承新时代愚公移山精神""助力脱贫攻坚"和"抗疫"为主题，创作了相当数量的诗作，发表在《星星》《诗选刊》等诗刊上，时间将会记住他们。

此外，吴治由《中国天眼简史》、周小霞《西迁·西迁》、张仕慧《娘，在娘娘山》及张婷等出版的长诗、诗集，涉及"三变改革""贵州制造""英模人物"等典型方面，更多弘扬正能量、描绘和歌颂新时代及"抗疫"诗作更是散见于各类报刊与网络媒体，热情向上的诗人们，为一方山水交出了一份份热情洋溢的诗歌答卷。

2020 年的特殊性，也给我们的诗歌提出诸多思考，比如，对于偶发或特定的灾难时空，诗歌与诗人应该如何才能更好地"介入"和"在场"，对于环境、生命如何理智关怀，理解和平衡焦虑并更有效地表达？

三

持续认知地域文化。诗歌的地方性表达，可将之理解为是一种行动上是文化的田野考古爱好，而在心理上它是个体对知识分子身份的自我确认或期望、自我精神定位的一种起伏性表现。这也给新时期的贵州诗歌不断带来新的可能。我们也能不时看到诗人们对此的深入审视与艺术实践。

> 除了姓名、籍贯、出生年月
> 我真的没什么值得说的
> 除了喀斯特地貌一样的人生
> 除了悬崖、峭壁和山坡上低头的牛羊
> 我真的没什么值得写的
> 我也不知道，为什么
> 活着活着，我就活成了
> 山野中的草木、荆棘、藤蔓
> 活成了，陡峭之上，幽谷之间
> 声声鸟鸣，缕缕云雾
> ——《简历》（廖江泉/《星星》2012 年第 12 期）

廖江泉这幅简笔画对我们熟悉的本土自然环境进行了新的环顾，与往昔的正面平铺式山水抒情有所区别。类似的创意，也屡见于有探索精神的诗人文本，如刘兴华的诗厚重而轻捷，诗智淋漓，如徐源刊于《星星》《诗歌月刊》的《乌蒙山叙事》《化屋基》，徐必常、古泉、陈润生、郑继国、朱良德、韦忍等刊于《山花》《诗刊》《延河》诗歌特刊等的《还乡》《山中寂静》等篇章，既是诗人的个人的精神简历，也是对"我"的环境、"我"之外的环境的内在衡量与语言打量。他们是贵州诗歌的前沿及中坚力量。

应该说，几乎所有的贵州诗人，都有关于本土环境、本地发生的不同程度的书写，其变化也是不断的，即佳作通常并非单向单调的"乡土"情感，而是诗人自觉换位换焦的结果。有心的好诗人，会着力于诗歌形式建设及审美等方面的创新，如此便可加快"地理的乡土"＋"文化的地方"＋"自我的存在"的融贯。一年来，时间看到了诸多同仁的努力。

想到大地的茫茫锈迹，风就呜呜如犯错误。

危机四伏里仍有人裹衣而出。

沙溪水彻夜呜咽。在这长久训练出来的呜咽里，

溪水泛白，两岸水草屈曲。下雪了。

我们走在大地这张雪白的宣纸上，

像散乱的污点。

原路返回时，暮色配合群峰的寂静。

四野茫茫，我们都不会怀疑：

冰雪回归的时候，鸟鸣仍会将空山盛满。

——《空山记》（刘兴华／《诗潮》2020 年第 7 期）

四

诗歌的核心或原动力是情感。七情六欲或说喜怒哀乐苦甜咸涩等表层之外，亲情、人情、世情、乡情、爱情虽然已属常情，但又有着复杂性、多样性，时间在一点点变动，现实、梦境、人性亦会动态多端，努力探索个体情感的多维多样，对于诗歌也是最体现难度的环节，这其实也是诗歌本来的重要任务。我们欣喜看到不少诗人正自在地步入这个通过语言适当表达、

从表情到心情融合反应的过程。

> 雨刮不停歇地刮着车窗玻璃
>
> 雨是没完没了地落下，如止不住地哭
>
> 要习惯这雨天的阴冷
>
> 要习惯扫了又落的树叶
>
> "山无棱，江水为竭……"
>
> 誓言不是谎言，然而已形同陌路
>
> 要习惯于生命中的到来与离去
>
> 尽管来时如海啸，消失如微澜
>
> 要习惯于市井中的陷阱，或者侮辱
>
> 习惯于衰老，以及日暮的孤独
>
> ——《要习惯于……》（李寂荡/《诗歌月刊》
>
> 2020 年第 4 期）

注重对自身和内心开掘的李寂荡的这首诗作，前两句就干净利落地将自然天气与人的情感有机搭配，并将"心境"与"场景（环境）"的融汇铺设完毕，且蕴含着情节及想象的可能性；车行雨中（"车窗"的出现意味着诗意的发生是当下性的），人车皆身不由己，似乎无奈无力，劝慰也是自勉，这是"城市"环境中的"人"与乡村环境中的"人"的明显区别。

诗人将日常存在赋予"诗意"。这同时也体现以"诗歌素养"为前提的"技艺"的良好把握。作为诗歌能力的"技艺"，在贵州"70 后"诗人队伍里已得到可观呈现，如李寂荡、刘兴华、西楚、淳本、阳正午、西水、赵卫峰等。显然，时间催化并加强个人性"经验"的有效，也让严谨、认真，持续并时有发现的贵州"70后"群体显示出从容和开豁，也使他们作为中坚力量持续居于区域诗歌前沿。

五

作为黔地诗歌的承继与新生力量，持续在路上的女性诗人和"80后"愈加精进。过去的这一年，吴治由、冉小江、龙金永等在《民族文学》汉文版，徐源、周小霞、青戊、渡小好、刚子、韦忍、轶星、若非、卓美等在《诗潮》《诗刊》《天津文学》《诗歌月刊》《文学港》《延河》《星星》《青海湖》等诗刊中竞相亮相。

而袁伟、宋素珍、贺泽岚、桃生、王冬、树弦、柳小七、野老、吴宗舆、陈浪、宋荣娅等"90后"亦有众多诗作散见于《山花》《扬子江》《诗刊》《星星》《青春》《青年作家》《绿风》《西部》《星火》《飞天》《安徽文学》《滇池》《作品》等，与前代诗路有别的、起点高上路快的他们，散布黔山贵水，自在荷立，正成为一道可喜的绚丽风景线。

理论上说，各领域都没有永远的长跑冠军，如果一个省区总是为数不多的"著名诗人"反复亮相，那么也就意味着诗歌在一方山水的相对落后或停滞。就近年看，贵州诗歌代际生成状态逐时变化，黔东区域已成贵州"90后诗歌"集中区块，其中尤以沿河县、松桃县相对较为出色。当然，这里指的"黔东"，主要是从数量粗计，同时也指诗人们的生长地、出发地，高校则是主要加油站和集散地。事实上，每个市州都出现了崭露头角的青年诗人。另外，近年已出现数位"00后"诗人，他们潜力可观，势头可喜。正值"弱冠桃李"的他们，给中国诗歌的贵州板块早早带来了新意，可期可待。

有时候，他会用毛巾

反复擦拭脸上的斑

并一再问自己，那些泥点

怎会从庄稼地跑到脸上

衰老的词性，早已被

他手中的锄头和铁犁驯化

有关生活的宿命论

全靠一身蛮力逐个破解

别试图用皮肤病变

解释，不会得到认可。他

一生遭受的苦难

足以在体内形成各种抗体

爷爷和太爷的称谓

偶尔会让他感叹岁月不饶人

在其余的时间，他一直

把老年斑当成新生的胎记

——《老年斑》（袁伟/《星星》
2020年第10期）

六

过去的一年，黔地诗歌生态良性发展。在脱贫攻坚、抗疫等专题结集和出版之外，牧之、林亚军、苏勇、李廷华、段家永、张学潮、李金福、水白、王乔林等多位诗人出版个人诗集。不少诗人还在各类各级比赛中获得各种奖项。姚辉获得《山花》文学双年奖"诗歌奖"，"95后"诗人袁伟、张东、代坤、杨声广等获《青春》"青春文学奖·诗歌奖"及年度"中国十大校园诗人奖"、全国大学生"野草文学奖"诗歌奖等。

一年来，在省和各市州作协组织的相关活动之外，贵州21世纪诗歌研究中心、诗歌学会、诗人协会等社会团体和六盘水、遵义的各种沙龙、采风及讲座交流、培训会等，亦同步促进诗歌写作交流，有效活跃了区域诗歌氛围。

民族文学的诗歌部分持续迸发生机。2020年，苗族、布依族、侗族、土家族、仡佬族、回族、白族等各民族的诗人齐头并进，与时代共振，与生活同步，年轻一代对于民族文化传统的辨识不断深化和融汇，少数民族诗歌创作呈现多样化发展。网络环境日益成熟，各方加强扶助支持。11月，遵义市作协网络作家分会成立，标志着贵州省首个市级网络作家组织诞生；黔南州文艺创作扶持项目顺利实施，纳入创作扶持项目的10件文艺作品里，诗歌类有2件。网络传播环境催生和助长诸多诗歌写作个体、自媒体及群落，它们自生自长自在，虽泥沙俱下却又生命力顽强，文心可见，诗情可鉴，它们是区域诗歌的基础性阶段性构成部分。

散文诗成绩可观。徐源出版散文诗集《尚水》，何瑶兰、刘荣彬、陈顺、任敬伟、陈小江、谭清皓、封期任等的作品散见于各报刊，显示出贵州散文诗的力量。侯立权《霜之光影保留着应该具有的样子》（《散文诗》2020年第6期），其文本如花中之梅，既存在传统散文诗风，又超越传统散文诗常见的抒情惯性；既立于现实事象，又深邃而脱俗。散文诗类型也有所拓展，如金玉斌的《儿童散文诗十章》，雷远方出版的儿童散文诗集《柳笛》等。

七

诗歌时态永远是现在进行时。成绩与问题总如双轨般同在同行。回望过去的一年，在贵州诗歌变化可观之际，我们也会注意到，一些诗人的写作在固有的平面自我同质化，写作只为"发表"或形成"发表体"写作；一些诗人只乐于自媒体渠道的草稿式展露，以致浅尝；一些正值写作黄金时段的"80后"诗人因种种原因逐步停滞；一些诗人只着力于主题性或命题式、程式化书写，可能会失去深进可能；诸如此类。它们都是共性的，同时也是我们长期面对和需要在行进中妥善解决的问题。

寒辞去冬雪，又将诗意付春风。一个区域的文学与诗歌格局，与一个时代的精神、环境和个体努力息息相关。相信新的一年里，贵州诗歌会有更多更好的变化，花繁叶茂。

在诗意山水间重树理解、尊重与爱心

一

山水主题是中国诗歌的传统主脉之一。通常，更为"自然"的它时会划归历史与人文特性更强的地域性及乡土性抒情写作方面，后来出现的强调生态环境与人类社会发展的关系的"生态文学"则更为宽泛，可将侧重度不一的三者融贯。显然，有着久远传统的山水诗歌写作如今更多从"自然与人"关系、"人与环境"关系的现实与可能性的思考出发，理想境界是"天人合一"。

文学与诗歌的相关定义会因理解的变化而冠以不同标签和细化，如水文学、森林文学、动物主题、西部诗等。实际上，在敬畏自然、尊重环境、万物有灵的共同前提下，它们都可以归为"自然与人"关系的文学关涉。如果说诗歌是中国传统文化、古典诗歌的"母本"，那么山水则是自然文学、生态文学的一种精神"原本"。

诗歌文化是中国传统文化的核心。广义的"山水"情感及艺术呈现则是其主体部分。在现实生活中，不少精辟的诗话概括我们耳熟能详，比如"逢山开路，遇水搭桥"，比如"依山傍水""上善若水"以及"知者乐水，仁者乐山"……这些源远、众所周知的成语——"诗语"既是先辈关于生存、生活的感受与经验，也体现了他们关于自然的思索、时空的辩证。

浩如烟海的山水主题和题材的诗歌抒写，构成了丰富多彩而宝贵的经典文化长卷，为后世提供了长效的审美资源和艺术参照。云贵高原是众所周知的山区，对山水的注意与关切，包括古典诗词的贵州诗歌涉及较多也较早。其实直到今天，不只是诗歌，云贵的散文、散文诗、小说以及美术与摄影、音乐等艺术领域里，山水均是淋漓栩栩的，也就是说，它是永远的主题，至少也是不可回避忽视的题材。如此，不仅要坦然视之，更要考虑好更新，这是诗歌与时俱进的时代要求，也是城市化环境建设到今天必要的参照，一种屏风式的"反映"。至今，我们已不可拒绝地置身于另一种已显得"自然"而然的环境。数字、全球、全国、城市、商业、休闲娱乐等种种"化"的推进，人与自然的关系变化多端，但细细环顾，"山水"文化脉络在其中始终突兀鲜明。

二

因为爱美之心人皆有之。"山水"，是一种历久弥新的美好象征和审美符号。

今天，科技及物质生活在进步，物质及日常生活、精神生活的有机统一也已成共识，而无论是日常生活审美化，或是审美日常生活化，生存与生活的诗意呈现、个性表达、艺术追求，至少在大面上都可归纳为人与自然与山水意趣的关系。我们不能规避的，恰好是我们特有和依赖的。

回想以往，众所周知江南好，首先好在自然美！河域文化相对密集和发达，这是天赐；而若无诗词歌曲（以及书画音乐）领衔的文化润色，自然与人文如何浑然一体？也就是说，中国"江南"形象的形成，在经济环境优良的前提条件下，更离不开千百年来诗及诗意的再创造，得益于历代有识者积极的精神创意与自觉爱抚。"江南"概念的文化感、自然美、诗意及文学意味很大程度依赖于"后天合成"。

从地理层面的"自然天成"到人文层面的"文化合成"，实则也体现出一方山水一方人，一代代人关于人生、世界的思考求索。这是一个从自然美好存在，到和谐美好理想的主观转化。

这种创造性转化，对于后进的云贵以及类似的区域，是一个任重道远的长期性课题。本有天成自然美的和谐前提，文化的注入合成，可以使之更好地成为"诗意的地方"。如何合成生成？传统的方式仍然不失为有效。如看贵州：开门见山，地下流水；山水中有洞，洞中含山水，水到山前成瀑布，湖泊如颗颗高原明珠，林海、竹海、花海、草海环绕多民族民俗风情，气候宜人，风景宜心。可以说，在生态环境状况日益受到重视的今天，"自然天成"的被称为"公园省"的她已被共识为一种诗意地栖居的典范。

诗歌文化如何与诗意的栖居有机链接，其实也是体现区域文化传承与多民族文化的更新之中。对于中国诗歌的贵州部分，自然山水抒情传统蔚然成风，且贵州山水诗歌文化与民族文化、传统文化相辅相成。以此其实不难看到，在中国，每一个旅游胜地、浪漫之区、诗意之乡，都有相当浓厚的诗歌文化熏染，同时也是诗歌文化影响力相对较大的地区，而它们，大都会与本土自然地理有所关联！也就是说，"美不美家乡水"是一种本能，与生俱在的环境，通常是必需的精神资源与美学源泉。

三

另一种问题也同时存在着。传统诗文化关于人与自然或说关于山水认知与表达积累已然丰硕，特别是经过千百年的磨合已然成为一个巨大强盛的审美与认知系统。那么，如何以新诗或现代诗的经验与方式，更好地意会发现、更新再现，使眼前山水与心中山水有机统一，并艺术化地呈现可观有效的现代气质、现时气象？

或许可以先归为如何考虑并实践好"人无我有，人有我新，人新我异"的表达。常言道，熟悉的地方没有风景，这一方面也说明相对的"陌生化"的必需，比如海洋、沙漠环境，对于山地环境里的身心通常会成为诗意的远方。

换言之，自己所处之地，也是他者视角里的"远方"。有此自信，也就可能避免写作上的盲目与盲从。但这只是表面。外层的"陌生化"并不真正持久。尤其是在信息高速、交通发达、地理距离感比之往昔大不同的今天。再换言之，即是说后期文化感的注入非常重要，文学及诗歌、民族文化赋予地方特殊的色泽，如壮族刘三姐之桂林、白族金花之大理，以及石林与阿诗玛，以及随着文学及影视文艺而突出的湘西……文化、文艺、文学及诗歌与一方山水的融合，能让"地方"添增诗意而经久，而成为难以磨灭的人文标签。

如果诗歌之"山水情感"带动着人与自然的关系调整，其实也包括人与社会、人与人、人与自我关系的认识、平衡，以至和谐。这个错综复杂的情感表达与精神辨识过程，反映和观照着个体生命经验或个人化的诗化的"意境"——与外在的客观的种种"环境"之间的审美牵连。这也意味着，在新时代新语境里，怎样融致用、娱乐、怡情为一体，个性化、艺术化地精准表达好新时代风景与中国现实，有效地刻录社会文化变迁与辨识区域文化——关于"山水"的现代诗学及实践可以担当更多，它面临的挑战也更多。

　　醉翁之意不在酒，在乎山水之间；诗歌之意不在山水，在乎人在哪里、要到哪去，途中如何有所获，这自然是一条漫漫长途。在精神的青山绿水之间，与诗为伴，保持欢愉、健康和自由，不断重树和完善关于自然的理解、尊重与爱心，是新时代的诗人，也是每一个爱美之人应该做的事情。

　　愿不朽的诗意恒久照料"贵州"这片多彩的时空悠远的风光，也愿浪漫的画意诗情永远呵护中国和世界上所有"自然天成"的地方。

　　（本文系 2018 年第 38 届世界诗人大会期间组织的"诗性中国·浪漫贵州"贵州诗歌发展论坛上的主题发言）

下 编

林木：代际截面与诗歌现场观察

同源异流的青春交响：
湖南"80后"诗歌侧观

一、前　言

从中国的诗文化版图看，潇湘区域自古多风流，莘莘文人雅士济济，此伏彼起，地灵人杰，"唯楚有材"。就当代文学而言，湖南诗外观并不茂盛，强盛的小说作家群几乎构成了"文学湘军"的主体或代称，这与诗歌文体活跃的川、闽有所相反，湖南文学的当代诗歌部分如细水长流。而这种文体的生长不均之态，也恰好对区域内的诗歌存在是种检验，它可能正好留下了应当的风骨。

或可从地理来理解本土诗歌力量的分散。作为内陆省份，作为历史时期中原与江南人口向华南、西南移动与漂泊的过渡带，湖南当地之人行如扇状开阔的水流，自由奔放且多有外向之心和位移之举，外地诗人进入三湘和本土诗人向外散布，成了湖南诗歌与诗人生成的某种特色现象，犹如彭燕郊、郑玲、海上的"入"与洛夫、昌耀、张枣等的"出"。20世纪后期以来，社会转型期的新"移民潮"更促进了这种漂与泊的转换，当代各年龄段就有不少重要的湘籍诗者散布各地，近及"70后"，亦有颜同林、唐朝晖、邓程、朱剑、马萧萧、胡人、刘大程等在写作或在批评方面或独树一帜，或创新推进诗歌传播、积极组织和促进诗歌生态建设，其功名众所周知。外迁或候鸟式位移的情况，自世纪之交后在湖南"80后"诗群里似乎更甚。

本文所指湖南"80后"诗歌，泛指行政区划意义的湖南或湖南籍之出生于1980—1989年的诗人及其诗歌，其呈现时间、方式大同于全国，即与网络的出现及普及息息相关。

2003年，一个名叫"观湘门"的诗歌BBS网点渐成为其时湖南"80后"诗人的网络集散地，弥撒、解渴、封志良等"80后"即是主要的办理者和参与者，此外如刘定光、枕戈、向迅、雪马等亦较早地开始了各自的写作实践和观念倡扬。同时，他们亦不断激情进出和热情周游于其时茂盛的全国性诗歌网络。网络在很大程度上打破了诗文化的地理限制，快捷的传播更突破了文化观念、写作交流、阅读视野和想象力演练的原有圈囿——更重要的是它能形成一种特殊的气场，对于年轻一代，这样的开始乐观而可观。故而现在回看，难免遗憾，作为新世纪初与诗歌网络的普及同步发端的"80后"诗歌运动的一个方队，其时的湖南诗歌新军相对看来未能获得必要、及时和更具影响力的推进平台，导致整体效应相对缓和。其间，虽然湖南媒体对时光环境仍有密切注视与敏感，但重心似以其他年龄段的诗歌为主，另如《芙蓉》2003年曾设的"我们，80年代出生"专栏，则以小说为主。2004年，吴昕孺主编的《大学时代》杂志开设由梦天岚主持的"80后大学生诗歌联展"，如今看，此举仍然非常有意义。

十年磨一剑，但十年也会磨灭曾经的热气、血气、锐气和有关于诗歌的梦想。与全国情况相似，湖南"80后"在征途中屡有改行、掉队或转业，表面上，这似是导致湖南年轻诗人数量不多的因果，但正如前述，该留下自会留下。诗人群体及数量的不稳定性原因很多，身心环境之变是重要因素，"80后"名称的另一个潜台词实已表明了某种阶段性处境，随着青春后期的到来、学业完成与进入社会，他们面临的非诗歌的事情显然成倍复杂、现实和重要得多。

2011 年，民刊《诗歌杂志》之"中国'80后'诗歌'湖南格局'"栏目曾集中展示了李婷婷、汤文培等人的诗作，吴昕孺就此曾专文谈到，他在 2008 年撰文描述当时较有代表性的 9 位诗人，三年后，"这个名单的出入就比较大了"。"出入"当然各有原因，诗人写作的开始或俗说出道的早晚，一如参与诗歌活动的可能与频率，有太多的机缘与条件，也源于太多非文学因素的偶然介入，年轻的身心与诗结缘在今天的文化环境与传播时代里相对较为自然和容易，同时也可能比较随意和自然地就抽身离去。这当然与年轻之心思的未定特性有关，与诗歌文体本身的特殊性原因有关，也与它在一个大传播、泛文化娱乐时空里的岌岌可危的位置及与它对人的精神的作用易生变化有关，即说入门并不难，退出亦自然。另外，跨界写作亦逐步显现，如李傻傻、郑小驴、林萧、向迅等亦时常兼涉或主攻其他文体。

按上，目前湖南"80后"诗人除泊于本地的诗人，外迁或候鸟式位移、漂于外地的情况较明显，如余刃、肖水、易翔、彭敏、罗小凤、阿鲁、柴画、艾华林、蒋志武、欧阳风、桑娄等二十余位目前正"生活在别处"。生命环境的稳定与安然程度、漂与泊之情况对诗写的影响力究竟有多大多久，在非文化与文学环境中的业余写作，是否更附加了坚持、质量与自我精神的平衡及超越的难度？问题似乎很难笼统界定，所谓动静本也是人生轮换规律，更是相对论，但可肯定的是，动静的频率、力度和因果对诗歌的发生与进行有一定的影响。我之所以强调中国"80后"诗人是"漂泊的一代"——不仅是指"漂泊"，就字面看通常与"年轻"的关系最为紧密——而是时代环境更是催动和给"漂泊"提供了更多的客观"条件"。这过程，自然包含太多并且或多或少地要阶段性地占领和体现于他们的思与诗。

二、脉　象

大面观之，可将湖南"80后"诗歌粗略分为三个倾向。一是传统文化路径上的思索式抒情，它以家国关怀、人生道义与人之常情与杂感为主轴，在表达上多朴实意味及散文诗化，主要践行者有向迅、罗小凤、枕戈、罗松明等。同时，女性诗歌大体可归于此。二是日常性审美场域里的口语式反讽表达，主要践行者有余毒、弥撒、雪马、殷明、小招、阳明明等。三是阅读资源挖掘过程中的理解式表达，肖水、余刃等可为代表。它在表达上讲究情理兼容，较注重形式建设与语言实验。另如阿鲁、易翔、彭敏、未白、丙丁、钟庸的诗写则基本都涉及了以上各种路径，这使他们的实践有阶段性的矛盾或自我对立感，如阿鲁之诗既隐晦又明亮，貌似成熟的释然与如影随形的疑虑在他对现实对象的归纳中若隐若现，易翔之诗表面上蕴含沉静而隐忍之秀气，其实又一直悄自维持着内在的火焰，彭敏部分诗作在直接爽快的嘲讽及反语表达里虽貌似尖锐，实则是深入浅出，并轻巧而机智掠过了滥见的日常写作口语风。

显然，归类如同诗歌阅读，是不精确也并非就专为精确。事实上倾向也并非方向，它只是写作的阶段显态。同时诗人的写作也时常是同源多流的，因为大家的诗歌基础、文化基础是共享的，故而实际上的写作常是多种路径兼行的，这显然是自省自悟的需要而非题材的偏好。

同根生、同龄、同时代的诗人，在语言及形式表达、审美趣味上因何不同？是因成长轨迹、生命环境、经历与体验、阅读经验在塑造和不断改善调整着个体身心，也由此形成各自的精神风貌和话语方式的选择？一代人的诗歌意义之端倪，自然要体现于个体，今天的文学及诗歌大气候中，写作、交流与传播情况已与以往不同，诗歌群体的召唤有时只是主观愿望或属于观察所需，诗歌个体的突出与质量性存在，通常才是时光真正所需的。其实诗歌也看到了，自觉的求新求变意识，实践的主动与认真，正使湖南"80后"无论泊于本土或漂于外地，都适时呈现出内外发力、各领风骚的态势，鲜活的个体以各自的努力和特色逐步成熟而突出。

1. 对话与理想……

成长之途，是与世界用心对话并在其中树立和修正理想的渐进过程，是身与心的漂泊及对"出路"的探索。"局促的一生，寄居在这柔弱的网上，/ 束缚它，而供它自由，/ 身体里编织出来的祖国。/ 在寂静的灰尘之地，它倾吐一颗苦心，/ 晦暗的领土却承受不住一只扫帚。/ 将一个没落的王朝不断迁安，/ 像每一个曾有过故乡的人，在流亡"（易翔《蜘蛛》），这是一个充满好奇、不安和怀疑的时光段落，年轻的身心是自信的，更有前途未卜之感，每一阶段性的安定，都相当于一个自我的"王朝"的建立，以及接着的遗弃，这是发自内心的自律与高要求使然，"从杂乱的人群中走出，确定自己；/从许多条路中辨认出一条。"（易翔《路上》）

易翔之诗"年轻而纯净"，有可观的童话或寓言意味，这是方法也似乎是种必然，他在其中更能巧妙地纺织强烈而隐约的批判纹理，这种"内视"的由小及大的思虑和忧郁感，通常能较好呈现特定环境与场域中的个人情感，亦能将见解、反省及复杂的人生体验有节制地归于一体。同时，易翔之诗似有明显的动态，有始终"在路上"之感，相似之意在其诗中反复出现："相依为命""牵着马匹走过黄昏，遍尝冷暖""在日落将那只遗失的羊羔唤回""一棵树怎么行走""火车停留的地方都是故乡"，这种广义的"漂泊"情怀及思考，亦是诗人所特有的自我反省与观察世界或环境的习惯，这直接支援了诗人作品的内在能量，使文本在素朴中丰富而深刻，自然而自在。

与易翔相似，"漂泊"记忆亦存在于阿鲁、白木的无奈、忧郁而又更多执着和坚定的行进中："是的，这些车辆/就要从远方赶来/把我带走""为了这次离开/我不停地洗脸、刮胡子/或者面对镜子/做各种鬼脸/逗自己开心"（阿鲁《起点》）；"就背着简易的行李南下或者/北上，铁轨总是拉不直/看不穿，也容不得/我还像以前一样风餐露宿/四十五天的春运时间过于延长了"（白木《等待春运过去》）。离愁别绪乃人之常情，若与唐诗之赴边行旅作相较，能看出阿鲁、白木等对现实环境的切入更主动，且在主动的自省和自嘲中不时透露出自信与乐观，欲悲即止。其中的矛盾感，则体现出对"理想"、对已知和未知世界的不安想象或希望。这也是个舍得或扬弃的过程，白木之诗暗暗反映出的对"文化"的"纠结"感，暗示出他（甚或是一代人）需要通过反对，同时又须依靠反对的对象来确定自我体验与发现，这能让诗与思更复杂与多维。

条条大路通罗马，重要的是看法与走法，以及如何表达？理想仍在路的尽头静候，语言与情感，就相当于车轮、方向盘和发动机——而它们当然又只是外部条件，让人动心动身的动力始于自己。从小到大，从少年到青年，年龄的增长、知识的积累，相对成熟的身心不能不对时光的召唤有所回应，这时，理想那莫须有的鼓点逐步逼近并催促，诗人动身了，他们需要经历与经验，需要不断而及时地改变自己，"在路上"，在对"故乡的重构"（余刃）中一边百感交集地成长，一边前行而求索，回望交叠展望。

余刃自认为他的表达较注重主题和语言节奏，后者是技术方面的，前者似可理解为诗人对世界的事事关心、追根究底的兴趣。这让他的写作呈现杂食之态，在专注于西方诗歌的阅读与消化的同时，对现实发生与存在又有清醒的追究，如《被化学烟雾笼罩的一块地方》，如《汛期》，等等。余刃与易翔对标点符号有"泛滥"的使用，这似与他所言的讲究"节奏"有冲突。标点在文本中的存在是为加重叙事程度，体现旁观与客观的冷色调表达效果？或是世纪之交以来诗歌翻译的影响所致？相较而言，肖水也在意标点使用，但其诗更在意短句，情感成分相对浓重，这似对文本可能滑向散文化表达的趋势有了弥补。

肖水出道颇早，成熟练达，其诗写与活动同步递进且风生水起。肖水属于"学院派"写作，他亦曾公开称西川的写作对自己有很大影响。学院，应不仅指其成长与栖居环境，而更应指其某种理想化倾向，从其"文森特""太平洋西海岸的精神生活""老鼠帝国""双城记"等诗歌标题亦能看出这种知识分子写作迹象。但我宁愿把他这种写作倾向称为"文化诗""文人诗"，它在特定时期会偏重西方诗歌的阅读与消化，给人不现实不中国之感，其实肖水对现时的真切关注成分是始终明显的。肖水后来也注意到了"中国化"的问题（语言当然是问题之核）并对东方古典有所兼顾，譬如他的新"绝句"实践就淋漓着文人化的雅致气息。语言当然亦是工具，合理改造和有效使用便意味着"中国现时"问题的接着出现与发现。2010年，肖水在获"诗探索奖"之新锐奖的答奖辞中说，投入于西方经典的他一度"失去了对'中国'的判断"，"自以为是地以汉字构建着一个缺少疆界、虚构国民的世界"，后对中国传统文化精粹的吸纳使他深刻地意识到，"我们的写作不仅仅应该是对自身经验的频频回顾，也应该同时是对中国经验的回顾、记录和展开。"

"在文化似乎逐渐失去边界的时代"，在人生观、世界观和价值观及审美趣味都紊乱着的今日时空，写作到底是为何，这是贯穿写作始终的一个命题。在相对宽容与开放的当下传播环境中，写作、做作与炒作的边界日益模糊，诗人时有可能被动，易翔、白木、肖水、末白、余刃等的诗则表现出年轻一代少有的清醒、敏思和自主，他们坚持"在路上"并理想化地对"世界"展开对话，并在对话中同步地调协"理想"；他们在知识与书本中，也在现实中寻找摸索另一个世界，精心构建着自己可能的"理想国"。

2. 独白及梦想……

或是视野所囿，或是湖南女诗晚生，印象里中国女诗图景中的湖南板块并不突出。就此，我刹那间想起的是顽强而自在的残雪、沈从文笔下的湘女，这是另一种"诗"？以及李静民、冰儿之诗留下的零星记忆。这可能说明我的"旁观"有所局限，也说明持续的写作及阅读的重要、诗歌传播的重要？

不过，数量与质量的关系通常相反，何况百花皆放，令时光刮目的终是异彩与特色。当代湖南女诗的零星呈现，更能让诗歌清晰地注意她们的特色存在，特别值得赞赏的是湖南女诗书写暗藏的挑剔感、逆向感及柔中含刚甚至咄咄逼人的表达气势，如李静民、冰儿、蓝紫等"70后"的文本常在诗情画意之外，以语言为坐骑，恣意妄为，其精神态势并非以静为主的井色湖光，而是自然倾泻的溪涧江河。莱耳、青蓖、拾柴、茉棉、李速和"80后"谢小青、余千千、瞿默等的写作则充分表现出个体的内在优雅和哲思，倔强与反思的成分不时溅射，表达亦随之出现陌生化的特色姿容。唐兴玲、余海燕、窈窕深谷等的审美则承接了女性诗歌写作的"和谐"意味，在尽葆生动和水灵的同时着力寻找着身与心、人与环境的对称与平衡的联结点。此外，值得圈点的还有湘莲子、陈小玲等，以及后来转向其他文体的盛可以、兼施翻译的舒丹丹和"80后"桑娄，可能停笔与永远停笔的"80后"鲁冰和谌烟，以及部分女性散文诗人。

上述女诗人的代际承接关系并不明显。女诗通常存在某种有趣的现象，即相互间的相似与差别都体现在同样的问题上：语言与情感。"情感"作为一种最常用又最不好用的词，动词——当事人对"我"与"世界"的经历、体验与判断，这肉眼看不见的过程包括了生理与心理方面。就诗而言，就女性诗人与诗歌而言，则指"我"与"世界"如何相遇、适应、平衡，如何有效地表达之。相互的差异其实也体现在"表达"上：如何挑选发生和判断情感，如何遣词造句。

> 每夜的梦里
>
> 灵魂便从我的身体里出逃
>
> 去到一些别的地方，做一些别的事情
>
> 与现实有关，又与现实无关
>
> 完成现实世界里我无法做、不敢做的事
>
> 有时，我甚至看到另有一个我就站在我对面
>
> 冲我笑，跟我说话
>
> 那一个我，那么真实
>
> 比现实中的我更真实
>
> 那么快乐
>
> ——那是一种发自内心的快乐
>
>
> 不像现实中的我，从早到晚
>
> 悬挂着一只沉重的面具
>
> 还装饰了又装饰
>
> ——《另一个我》（罗小凤）

"……两元对立论里，我的身体里还有另一个我：/我有时主宰锤子，有时屈服于铁"（余千千《交战》）。显然，对于"一个人的战争"，这"另一个我"的存在何其重要，它是对手，也是同谋。这"另一个我"当然包括了日常中不顺心的情况，更是将"我"置于现实世界和社会环境的参照中，于此，类似"面具人生"的压抑与被动便有了诸多暗示：今日女性的存在时

空日益扩大，"阻碍"也随之增添；知识女性的精神困扰、自我平衡和解决的方式（像常人那般托梦）等必然要成为诗之主题。"我不断摘下文字的花瓣／编织爱情的梦环／梦越美，环越圆／陷阱亦越深"（罗小凤《我的诗是我的陷阱》）。

罗小凤的诗风和传统诗歌的关联比较紧密。写作与研究的同步，或使罗小凤在女性诗歌写作、"80后"诗歌两者的位置上都有所"尴尬"，不过我以为她对于"湖南80后诗歌""湖南女性诗歌"都是有意义的，是联系"60后""70后"与"80后"女性诗歌的一个过渡环节。其写作之传统抒情色泽和外在的女性情感特征很明显，比如《三月的回忆》《致命运》《当天上的花园荒芜》等。对"另一个我"的揭示是年轻女性诗歌的另一层意义。在罗小凤身上，理性与感性友好共存，如"梦"之表达浸染古风，关涉乡情与爱情、人情和世情，其自白温婉、热情而有分寸。

相较于罗小凤，谢小青则较多体现了恣意与直爽，如《第一次进入女澡堂》等较为典型。她常涉及大众所熟悉之物象人事，易中找难，这或许正是谢小青的写作优势与策略，她总想在常见中找到罕见，在众所周知但又知而不言的时光缝隙找到属于个人的东西。对平常物事的重审与反弹，为谢小青所擅长，她习惯于冷静地描绘，其诗相当于一次次裸身进入公共时空——而她则静观其变，从中恶作剧地扒出常情中的虚情与矫情，而后判断和重新定义，她所关怀或指责的"我"之外的人、人心和欠完善的世界。这同时也是吊诡的，她似在以毒攻毒，以"被看"来达到"看"，略带骄横地自顾描绘着"他者的目光"与"自我的视角"交织的曲折心迹。

我曾在某刊以"我们在哪能看到自己的一生"为题对《第

一次进入女澡堂》作过简单分析。我想接下去的"题"或许是，我们通过什么看到自己的一生？女性诗歌无论如何变化，都忠于一个"爱"字，这时而狭义时而广义的"爱"是女性诗歌共同的起点和终点、永远而根本性的诗眼。如果罗小凤的"爱"意相对婉约而感性，那么谢小青的"爱"意就有了变数，其《你》《百年木梳》《美味》《好好爱你，故乡》《我还没有》《这些年》《天堂的路费》等诗作涉及面较广，有对故乡及亲情的怀念，对现实发生的人文关怀，对性的想象或践行式理解。

在哪能看到自己？也许这始终是无休止的独白与梦想。"……来到这里，/ 我被果浆的香甜吸引 /——我只是按自己的方式 / 享受甜蜜和美好，/ 也因此学会了 / 浅尝辄止的快乐"（余千千《走进葡萄园》）。其实，一个人只要用心回望人生路，所有的都是经过，都是暂时，都是浅尝辄止。千千之诗知性、婉约、细致、从容而又节制，相对于一般女性书写的常规方向与题材，她关注和考虑的有时似乎离自身更玄更远，"……谁将他带来？/ 把手放在心脏的位置 / 告诉我：这儿，心是自由，时间就是，无人谈及死亡。// 到处都是坠落之物，到处都是 / 雨雪，叶片和石头……"（余千千《开场白》）"过滤掉干扰，这里 / 蜿蜒流动的河流多数时间 / 是寂无声息的……而弧形浪潮 / 碎成泡沫里一个个 / 细小的涡流——/ 这诱人的深渊，它在试探我最终 / 摆脱苦难的勇气"（余千千《观潮》）。余千千似乎是游离于传统或主流传播圈却自在于网络的诗歌漂泊者，被发表、选本、评论与否似不会阻碍她情理并茂地优雅行进，当代女性诗歌作为一种"享受的写作"，在自足而矜持的她这儿真是名副其实。

在哪能看到一生？始终是自己。其中有些关节，譬如青春，当然是重中之重。李速的"看法"由此内向，她显然对青春经验的自我刻录有着较高要求，并想努力修缮这种个体的阶段精神史，"……浮躁的前半生已经深度睡眠……/ 我们不够快乐的心在痴情地攀爬 / 一条爱饮月光的天阶，孤单的形态向上 / 在云中永远痛失终点。"（李速《天阶》）"你且当它们 / 请当它们，不过是个梦儿——关于记忆 / 关于河，如同哭的形态 / 桀骜断流 / 关于被想象的莲花 / 没有尽头的寂静中央 / 以及，在一朵玫瑰之蕊 / 闻香便生羽翼，最初甜蜜的索引 / 如今已心无骏马驰骋 / 衰草的边疆……"（李速《无题》）"……我们都是没有未来的人 / 所有的今天都美，都指向死亡 / 以及浓郁的生"（李速《柒》）。与一般女性诗歌略有不同的是，余千千、李速的一些命题倾向于终极试探与叩问，这无疑很有意义和更有难度。如果更好地解决了个体自律感、自控力与相对感性的语言搭配间的生涩，她们的文本将更加出彩。

作为当下女性诗歌先锋部分的鲜明倾向，"享受的写作"及诗意的栖居充分体现了新女性对"世界"的态度，沿着"情感"这条与生俱在的心径，女性诗歌对"世界"的姿态终归友好，更易和解与融解，她们对时光的诗意裁决和对梦与现实的无主题变奏总能自圆其说。诚然，情感的变化不外乎是道德感、价值感及幸福感的生发流变及其判断与表达，感性思维较强无疑就成为女性天生的优势，而对身心、环境的诗意认识和表现，最终将落实于语言表达，上述诗人及更年轻的"90后"罗玉珍、夕染、文西等作为湖南女性诗歌的新枝部分，正不断绽放着可喜的炫色，正逐步趋向人生通融之境。

3. 呐喊和幻想……

诗歌的年轻同时也意味着真情的流露与激情的宣扬，"残酷青春物语"是姿态也是方向，犹如思路决定诗路，而方向最终是属于自己的。以此观日常生活审美路径上的"80后"，我们就会有足够的耐心和信心。数字化时空的大面积怂恿与推助，让读与写的便利本身也构成了诗人上路的驱动力，"80后"诗歌运动开始之际，便有敏感的湖南后生及时介入，其中不乏成熟的思索，如枕戈的《"80后"诗歌创作现状与展望》就曾对同龄群体的写作进行过梳理并成为早期中国"80后"诗歌创作情况的文献。其中，他将包括湖南雪马、蔡子、弥撒及余毒等则归于"口语写作这个传统之下"。且不论这种"命名"是否规范，敏锐而激情的枕戈对上述同乡与同龄的诗人的写作路径的判断基本是准确的。

从某种程度说，诗歌即诗人以语言"介入"世界的幻想，写作的观念寓示了诗人的生命与生活环境情况，及其基础之上的价值和审美取向。但这只是时令规律下迎春之花开，色香味形意各不同，并无实质上的褒贬之分。有的，只是一个最初方向和表达力的差异。这也是口语诗风参差不齐且时遭诟病之因。另一个主因是诗界的审美评判习惯或定势，这也使得口语诗路上的行者多半成了另一种低效的参照物，或成为过眼云烟。问题是，诗人都是自我意识特强的人，同样是口语诗人，他们自己如何判断文本的优劣呢？这又产生了另一个来自内部阵营的审美评判定势。类似的定势短期内难以有大的变化，比如，女诗人的写作如果是情色与性之题旨，无论视之为取巧、探索、异类、个性……她所接受的其实仍是一个大面的"他者的"目光与评判，并且只要其表达相对适度的话，她是很能迅速地受到关注的，其被质疑、反对、默认、宽容和认可的程序，在今天这种诗歌传播与评价环境中几乎不费时。男诗人的写作如果如此这般，过程与结果可能就会复杂得多。

即说以男诗人为主的当代口语诗歌写作面临的文本外部的东西其实也多，坚持下来并有所成绩则更难。湖南"80后"诗歌的"口语部分"在数量上同样不多，基本是本世纪初以网络和民刊为传播平台的"80后"诗歌运动的活跃者，并且这一群体因自身缘故在不断掉队，所以雪马、余毒、小招、阳明明等的呈现至少保持了湖南"80后"诗歌花园的多样性及参照性。而诗歌本身随时都在监视着这种参照作用。

口语诗已盛行多年，一种诗歌表达方式且仅仅是表达的方式，且仅仅是我们熟悉得要命的方式——如此常青，是忧是喜？为什么难见口语写作者的自我批评？我很想在一些著名的口语诗人那儿挑出"异类"文本，或是我的审美原因，反正我失望了，我的旁观结果总是些与"诗"无关的标语呐喊或行为艺术——个人以为，有关诗歌的活动与行动，其因果对于很年轻的时期都可理解，但一个写作者若长期如此则有些不可思议。

对于"诗人"，有无这种情况：这么多年，一个诗人对诗歌原来只是一直保持了单相思，他虽然有旺盛的写作与表达欲望，并不断想挑逗甚至挑衅，但终是与语言本身保持了平行。另一种情况是，作为诗人的我们，是否时常反问和深思：对诗歌的先锋性及其表现是否有过误会？我们是否以为我们始终在诗歌里而诗歌根本不以为意？我们所做的与诗歌有关的事情其实并非，甚至根本就不算"诗歌的事情"？如是，那么，呐喊就只是本能的生理的过嘴的发声，与幻想几无关联。我们对生活的日常或原生态保持敏感与重视是必需的，但简单以呐喊或尖酸表露一下喜怒哀乐并非就完成了任务。

一般而言，口语诗常以"现实"为主要雕刻对象，同时本身又依赖于这一对象，那么反对与反抗、崇低与审丑，表达的形式及策略其实只是抵达途径之一，重要者实是"我"的存在，在湖南，这点在"新湘语"诗群那儿已有可喜的呈现。而这方面，余毒可谓顽强的坚持者，并在"80后"口语诗阵容里位居前列，其呐喊也不再是初期的"跟着感觉走"，他在对时政、性和暴力的反讽里渐渐脱离了以往的见山是山的简单定义，且对语言艺术日益讲究，这种讲究是主体性的自我确立？这点他现在做到了。

本能与自然主义只是呐喊的因果之一，能否随时随地保持呐喊，能否坚持自我呼唤恐怕更为重要。正如易翔之"我喊着美""我喊着爱""我继续喊大地，喊天空／喊温暖，喊幸福，喊神／这些就都出现在我面前"——值得"呐喊"的东西其实很多啊！今天，"传播"在普及了诗歌的同时，正被动投降于现实（物质），诗写的过度娱乐与游戏化、表演与明星化、活动与策略化情况甚嚣尘上，理性而深度的观察、自律和认真的表达，渐被淹没在泡沫化的网络诗歌海洋里，此时，无论诗人采取何种表达方法和喜爱何种文本形式，坚持就是硬道理，只有自己才能真正召唤自己，救出和完成自己，"风吹起来／草木完成自己，蚂蚁只有沿着缝隙行走／才能完成救赎""此时，一些人和事物需要适当地完成自己"（褚平川《完成》）。

人生在世，就是一个充满幻想并有意无意地"完成"幻想的过程，无论呐喊或静思。这是一个在外力与内力之间不断进行自我修改和补缮的过程，它有时需要当事人独立地倾听并且兼听，褚平川的文本时有引古垫今之举，其诗题有时就直接挪用了古典诗词的标题，如"阮郎归""鸟鸣涧"等，未白的诗也有类似呈现，这表明他们对汉语言的信任与钟爱，也体现出他们对自己诗歌世界的耐心与自足，而他们对古典的依赖并非语言游戏式的，对现实并不规避，他们属于自我平衡感较强的那类诗人。

平衡感之有，便于把握呐喊的声速、音量与音质等方面，否则幻想最终也只是幻想。以口语为主要表达方式的日常性审美，常显及时和在场，常充满顽强气息或独立姿态，然其无论是戏谑及逆反、色情及语言暴力，对于诗歌而言，也只是道路的选择和抵达时间的不同，走自己的路让别人说去——当然关键是要知晓自己怎么走、走到了哪里。

4. 交谈或怀想……

乡土诗是中国现当代诗歌花园里最苍劲拙朴的主干，历时之久也使之盘根错节，充满文化象征的叠加意味，又实在地具体化地支撑着个体精神与情感的诗性寄托。而今，再见这些词：乡愁、乡情、乡音、乡风……我们似乎同样可以看到一条唤作"漂泊"的线索动静相宜地串联其中，这"漂泊"时而属于感觉，时而为现实环境，在时光的牵引之下，可以说生命之根、家国之根、文化之根、现实之根等，都可是同体异株之自然表现。

这表现常是枝叶纷呈的："内心惶惑的回音和卑微的念想"（蒋志武《每一条河流的对岸都有一个故乡》），"除了风之外，我的心中没有别的什么了 / 在深圳漂泊的这些年 / 我一直都在寻找着一个温暖的词语……"（艾华林《幻象》）。它更起着对成长和丰富中的情感支持的实际作用。"河流似乎更贴近故乡 / ……人生，每一条经过的河流对岸 / 都有一个故乡，它们藏在心中 / 它们在你的身体里长出一寸寸草木 / 和回归的磁场"（蒋志武《每一条河流的对岸都有一个故乡》）。"一匹马要跑多久 / 才能写出老马识途的故事 / 一个游子要叙写多少干燥的诗篇／才能把故乡描写出黄昏的清泪"（袁叙田《回望》）。在路上，有回望，有思念，更百感交集。"离开你的那晚，夜风站在村口哭泣／……漂泊的岁月里，我一一打开／放在异乡的夕阳和月光里晾晒"（罗小凤《故乡，故乡》）。"年前腊八节，我坐上火车回了趟老家／我吃惊，村庄里还是一万年不变的辽阔寂寥／只是多了些荒芜和丛生的杂草，少了些／热闹和熟悉的姥姥爷爷们，母亲说／这些人你是再也见不到了，他们／有的已经过世，有的已随儿女迁往广州、北京……"（柴画《我泥巴里的村庄》）物是人非，故乡几将成为他乡。柴画是在暗示物质基础变化后的乡村文明的涣散吗？

（广义的）乡土意味的表达在年轻一代这里现实而及时，他们各自刻录下"城市化"时代里的荒芜与空寂，有留恋，也有疑问。虽然在表现上常有平铺痕迹，但叙述的方便与快感、快捷拒绝了对语言艺术的深度考虑。乡土意味的表达对未落实的身心的安慰与调理作用是明显的，假以时日，这类位移与"漂泊"经验给他们的馈赠，会在可能的更好的整理中显出异样的珍贵，因为，他们首先有了"经历"，有了属于"我的"见闻与感想，"影子是影子的开关／在城市，敞开的每一道门／均会出现怪兽／／我廉价出租给城市／城市也出租廉价的出租屋给我／我们之间似乎画上了等号……"（蒋志武《出租屋里的影子》）"华灯初上／在城市紧闭的胸怀里／我如同一枚挂在城市胸口的／小小别针，尖锐地穿透那些／内藏心中的乡愁和窘迫"（蒋志武《霓虹灯上的孤独》）。

湖南是当代乡土诗的策源地，由江堤、彭国梁、陈惠芳等发起的"新乡土诗派"运动在 20 世纪 80 年代以来曾产生相当影响，现在虽难判断这一运动对出生于 80 年代的湘地诗人的作用力，但今昔肯定有别，相互的距离不只是时代所致，也与传播形式与力度的新变、与诗人精神环境的变化有关。在主题与题材、艺术手法等之外，年轻一代的乡土诗写更个人化、更主体性，在价值取向上也更复杂多维（如柴画的部分诗作），在他们看来，山花与恶之花，首先是"花"，他们因自己的站位、视角和本能感觉，对"花"之色香味形意采取的方式是"取所需"，并且有了自己栽培的兴趣和欲望。这反映了"80后"不完全按照传统文化轨迹或"阅读资源"牵引而主动融贯的现时经验，并进行自我思想的丰富？虽然，乡土诗风的这种差异大面上并不明显，但细小处则可谓观念的时代之隔，或说是意识形态化、文化与现实化的内部分歧。

向迅对这些"分歧"时有关注和杂糅。乡土情怀是向迅始终的精神血液，以此为基础，向迅通常能在大与小、概貌与细节间敏感而准确地达到叙述的平衡，体现出有力而相对准确的观察与捕捉能力。如《天色一点点暗下来》，"外景"暗示"心境"，一次偶尔的经过，实也是一生的经历的缩影，在路上，谁是风景谁是过客？而类似"火车越靠南，大地越来越春天""湖泊是一个个古老比喻"的句子，则几乎是向迅式的表达，朴实却耐人寻味。

蔡测海曾以"随着心灵走四方"为题对向迅有过介绍，"心灵在大地上行走，不是漂泊，心灵在每一个地方都会留下故乡的印记，所谓他乡便是故乡"。蔡氏所言很到位了。而诗人自己怎么看呢？《我所热爱的那个故乡》一诗似乎较好地体现了向迅的视角、感悟和胸有成竹的概括力：大风大旱大涝的故乡、流汗流血又流泪的故乡、一生颠沛流离的故乡，这其实就是一部农村史。诗歌中常见的"故乡"其实是什么？到底是什么让故乡使人牵挂？向迅在《找个词语来形容故乡》一诗中指出，"双亲""既是抽象的故乡／也是具体的故乡"，这是人之常情，也是最基本的答案！怀念故乡就是怀念亲人，这是典型的中国式情感（伦理）表现的引子与核心，也是实在的道理。而程一身则更细致地注意到，女诗人一般不注重故乡的时空因素，而注重于故乡的（熟悉或与己相关的）人，女诗人也许普遍倾向于随身携带着故乡，或者直接把身体作为自己的故乡，身体是她们接触、理解和回应世界的主要方式。

稍延伸：有人，才有情与事。记忆一个地方，其实就是记忆一个人、一些人；甚至，有时"地方"都会退出就只剩下和突出了"人"。

再延伸：先由"亲情"开始的这一个、这一些"人"原来通常是不陌生的。

继续延伸：部分乡土背景的诗写绕开了人，而着力于自然山水或田园情趣，其时，旷世的秘密、隐约的神性、物我轮回的玄思仿佛千萦百回，渐渐地，其时的人，便只剩下了"我"……原来，所谓自然美，是种精神补助，是对自由、本真，及和谐、宁静等的自我交谈与慰藉。

原来，诗歌里的"故乡"实则是种想象，它往往发生于身心的位移与漂泊之后（阅读经验里的"故乡"同样也是），是进行中的"逝水年华"的挽歌与怀想，一种语言的常以悲情为主的祭奠仪式。原来，关于"乡土""故乡""家园"其实就是先由近及远，现由远及近，反复于故地他乡、漂泊爱恨……绕着弯子，历经多种精神波折，甚至南辕北辙，最终目标就是到"我"这里。而"我"，最终便在我"心"里。我们的一生就是寻找、判断自己。

乡土写作因其伦理、道德的易塑性与和谐价值，持续受到普遍倡导和认可，虽然其表达平泛、单纯甚至同质，审美与价值表现的模式化作为通病时常发生。而类似殷明的偏锋之势便足以可观，"我之所以姓殷，是因为我疑似祖先；我之所以爱恨，是因为我疑似人类，/ 在 Google 中搜索到关于我的一切信息，都可以作为错判我的证据。/ 从物质中剥离出来，我便轻了，三十年来，不断在梦中飞行，在水上漫步，/ 我就是靠这样的方式，来确定自己的身份。"（殷明《村民的诗篇 No.10》）柳暗花明又一村？此村犹似地球村？"你无需再为农事操心，兄弟，季节失去了它的意义，它的更替在更大的时空中无足轻重，/ 你可以轻而易举地跳过温度的阶梯，就像光从酷暑穿越苦寒，射向更开阔的清虚。/ 曾经，你跟随一张车票，在河山之间走马观花，最后在编码的某一段落脚，/ 这是你父亲的路线，他回来时带着异乡的口音与异乡的女子，从此走完人生最闪耀的时段。"（殷明《村民的诗篇 No.7》）作为湖南诗歌的"新人类"的殷明及夕犬等的写作并非传统意义或完全的乡土路径，其诗的湘辣味、叛逆意识和锐气值得关注。

　　今天，自由精神的栖居与承载的具体地域关系已然有变，湖南"80 后"诗歌与地域的勾结、与历史文化的承启，甚至是"湘文化"的营养等已然不如往昔那么具体。这是时代变化的结果。虽然我们现在还不能判断这种结果的真正性质，但几乎毋庸置疑的是，在数字化、城市化、工业化甚至是全国及全球化这些概念下，"一方山水"之历史文化对诗歌的作用正从主食转为调节性的滋补！或说地域文化作为营养，在诗歌中渐渐不以显态呈现。（这是否又意味着新一轮的漂泊感开始从精神界自寻出路或萌芽？）而无论如何，"诗意的栖居"与否终要取决于个体的选择与努力，相信新一代乡土诗写会有更多关涉那些悬而未决又有普遍意义的方面，会有更多激情与力量分配给表达的艺术性方面。

三、小　结

综上，只是对湖南诗坛新一代的概貌式旁观。要对进行着的活力群体做出准确评论，尚有多个考量环节或判断尺度，譬如全国视域内的代际划分、文本比对，譬如他们与往昔诗歌的异同、成长经验与潇湘文化精神的牵连与实际区隔，诸如此类，均有待有识者的细化。当年曾有湘籍"诗人"撰出《湖南农民运动考察报告》，套用之，无论是"革命先锋"或"痞子运动"，不管是"糟得很"或"好得很"，活动及运动对于诗歌和诗文化环境建树的作用是自然而必需的。因本文主题和篇幅因素，暂未涉及这一有价值的现象。世纪之交以来，除上文提及的新乡土诗派、新湘语等，发端湖南区域或由湘籍诗人发起的诗歌的事情不断产生影响力，例如周瑟瑟的卡丘主义，谭克修的地方主义、湖广诗会，李少君、莱耳的相关诗歌建设情况，以及散文诗方面的活动等，以后均值得单独成章考察。

纵横观之，十年已去，十年又来，日月将继续探照诗人的更上一层楼，在"微风中吹拂的清晨"，"凭着暗中的信心"和"一颗勇于承受黑暗的耐心"（易翔）。

（本文曾发表于《文学界》2013年第6期，本次出版有所修订）

从"广东胃"到"广东味"

——广东本土"80 后"诗歌及其他

一、前言：中国诗歌的广东胃

1. 多元多样的广东诗歌雏形初具

当代广东诗歌的突起始于 20 世纪 90 年代后期，诗人数量与诗歌媒介众多，诗歌活动频繁，部分诗文本建设取得成效，诗歌现象引发一定程度的争鸣，这些变化推动了广东诗歌的进步并使之在国内诗界产生了影响力。为什么不存在东北诗、北方诗歌，而广东诗歌如此突出？或可理解：当诗人强调"广东"时，虽然不可避免地存在过度传播，但体现出新时期诗者的主动，反映出新历史条件下，特定区域内和新传播时空中有心人对"环境""世界"及"我"的反思与体认。另一方面，由省内外诗者合力打造的广东诗歌概念的产生与强调，倒不一定就表明其与传统意味的"地域文化"的关系，其出现与依托，至少在早期更多地受控于行政区域内的经济文化现实，换言之，它至少先是"制度文化"的产物，紧跟着的是城市及工商业文化的同步拉动（其中当然有太多非诗因素），概念的产生过程于是难免有勉强迹象，对意识形态及主文化的某种有意的反依赖（依赖），以及策略性的对立姿态，也使这一诗歌概念相对流于大众化传播层面。

任何现象终归要落实或必须依赖于人（诗者），假设不存在改革开放或社会转型这类前提，不存在全国各地诗人移入岭南的情况（或非广东省的诗歌外来人员悉数撤离），广东诗歌又将如何？这当然仅是个已不会影响区域诗歌大局的假设。广东诗歌的启示意义让我们看到，经济（城市及工商业文化）基础、诗人的能动作用与环境的有机和谐之重要，广东的环境（经济基础、文化融汇、传播发达、观念更新）仿佛一个热腾腾的大熔炉，它吸引了全国的诗歌人才与资源，相互创造，时光将铭记，至少三十年来，诗意地栖居于这一城市化、工业化集中区域的身体与心灵们，在诗歌观念、诗歌活动、诗歌媒介等方面的创意建设众所周知，对中国诗歌的当代部分的变化与进步，功莫大焉。

时过境迁，回望广东诗歌建设之初级阶段，可以说其基本任务已然完成，一些相关学术枝节已然急需科学地梳理及完善，譬如岭南视角的被一度强调并引以为荣的通俗化倾向、日常性成分与口语化方式在源流与作用方面值得商榷。在边缘意识与群体焦虑、传媒推动与时尚引带的阶段性潮头引领之下，在一个前所未有的大传播时代，发表、选本、民刊、活动、立言、评奖等环节肯定是必要的，但是不是检验诗歌的真正或最有效的标准也值得提醒和反思。此外，如何对广东诗歌的"子概念"如"打工诗""草根诗"等提供新的养分，相关建设性工作其实已有启动，如评论家张德明、向卫国等以广东高校为依托建立相关研究平台，原广东商学院（今广东财经大学）亦在2008年设立了"80后"文学与文化研究中心，相信身临其境的研究平台更能科学地涉及相关问题，亦不会忽视广东本土"80后"诗歌现象这一课题。

2. 兼容并包的"广式"诗歌现象

从全国视野看，在当代中国，除了北京诗歌，几乎没有能与广东诗歌这个概念的丰富与复杂、真实以及虚妄相比！在共有的数字化前提下，它与广东的城市化、工商业化背景，以及以通俗性、日常性为主打的情况相对有异，北京诗歌如同诗歌的"北漂"现象，显得更为复杂。二者事实上构成了两种诗歌的"中国特色"。

20世纪的广东诗歌并不突出，"朦胧诗"、"第三代"诗歌运动、女性诗歌风暴等浪潮与广东保持了距离，世纪之交后因移民性诗人的纷纷入驻，诗歌文化气候得到了极大激活，但整体写作成绩与以前相比仍然不容乐观。类似的比较可能主观和片面，文化与文学的景区即使可以百花齐放，也并非朵朵皆佳。曾几何时，广式商业文化遍布神州大地，近水楼台之便也使它成为中国社会转型期之初流行音乐音像生产的大本营，纵横观之，正如不该以歌唱去衡量有着舞蹈优势之人，20世纪中后期的广东本土新诗总体成绩的不鲜明及原因不必细究。值得称赞的是，即使基础薄弱，进入20世纪90年代后，宽容与融会贯通，使广东诗歌出现可喜的新变化，从这点看，也可以说广东诗歌是中国诗歌的特别的胃，一个有较强消化力的胃。

或说广东诗歌是一种壳、一种瓶，一种平台与模型。处于社会转型前沿的它，首先担负了吸纳全国的条件与重任，这与北京诗歌类似，很多时候谈到它们时其实也是在谈及中国诗歌。

但就本文主题而言，又还隐约存在着某种"遮蔽"方面的问题，"遮蔽"的因果是多方面的，譬如因经济基础支撑的传播、活动、捆绑展示推介及评论等种种宣传便利可能会造就一批著名或走红的诗名，名不副实的情况会有损于广东诗歌整体印象。当然，这似乎已非诗歌自身的事情，战无不胜的时间自会有铁面无私的过滤和清算功能。而虽然"遮蔽"难免，但也正因这个诗歌胃壁的相对宽容和动态不已，本土"80后"诗歌的自在、纯粹和安详的诗意呈现，也就自然而然。

另一方面，无论如何眼花缭乱与众声喧哗，无论如何隐态于边缘、远离于诗尘，20世纪90年代以来广东诗歌的本土珍稀林木的挺拔与绿意仍然有目共睹，他们的认真、安详与优秀，甚至是以诗为本的激烈和狂狷都经受了日月的洗礼，正如黄金明关于"诗人与时代关系"的考虑，黄昌成潜心于"诗歌的事情"，陈计会举着"岩层灯盏""叩问远方"，还有赵红尘、凡斯、沈绍裘、符马活、浪子、廖伟棠等以及其他编辑家、评论家等在保持自在、纯粹和诗意之际，其认真的观察和写作实践，都呈现出诗歌精神的独立性与特色的文本个性，在广东新诗史上凸显出沉着而鲜明的亮色。

随着广东本土20世纪60、70年代出生的诗人的写作进入相对的成熟期，广东本土20世纪80年代出生的诗人的写作群体的规模化自然而然体现出来了，他们开始了对青春与激情、对经历与经验进行诗与思的整合与实践。这里我们似可远观到，移民诗人群对广东本土的诗歌建设，从理论上讲肯定会对年轻一代的写作有不同程度的影响。再从理论上讲，这种影响亦很有限，贴身式面对面的诗歌活动、种种传播行为和可能的诗歌交流，最明显的效果是搞活诗歌氛围，为这个时代里作为精神界孤身奋战的诗写者起到抱团取暖作用，以及推动诗歌在社会面上的普及。而在当今数字化时空，昔日因实际距离导致的文化思想交流不畅、观念和信息受限的内闭情况有革命性改变，信息的沟通与传播量的变化使大量有效和有益的经验能通过"阅读"这一独特的渠道进入作家记忆库，知识与精神的隔空远游与学习交流已成为最核心的变化，这自然也会直接惠及20世纪80年代出生的写作群体。

事实上，不科学地看，广东本土多代诗人的写作是并行式的，相互的、直接的影响作用并不突出。同时，它的诗歌写作资源以"阅读""知识"为主，这样的胃口显得有些传统、优雅和知性，但并不影响年轻一代对他们熟悉的生命轨迹和生活的丰富性的"广式"兼容，他们照单全收，却又不全盘接受，这种自主性无疑值得充分肯定，当属于广东本土诗歌生成的特色现象之一。

广东诗歌现象是世纪之交后中国诗歌行进的特色部分，世纪之交以来由全国各地诗人创意发起或参与推动的活跃于岭南的诗歌运动总体已得到肯定，当我们的目光有选择性地集中到一群土生土长于20世纪80年代的广东诗人身上，或许更能从某些角度有效地感知全球化、全国化、城市化、工商业化、数字化等在岭南诗歌世界的落实，这一过程的实现，在表明诗歌的"广东胃"对本土年轻诗歌必然的影响之外，也仿佛隐喻着中国诗歌的"广东胃"向"广东味"的实在与必然之变化。

二、广东本土"80后"诗歌概貌

1. 她们：情感与审美长途之上的确证、辨认与享受

情感对于诗歌犹如水、盐之于人身，似乎并非问题，然其

所体现的"真"和如何体现"真"则是诗歌问题中的重中之重，广东本土"80后"诗人对此的实在和自在，有效地彰显了诗人主体性，在葆有个人化的同时，写作也因此更能触及更多久违的美、好、真与本原的世界。若按照传统的抒情老路如实道来，文本效果必然打折，因此诗人都必须自寻支点，虽然这个寻找仍在过程中。对此我惊讶于"她们"的自足，阶段看来，她们在情感与审美长途之上的确证、辨认与享受更为实感与实效。

郑婉洁在自我构造的理想化场域持续她的雅歌，她的歌唱不仅仅为表达"人之常情"，更是对体验的珍藏和琢磨，这叫着"玫瑰"的鸥鸟在情感的小气候中反复地滑翔、追溯、徘徊，每一次都似有发现，每一次再现或重温都令其乐此不疲，因为"最初的红引发灵与肉辩证，在纷飞路上，蝴蝶触角上盛开着玫瑰，海水，或者马蹄"。虽然她说"生命最初的眩晕也在慢慢回返"，但这显然是暂时的，"回返"永远只是过程，是过程的想象或想象的过程，而掌握"玫瑰的信仰"的诗人多么年轻，"身体这座金山"刚被勘察，"身体的全部苦难"与甜蜜和"肉体渐渐趋向于灵之恒久"的长途亟待研究和处理。已经上路的诗人多么聪颖，她在主动又轻盈地潜行，她的诗不时嵌入戏剧因素，并涉足于诗歌批评，诗剧、散文、小说交叉互动，若是情理兼容方面趋于完好，阅读经验将成为巨大动力，感性与理性在一个优雅的女性那儿完全可以有机兼容。

在郑婉洁的诗中，那种温暖和海味的地域元素略有体现，但向地理借"景"或借"境"的情况似在广东本土"80后"诗人笔下不多见！"我们一起到海边去 / 来回都是沙子。我要这沙子，充满你的幻想。"（杨略《我们一起到海边去》）这里的"海"当然也可以是北方或其他地方，在杨略这儿，地理意味的"地方"似乎已不重要，她自己已然构成一个"地方"，她用无中生有的幻想、抽象的臆想、随意且零乱的梦想围绕支撑着自己，这就够了，自己的时间因此有了意义，这"地方"因此自给自足。

丫丫的写作更有明显自足性，她在此基础上更注重外在形式并努力实验着，这种想法很可贵。一般而言，我们所见的女性诗歌大多是缠绕着永远如谜的"情感"反复作常规文章，剪不断理还乱，丫丫的聪明在于对诗歌外形式的讲究与尝试，这起到了一定的掩蔽功效，使自足的她覆盖了她的不足。这并非指她对"内容"的不在意，而是她其实已入练达之境，如果说郑婉洁因年龄与经历而尚在"积累"阶段的话，那丫丫则更为胸有成竹，她面临的情况已是选择、过滤和整合，包括如何处理好传统与当代的关系，她的时尚感在字里行里置放得错落有致，使文本有了相当的阅读快感。"巨大的浴镜前 / 我小心翼翼 / 穿上—— / 不锈钢内衣 / 塑料背心 / 红木短裙 / 玻璃外套 / 橡胶连裤袜 / 水泥长筒靴 / 最后不忘戴上 / 亲爱的纸花小礼帽 / 你站在镜子背面 / 一语不发 / 拿着透明螺丝刀 / 不慌不忙，将我 / 一件一件，一点一点 / 拆下来…… // 我终于成了 / 一堆废土"（丫丫《片段》）。若把这样的诗与20世纪80年代的女性黑色风暴诗作比较是很有意思的，依然是女性化的特有的空间，似乎情色，仿佛荒诞，对经验的提炼却似青出于蓝。

经验当然因人而异。"午后的街，没有光和影 / 熟悉的冷风多了些浑浊的气息 / 我渴望迅速走完这条街 / 路程就能作一段终结"，"存在是隐秘的，难于用画笔描绘"，徐燕辉似一位谨慎的独行者，喜在静处自在而又焦虑地漫游，她的诗里频频出现门槛、房间、窗台、街巷和路口，尤其"门"的出现较多，伴着总是看不见却总是能感知的"风"，她似乎预感、期望又避免甚至是想远离某种"房内的风暴"，她由此"紧张"，她的叙述也"紧张"，这有时反倒形成了其诗作的无助意味和悬念感，"紧张"于此是可爱的"压抑"。"我不知道风从哪个方向吹来"，其实我们都不知道。而这正是诗歌要继续的理由。诗歌在继续，诗人也是。木也这几首旧作综合看正好体现出动态的"寻找"，一位年轻的知识女性在路上寻找什么呢？结果似不用具体，因为所有的寻找，终归是自我判断，是寻找自己，更关键的是自觉地持有"在路上"的状态。木也的抒情干净、宁静和节制，可想这该是一位对精神生活讲究质量、对记忆与梦想有较高洁癖度的写作者，她在向"通情达理"之境矜持而行。

"从患有胃病的人那里获取食物 / 是我心甘情愿做的事情 / 夕阳的余温掠过我的唇 / 刀割一般地凉爽""我把丝袜拉到膝盖 / 再拉至腰部，渐至胸部 / 我想要的 / 也不过是用别的办法离开电影院罢了""一条鱼跳到我怀里 / 那么重，简直忧伤死了"……这些句子与标题貌似怪异，温文锦（拖把）仿佛在自寻她的诗歌基因并力求突变，她的"非理性审美"若按常规标准或许不算成功，但颇具意义，在一本正经的间隙不时抛露荒诞的碎片，可以是胡思乱想的自画像，也可以是有意为之的低喃低语，她的写作犹如温柔而调皮的反叛，对诗歌语言逻辑与规则的小小恶作剧？她显得那样的黑色幽默和自得其乐，为广东"80后"诗人提供了写作的多样化佐证。

写作的过程也是对特殊时光里的生命的梳理，一种必要的"自我关怀"。我一度感到，对 20 世纪的女性黑色风暴诗的层出不穷的过度评论，某种程度上对后来的女性写作有些矫枉过正。一方面，对身心的抚摸实验要么表达失效，要么易受指责；

另一方面，它也导致了诗歌评论界的局部误会，仿佛成了女性诗歌的某种必需的参照标准。从广东本土年轻女性的诗歌表达，似可见某种双向的映照。既然说到"本土"，表明她们的生长、生活状态是地道的广东，与其他来自外省的，至少在地理层面上"漂泊"而至的同龄诗写者在经历、经验等诸多方面有所差异，她们在很大程度上关于物质、经济、欲望以及人际关系、文化娱乐、信息传播等关键词的体会、障碍、困扰、运用，可能相对更"理所当然"，她们与城市时空更贴切，更关注个人情感、用心于"自我关怀"，女性意识柔中含刚和不虚张声势。虽然相对的轻松上阵会暂时略欠可能的杀伤力度，但她们的写作能轻松上阵已表明她们是自主、自足的——而这可能是一位有着漫长写作经历的诗人始终都难以解决的。

经历、经验的收获很多时候是个先后的问题，知识的积累与领悟却非人人皆可为之，我们已能看到并可以相信，广东本土年轻一代女性诗者个体写作能力明显高起点高素质，当对世界、环境，对反复无常的世事人际伦理、对喜忧多样复杂的欲望心绪的辨识和调谐逐渐了然，诗歌艺术与精神生活价值会加快相互影响的步伐，诸多现阶段存在的写作障碍当会迎刃而解。

2.他们：现实多样区间里的自主、介入与探索

情感基座更贴近现实的生活之际，后者的多面性亦同时呈现一定程度的反作用，通常遗憾的是，在诗界，这一股珍贵之力的喷射往往因诗人自身原因而容易隳于诗歌写作与阅读的通用规则而终于涣散！这同样需要诗人自寻合适的支点，即无论这支点的性质与形状如何，关键是先要自己把自己支持起来，"给我一个支点／我就能帮你撬开大气层的老底／用娇喘滚滚／还你一片该死的安定"（昊岸《论迁徙》）。

昊岸的存在，仿佛喧嚣白昼里的夜游神，胡乱模糊的晚间的持烛反刍者，其"复合抒情"以"物质文化生活"环境为底背，并着力扭曲它，放肆呐喊，有时在"青灯黄卷的呵欠里"假寐，有时"在购物商场的人流内"，每个场景都能产生刺激，都能让他恣意地喋喋，或嗔或痴或妄想，而后按照他的"逆旅"逻辑收入反其道的笔下，形成有着昊岸特色的新现实主义画卷。这是一位擅长对情感进行异样表达的全身心都充满诗意的反讽歌手，也是我最欣赏的广东本土年轻诗人，虽然他的"逆行"步法或许将使他在公共诗界受到的认可度不会太高，但他至少确证了自己的独立存在与自我启蒙，在西式理论与东方实际的磨合中有所思，在日复一日的现实生活框架中有所思，在个人化又公共性的重复交合中行进。"禅意，枯坐船头，嚼薯片／旅途才刚过一半，风已找不着北／／热浪中，有人身穿花衣裳／忙活着为一罐可乐涂抹防晒霜／／来得如此突兀啊，这夏天／我竟收到了那么多的匿名邮件／／唯独不见的，是那封／南中国口味的报废通知书／／向外望去，偷腥者正日夜兼程／他说，要有光，光就灭了"（昊岸《乡愿主义，或逆旅》）。昊岸在语言上的强硬组合，也使他的文本充满相当的信息量、阅读快感以及独特气质。

乡土诗风是中国诗歌历来的主潮，黄权林与陈亚伟的诗歌让我产生兴趣的是其对乡土性表达的相对更新，显然，仅从他俩的这十来首诗作看，暂时难以与我国北方、西南、西北的乡土写作比对。它们在某种气息上与江南地区的山水诗风更亲近，又在细部体现出自我风格，如陈亚伟在字词选择上倾向于传统意象，其形而上的探望较好地融于简朴的诗情画意，黄权林的这一组《竹山书》或许是因取材于湖北，因旁观的视角而使文本更多一些现实关怀及"异地"的文化感，他的表达显得胸有成竹，仿佛宠辱不惊的太极武者。

其实所谓"现实关怀"对于诗歌对于文学按理都不应成为问题，它始终都是源头与线索。表达方式属于博采型的李衔夏是一位有成绩的跨文体的多面手，他近期的写作渐趋成熟。如何表达才能体现当下的"我"在"现实"或"日常"与"陈疾"或"异常"间的存在？李衔夏的这组《麻风》处理得十分巧妙，"现实中，麻风病存活于人们的口中 / 张牙舞爪，它是一种经验，一种震慑 / 我怀揣一个战栗的借口，站在门外 / 惊奇于那扇敞开的大门，里面绿草如茵"（李衔夏《麻风》），李衔夏的诗从生活中来，平易近人，在拟物化的叙述方式中，思与诗相得益彰，颇有特色。

现实当然是有地理差别的。嘉错未央有一首诗题为"北纬22度"，"亚热带季风赶着它的马匹路过"，但其实"地理"并非他所关注的，年轻一代的诗写对"岭南"或"广东"之类的地理坐标似乎是淡化的，"生活"成为身心存在的可感容器或体验平台？有时，它证明"我们彼此相爱或者怨恨，如同盲人摸象。"（嘉错未央《生活一种》）而"冬天之后的每一个日子都是一只鞋……我只是习惯了在冬天之后 / 蹲在人海里 / 看那些忙碌而不知疲倦的脚步"（林伟焕《绑鞋带》），"打开星光 / 注视的眼睛便揭开 / 每一个阅读的夜晚 / 蟋蟀们牵手踏青去了 / 我们也要一起去远行"（向北《远游》），"当爱和悲悯都已疲惫 / 我只想做一只在低处行走的小兽 / 对生活不悲不喜"（陈亚伟《疲惫》）。

广东给远处的我们的文化印象及位置是居于"时代前沿"，这当然也有太多文艺化及传播的功劳在内，但这却并不影响年轻诗人在时代的变迁与热闹非凡的人间的清醒与静思，"运煤的老式火车总是在黄昏穿过城市／有人看着它发呆／有人视而不见／无法改变的是它的缓慢／这么多年了，它既没长高／也没变大"（华襄《旧时光》），"秋天的晚风美丽又粗糙／像是我灵魂的静静呼叫……深秋的风带来冬天的消息／我的道路并没有更短一些"（赖区平《秋风为你写一首十分钟路程的诗伴你往来于两地》），对现实环境的审视，自然也带来了关于"世界""人性"等恒定主题的应有的主观判断与议论。"爱是个集中精力全神贯注的事／至少开始是这样的／我总在关键时刻／分神……时间在心中／怪物亦在心中"（木木林《结在心中》），"一切真诚的歌，向来不是由喉咙发出深处的美"（郑其政《深处的美》），有想法有说法，这种介入与反思对于诗人极其重要。相对而言，木木林、郑其政、赖区平和陈崇正的诗写夹叙夹议，有明显的判断成分，这是自我成长之途中的主动性使然，陈崇正在小说上的成绩远远超过了他的诗歌，或许是文体冲突原因，他的诗在与小说（叙事）相反的回收过程中，反而省略了本属于诗歌的元素？

类似的冲突在诗歌内部也属常见，少有能摆平诗歌写作与诗歌批评相处的"家务事"的诗者，泽平的答案却显得完好。"他深爱黑暗／如同天鹅迷恋秋的湖水／／他一再遗弃自己／只有在黑暗中，他才能回到／空空荡荡的自身。他感到苍老／／感到光线从身体里被一点点抽干／他倒在孤独里，像倒在去昨天的路上"（泽平《黑暗》）。泽平的抒情如此柔韧、优雅和忧郁、幽静，很难想到他还是一位对同龄人有着耐心分析、细致观察的"80后"批评者。

"能让我永久快乐的，那就是诗。"作为广东本土"80后"

诗人中最年长也最成熟和有成绩的唐不遇这样认为。虽然他的诗作在我看来欠缺阅读的愉悦感，这可能源于他对历史、知识与时光等一贯依附产生的"高负荷"，他因此太控制自己了。但他一直的坚持与勇气值得赞赏，在以知识对现时进行艺术化表达与阐释的过程中，"隐喻"像动力也像阻力，他始终在"莫须有"的航线上寻求某种融会贯通，或达到他所说的境界——"我一直在寻找某种东西，细小而坚硬，探进这个时代的瞳孔深处。我比较注重诗歌的呼吸感和形式感，即使在最激烈的诗中，我也力求让语言显得凝练、克制，从而更具有一种内在张力。"唐不遇是 20 世纪 80 年代出生的诗人里最早写作的，同时也是伴随着网络行进的那一批的代表，可贵的是他的写作始终保持着现在进行时态，并且自觉对网络催生的日常化口语表达保持距离，时至今日，我们都已看到那种以青春荷尔蒙情绪为基础的网络诗的结果，即诗歌降低难度后的泛滥以及语言与审美的粗劣与平庸。唐不遇对"知识"的信任和汲取，使他的"沉思"日益成熟和深厚，似可预见对"现实"的主动插入将会使他进入更新之境。

三、"80 后"：从"广东胃"到"广东味"的递进式实践

1. 城市：广东诗歌的味蕾

通过对 20 余位广东本土"80 后"诗人的首次集中展示，在必然的写作局限之外我们已然看到岭南诗歌世界的另一丛珍贵的新绿，其生成脉象是否能对"广东诗歌"概念起到再定义或完善作用呢？

广东年轻诗歌的乡土风或一般意义上的地方性并不浓重，这有工业文化、商业文化、渔业文化覆盖之因，也与年轻一代的存在环境有关。但乡土文明的风气似乎又未真正被工商业文明抵消。在这个诗歌活动非常频繁的区域，诸多评论即便会提及海洋文明"背景"——它却难以实指和具体化而实际是仍属中国临海各区域的文化方面共享的"远景"。而珠江仍是传统的母亲河意味，对珠江的依赖或者是对河域文化的习惯性心理指认，是否证明了广东本土诗歌的现代和后现代实践的方兴未艾？于此，昊岸、丫丫、温文锦的现身值得鼓舞。

一个临海并因海在历史、对外交通以及政治文化方面产生巨大作用力的区域，为何诗歌缺少海味？对此，泽平曾以自己为例解释道，他生长于渔业环境且熟悉，但本人并未亲自体验过，现在的生活环境则是有强烈工业化信息化特征的"城市"环境。在回答《南方日报》关于如何看待广东这块土地，"它与你的写作是什么关系？"时，唐不遇答道：30多年来，我的生命基本上和这块土地紧密联系在一起。大学毕业，我来到珠三角工作，它的工业化、城市化进程，开始真实地进入我的诗歌。在《坟墓工厂》中，我记录了这种从农村到城市的内心冲突。诗人们的回答，表明传统诗歌文化（儒释文化及农业文明基因）对于中国诗歌的基础性作用（作为阅读资源的西方诗歌文化毕竟是后期到来的），更涉及了"城市"环境对传统地域文化观念或乡土文明的冲击及取代。

关于广东诗歌的评价偶尔也有涉及"地域性"，但多在海洋文明、工商业文化等概念间蜻蜓点水，多是对传统文化角度的所谓"地域性"之莫须有的不明确的空谈。当代诗歌地域性表达在20世纪80年代曾现高潮，其时的"文化寻根"与"自我寻找"延续朦胧诗潮的启蒙与反思之风，可以将这种诗歌风气归为特定时段里关于诗歌文化、民族及传统文化与世界文化关系的主动梳理结果。世纪之交以来，诗歌关于地方文化的承担，则更多地加注了"时尚的"内容，其原因最主要是传播与身心存在环境的显著变化，数字化、城市化、全国化、全球化，所有的"化"几乎都指向一种身不由己的似乎可能的趋同境地。因而相关的反抗与抵触之表达自然而然，但其外观与内容都不断发生着变化。

就广东看，这个变化的中介点其实已很现成，即"城市"。乡土文明与工商业文明的碰撞及阶段嬗变，构成广东诗歌的复杂及丰满，可观的质变大体仍在胎中，而本土"80后"诗歌写作，则进一步明示了"城市"作为广东诗歌地域性的特色化存在。

言及以"城市"为核心的诗歌之"广东味"，也是时光行进的必然的阶段性结果。对于广东本土"80后"诗群，城市化的影响与生俱在，他们并未特别强调诗歌写作的地方性或地域性问题，却也因此自然而然，他们的诗歌写作，则可理解为是一种在行动上是广义的文化的刺探与爱好，而在心理上它是个体对知识分子（时光的介入者）身份与生命本能情感的自我理解、确认或期望的表现。其实即便是"地域性"的强调，也须以相对的地理面积来衡量，一定的"量"是谈论地域性的前提，否则难有量变，将一个城市视为一个具体实在的板块更为合情合理，作为人类文明的特殊结晶体的城市也更能作为一种时间的相对固定的证据，从地域到地方，也就是从面到点，这其实也是充实与更新诗歌地方性倾向的合适方法之一。

本土诗人意图寻找与自然、文化和社会环境（现实、现时、现世）的对接的努力，在文化全国化、全球化的今天，这种实践对于任一文化与自然板块都是进行时，虽然其表现会因人而异而若明若暗。在以往，人云亦云的对地表特征、地理现象和简单的民俗风物事象的克隆式摹写，以及故弄玄虚的想象与神经质的盲目膜拜，在地域主题或乡土诗歌里屡见不鲜，在文化大同与传播环境大同的后来，诗歌的地理性并不完全等于特性，从今诗歌角度看，经济的发展水平可能形成一种特别的文化场或"语境"，其人文精神已不墨守成规而更丰富多彩，从广东本土"80后"诗歌写作我们也不难窥见，在中西传统文化资源基础之上，在街道社区公共场所如人文脉络与奇观的岭南，一种广东特有的诗歌精神正渐露端倪，如精神的自由度、物质化过程里的内心的更新！这过程当然是起伏和动态的。我曾阶段性认为生于20世纪80年代的诗人是"漂泊的一代"，这不单指地理时空的变动，对于"本土"，这"漂泊"仍然——对于"人"，"问题"始终存在，精神的不安与身心的不同程度的位移始终存在，对环境的认识与理解的变化始终存在，活着即漂泊。

广州的每一条街都是广州！以此类推，广东诗歌地图的细化与具体化就不难理解，这同样有些吊诡，似乎不存在大面上的"广东诗歌"，诗歌的"珠江""潮汕""客家"及深圳、湛江、佛山、阳江却是鲜明的存在，它们是物质存在，又更是非物质化存在，对于诗歌及这种特殊文体，它是特定时空里的精神！对于当代广东，它是城（城市带），更是城中人，诗人。于是，广东本土"80后"诗歌内含的"广东味"（以及"广东性"）便具有多重意义，它可以同时包容地域性、工商业化、城市化、数字化要素，持续的身心经验、文化感觉与现实环境所糅合成的诗意，唯他们所特有？这，当属于广东本土诗歌生成的又一特色现象。

2. 可能："广东胃"→"广东味"→"广东性"

对广东本土"80后"诗歌的局部阅读，似可让我们对诗歌的"广东胃"→"广东味"→"广东性"——包括地理文化意味、海纳百川姿态和现实性城市工业文明的渐进现象有所期待，并且这种期待在他们对知识、环境与经历，在语言、情感与自由体悟等的积极融合中，局部体现出了具体和细化。拥有相当的写作主体性的他们不用再宣告独立，因为他们本身就是独立的，他们不用强调广东，因为他们本就是广东。

近三十年来，紧挨港澳面朝大海的岭南区域在"经济文化时代"（金岱）里，以城市环境为主的文化及心理环境已然成形或已进行了阶段性整合，拥有着更新的由动态的文化环境、经济环境、地理环境构成的可参照和选择的新"情感环境"，它与"传统中国"的关系有机维持的同时，更能动和可塑，广东本土"80后"诗歌体现出对这种环境的实在、可观并具有充分条件。他们生于此处、活于此处、归于此处，他们情感与人生的出发点与归宿地同一，他们的"去地域化"既是城市化使然，更因他们留意到了更新的栖居地。他们本身就与城市化、工商市场化与信息化等现时生命环境及其基础上的诸种"物事"同步，阅读与传播资源便利，他们的情感符码的提炼并不像前代诗者及移民诗者那样不同程度地受着地理影响与认同需要，纠结于边缘意识与群体焦虑，身不由己地依附于蔚然成风的传媒推动与时尚倾向。他们相对是安静的，他们一开始就与现时的社会（城市及制度文化环境）与新人文环境相伴互动。

在此我们再看一下关于"广东胃"形成中持续而有歧义的主要话题。

其一是关于"诗歌大省"。世纪之交以来出现的这一概念在局部曾引起关注，其合理存在的理由一般被归纳为诗歌传播发达、诗人数量多、诗歌活动多以及得到界内专家认可等。要以此看，北京、福建、安徽也相似。而相关的多重评价多由此围绕着"丰收"腔调复制着赞歌。弹指十年，广东本土"80后"诗人陈培浩在题为《民刊、诗群和写作的精神抱负——观察广东诗歌"能见度"的几个角度》的博客文章中，在界定广东诗歌"能见度"时，他认为合适的标准与十年前的"诗歌大省"概念的证明条件相似，区别在于他将"媒介"具体化为"民刊"，同时可能考虑到十年来广东区域诗人数量递增之际，实力随之抬升，他指出了区域内的"诗群"的动力作用。在谈及"写作的精神抱负"方面，他强调发声不仅仅是应对外在文化权力博弈的一种策略，而且是内在的精神叙事所站立的位置，诗歌应该照进时代的焦虑症，应该对当代人的精神困境有体察、有呼应、有回答。广东本土"80后"诗歌正好是这一机制的最佳体察、呼应与回答。事实上，就这些关键句如"文化权力博弈""内在的精神叙事所站立的位置"，以及照进时代的焦虑症和体察当代人精神困境等而言，城市环境、城市化时空无疑正是其最有效的衬托容器。

从上述似又可见，十余年来，"广东诗歌"概念仍然徘徊于一个寻找和塑造的过程！其间，枝节横生，"打工""移民""南方诗""都市""商界"各领风骚。与多年前"诗歌大省"概念产生的精神文明建设成绩归纳法与数代人集体狂欢不同的是，本土年轻观察者与批评家的关注至少表明了某种由"在场"滋长出的可操作性及实在性。

大，巨大或伟大？正如宽容与包容并不等于有效和正确，

"胃口"并非健康的唯一标准——前引泽平、唐不遇关于诗歌地理表达的简略回答其实暗示出区域诗歌文化的重组的可能，也有助于我们重识一些关于诗歌文化生成的散点，譬如说大海很大，它是所有沿海地区皆有的"共性"，若要以此强调广东的地域文化，那么我们更需寻找的是与众不同的特性。我更以为"海洋文明"之于广东诗歌其实多是指一种精神姿态与胸怀，而非具体化和独有的自然地理因素。那么，"本地感"本属天生的广东本土"80后"的诗歌生态在自我成长与塑造中，在对以往的因传播乱象、因意识形态的单调牵引有所距离和自觉脱离的过程中，将和居于广东的所有认真的"80后"写作者一起共进同步。那么，"去地域化"，其实也是更广泛意义上的"跨地域化"。其时，这胸怀这胃口可能更宽容更兼容，直奔高级、先进与极端而去。

其二，民刊是否等于"广东胃"？民刊往往成为广东诗歌成效的反复证据，在一个盛况空前的传播时代谈诗歌民刊该如何反思？今天的民刊无论是出发点、运作过程、结局以及置身的种种大小环境都与以往大不同，已需重新定义和具体分析。现下诸多诗人在谈到它时，观念与情绪仍然是一二十年前的延续，难道这些观念与情绪都是正确与光荣的？难道关于民刊的盛行与强调是表明一个区域甚至区域外的非民刊的不作为？怀旧的产生是因对现时的剪不断理还乱的无尽的失望与期望？远观诗歌民办报刊盛行的广东区域，我们也会感到，在这开放和火热的大平台或实验地里，一份份民刊如同诗歌传播里的貌状与特性各异的果树。这些树密布于广东而成林，可观而壮观，但究其内容，"广东味"该如何判定？若是当事人离了广东，这"营盘"还在吗？

民刊如超市，内容来自五湖四海。它仍似一种壳、一种瓶、一种平台，它最大的作用是建设和改善诗歌气候，同时也造就了一批民刊及选本编辑家。民刊的茁壮成长，充分体现了广东诗歌的"大包容"，容纳、宽容、兼容、包容作为品格一般是褒义的，但民刊的数量及重要性被反复拔高并成为区域诗歌"丰收"的主要佐证，值得商榷。就今广东区域看，世纪之交以来的阶段性诗歌空气的搞活与普及任务已初步完成，诗歌面临的任务是，让诗人从"诗群"里脱颖而出，关于民刊的运作与评价，其着力点也应从大众化传播视角、社会层面效益强调转到"椟"与"珠"的鉴别上来。

诚然，中国诗歌的"广东胃"数十年来正形成良好的吞食力与消化力，但显然仍未到可观之境。其"尴尬"的因素主要有：广东本土诗歌人才不多，广东诗歌中的移民群虽起到激活作用，但也导致了阶段含混，移居入粤的各代国内诗人带着生长地的个人性生命记忆、地域文化痕迹和与异地环境相处的过程，从规律上讲，本身就蕴含诸多非诗的因素和影响诗歌质量的矛盾，如生活与生存之难，情感、知识和多观念冲突的自我整合，诗学实践中的自我提升，以及对虚荣与骄傲的清醒辩证等——这些，其实是需要一个时间过程的。以民刊（以及选本、活动与事件）来撮合它，也就难免会形成"众声喧哗"即重在合唱而非独唱的局面，形成特定地域内诗歌写作者（而非诗歌写作）的集体认同感以及自以为是的成绩感。若是偏激地反问，一个诗人的写作或其成绩真与民刊有那么大的关系？没了民刊，诗人就没法证明他的写作？

虽然诗歌传播里的广东民刊自然会对近距离的写作者有相当辐射作用，但由于当下诗歌的泛传播环境及民刊自身的制约，民刊的作用对年轻一代的影响力已不如本世纪初那么重要，对于年轻而认真的写作者，发表的乐趣显然远不如写作本身的"享受"，同时他们须注意如何在这个诗歌普遍降低难度的吊诡气氛里保持对语言的尊重。

胃是重要的器官，味是感觉、体会、情趣……今天，广东本土"80后"诗人的逐步涌现，表明一道"跨越式"的风景线的盛开与成型，置身于大传播时代的他们可以抛下诸多冲突、顾虑、迷惑和牵绊，他们有属于他们自己的东西。虽然他们面临的问题与难度并不因此减轻，而这恰好能让感觉、体会、情趣等更有意思和出现新的可能。

四、结束语：广东本土"80后"诗歌特色及其他

每一新事物、新现象的形成总是崎岖、复杂和可变的，在此，关于广东本土年轻诗群的远观式叙述，意在寻找广东诗歌现阶段的演化可能，并非要找出对立而是对照，权当是对"广东诗歌"生成的浅见，由此延伸的话题还很多，比如他们与广东"80后"移民诗人、与港澳"80后"的关系与比对，以及网络的作用力等，都是以后值得深入的。

丰满与成熟当然还需要时间。在此，不妨大略归纳出广东本土"80后"诗歌的基本特色或阶段面貌：其写作状态趋于"向内的"却更自主的抒情，在城市文化空间里，自我构造内环境成为其感觉与表达的冶炼炉。当其在语言的用心中自在漫步，在沉静温和的抒情幽径里，能轻巧地穿越于全国化与本土化、中心与边缘、传统与现代性等节点，并不时溅出玄思冥想和对现实环境的反观，对情感的至真表达和对诗歌的抒情功能

的恢复与改造，已然表明这一新生的诗歌群体的纯粹和求真意识。从广东本土年轻诗歌写作状态，我们还能看到，诗歌艺术之生活化与生活艺术诗歌化的自然结合的努力，诗歌成为"享受的写作"（自然也包括游戏性、通俗化、享乐主义及不时的反讽自嘲和隐逸狂狷意味）并在过程中墨守"创造与更新"的自觉，这同时也是一个对自由、和谐、自在、安静的重视和对人及环境的纵深认识和不断发现的过程。

抒情其实也是最与自在、自由和独立精神靠拢的自我战斗方式。广东本土年轻一代诗人对"抒情"的恢复与坚持必须肯定，它是诗歌与诗人的个性、个人性的体现。但如何在传统抒情表达与因阅读而可能导致的西方翻译体式仿照的中间，找准自己的路线，这将是一个贯穿写作人生的持续性问题——事实上一个诗人要想"写好"，他自然也会持续。"好诗人"首先必定是一个会抒情的人，他相对地更懂得如何推陈出新地抒情（情感与语言的表达、对综合环境的认识及表现、思想境界及审美观的更新等的和谐），他是一个在情绪、情感、情意、情景等迷宫中和在一个包括理想、思想、梦想甚至妄想的没有尽头的过程中能平稳穿行的知识者。

一个诗人开始时可以不是但后来必须是独行的知识者，唯此，他或她才有可能不断地、真正地发现。正如广东本土批评家林贤治所言：称为"诗人"，是因为写了诗，但是却不仅仅因为写了诗！充满潜力与实力的广东本土年轻诗歌让我又一次坚信了这个诗歌潜规则。

（本文曾发表于《广州文艺》2014年第6期，本次出版有所修订）

众声喧哗中的静和净

——关于熊焱及其诗歌

一

作为"80后"诗人中突出的优秀个体，熊焱无疑是这一个已成为中国诗歌中流群体中的代表性人物，他由此也不断得到了各个方面的关注。对于一个年轻的写作者，这值得欣慰，也是鞭策，更是熊焱不断行进的动力。此时回望，不难看见其性格的孤傲与沉郁、其诗的情理兼容和其思始终与时尚、腐朽、虚伪保持着的距离感。这距离，体现出他主动而自洁自律的文化自觉，他的诗也因此始终保有一种真与善的胸怀、一种自然朴实的可贵情怀、一种相对认同和乐于当代物质时空的年轻诗人们少有的关怀——一种建立在对世界的独特理解基础上的大"爱"。

发自内心的承担、忏悔与自省气息，是熊焱诗歌较为鲜明的识别标识，这是源于其对"故地"这一特殊时空的回望与琢磨。这故地，小者可具体为"黔地"，中者可谓"西南"（某种程度上，川黔滇渝地区属于一个相对大同的语言文化带），大者则是"乡土中国"。从某种层面上说，"黔地"的潜在意味当是沿珠江水系自然张开的"原本的贵州""山坳上的中国""乡土中国"之百感交集的朴素而特殊的人文地理板块。我们的一生，时常难免浪费和反复于"始与终"之间，我们时常一知半解甚至忘记或忽略了这种终极式的目的与念想，但熊焱不是！我很羡慕也很理解"故地"成了他记忆调动与精神（及阅读）经验处理的开始，并成为他识别和衡量"世界"的初始的像素的砝码。

这显然是个相对合适且高起点的精神"中介"。熊焱这种融自然历史背景、现时情境和现代情感于一炉的倾向，有助于诗人在对传统文化的再感悟的基础上，能静对现时空并对其有效分析和重构。事实上，他在贵州高原与成都平原间的精神漫游与其说是对（人皆有之的）"时间"与"地方"的怀念、忧虑和叹息，毋宁说是对特定历史文化界域内传统精神脉络的一种再判断与重识，一种随着自我知识的积累的对今昔时空的比较、整合和理想化的诗性梳理，而这种自觉及实践，又因熊焱与众不同的个人气质与审美观而使其相关的写作在中国山水抒情传统的文本中独呈意味。

二

熊焱的诗往往充满强烈的疑虑、叩问和忧郁气息，这对应了他在调动记忆、回望发生、面对和体验当下的曲径里的慎重态度。这种精神处理对于诗人极为重要，认识世界的前提当然是先要把自己弄明白了，这种自我解剖也让批判与反思其时又如另一种砝码，支撑着熊焱与传统文化精神隐秘枝节的呼应，这过程中，同龄人淡见的对悲悯意识与理想主义的倾向得到坚持，与这个享乐时代有所距离的人文关怀意识在他这里得到酝酿。

最关键的是，他不像一些同龄诗人那般浅尝辄止或随心所欲，而是一直持续。往往在路上，我们才更能随地体会时间，随时感悟空间。随着时空变化与身心的位移，熊焱后来的诗作中，对传统文化的再体认与辨证色泽逐渐增多，城市与乡村背景在其情真意切的表达中开始了自在的轮换互动。这也是个体身心趋于成熟的必然结果。熊焱晓得，对于能动的人，具体的某时某地或许只是诗与思"暂借"的载体，也仅是过渡。他在对所知的过去（或是目前）不断进行分析和思考的同时，又努力地想着超越以进入另一个高远的乌托邦，这种自加难度的努力反映出一个写作者的认真或自觉。

于是，他的诗的丰满、厚实和重量也就自然而然了。于是，他立足地域却超越地域，他在过去与将来间静感世界，成熟的身心与新旧环境同时取得和解，主观的阐释与价值定义随着自身认识及知识的增长而逐步更新——这过程，确实可归于一个鲜活于更广阔视域里的"爱"字。这个字，包括了仁、善、智，包括了激情、真情、热情，甚至恨、悲、怒；这个字，包含的其实很多，也将越来越多。

这过程，是其个人性写作日益成熟的体现，是其诸如想象力的完善、文化关怀、判断与运用、身心距离及审美角度调整的过程。对此，梁平所指颇为有理："熊焱诗歌里的指向在他们'这一代'里，剥离了玄虚的外壳，少了无病呻吟和哀怨，即使是爱里的疼痛，也痛得真实而切肤，常在意料之外。"这，应该也是熊焱能在浩浩荡荡此伏彼起的中国"80后"诗群里居于前沿的一个主因。

三

社会转型后的中国诗歌在网络与传播的合力下，思想观念、审美趣味、价值观等方面均持续呈"混沌"状态。混沌，表明盲动与躁动，新型的功利与虚荣联袂组成的焦虑与空虚也过早地和暂时地笼罩了年轻一代诗写者，熊焱在此众声喧哗的时空中却相对地静和净，这是难得的独立，他保持了个体精神生态的相对完好，这种自洁状态在"80后"诗群中非常少见。

自洁也体现了理性的自我状态。在中国"80后"写作群里，对自己之外的世界的一味指责、幽怨、讽刺、索取与不满的倾向与姿态一度常见，他们只欲打破、凭借暂时性的语言感觉一味自乐发泄而不在意如何解决和建构迷茫的梦境，而很有自持力的熊焱是清醒的，这清醒的代价有时虽然是孤独，是自我囚禁，但这种在本来无序的城市时空中坚持静默和幽思的神态其实多么难得和宝贵。在熊焱的诗中，自恋与自律交织并相互克制，自爱与自卑相互平衡，这可见他在关于文化与人的关怀与焦虑中并不轻松，更可见他已向和谐有度的理想世界靠近。

十年磨一剑，刚过而立之年的熊焱写作轨迹恰是十年，十年，也是一个诗人的特别而必需的阶段。如果说在这十年里熊焱的写作更多是"有所思"而非写作技术上的，也是可以理解的，因为对诗歌表达文本的审美判断永远是相对论，更重要的是，技术的难度在诗人的不懈的诗歌长途上会逐步缓解和完善，它从属于经验，它作为语言经验时又从属于思想经验——这恰似是众人少有而熊焱特有和独有的个人资源，并且它是长效性的。当诗歌在全方位地回顾这一代聪明而有激情的头脑时，熊焱式的存在，当像不容忽略的某种砝码，一代诗人存在的另一种证据。

近年来，熊焱不断调整其诗歌图景，像饱含自然血气的年轻石匠，他认真观摩自己的工具和测量所面对的目标，其石头般强硬又石片般尖利的语言变得有韧性、弹性。他学会了缓慢，但不是停滞而是稳步前行，是将本身视作一个新鲜的模块，试着将它放置于各个不同的场景与背景，这是个体经验滋生的必需。奇石之奇，需要与众不同的"经历"，以及对经历（经验）的与众不同的理解力。他的笔更加深入个人生命、生活体悟与思考中，他留意到时光正缓缓渗透的平常日子，他的心跳渐与以往陌生或忽视的信息合拍，他的关注面变得更加宽敞，这些，让我们不难预见他的诗意的后来，他的情与思、身与心在未来的光阴故事中，将更显纯粹与练达、和谐与自然，因为他拥有我们这个时代日益珍稀的纯、真、智，以及独具个人特征的艺术感和与生俱在的责任感。

精神秩序的记录者

——胡桑诗歌初读

胡桑属于我在网上阅读偶然遇到的诗人之一。网络上，这样的偶然并不多，这样的偶然也需要时间来帮助证实，这，就更不多了。初读胡桑，感觉到年轻的他是明智的，是有着相对独立思考和相当文字才能的写作者，此外便不知道他的其他情况。所以当时将他的诗稿选入《诗歌杂志》自办读本时，未能有最起码的作者情况介绍。后来，我只是记着这个名字，或叫淡淡地保持着远距离的追踪或期待。后来知道了，他是浙江人，先后求学于西安、上海，还在《上海文学》文学新人大赛中获得了一等奖。这是一份能让人长期信任的文学刊物。这让作为读者的我平添了些欣然。

胡桑的诗有明显的散文化迹象。也许，讲散文化不如说成随笔化，因为后者更加显得自然，平中起伏，朴拙中暗含真美与突然的力道。诗歌与散文的关系如今越发纠缠不清了，二者间不妨可视为相互吸引、相互供血。看胡桑的诗，我觉得那个关于散文的"形散而神不散"的说法，也可完全转移到诗歌上来。对于年轻的他，这个"神"还不明确，其实也不需要明确。

> 用一团遗忘的火烧掉雨水打湿的地方
> 落雨的村庄只是一些红薯的陈列、箩筐的摆设
> 运河像一种遗产在低矮的目光中更加遥远……
>
> 1600公里以外的城市成为另一只漂流的船
> 棋盘形的街道塑造着农村人的城市生活
> 乡村的灵光被纷繁的意象消费着
> 西安的清晨迷失在高大的广告牌中
> 双层公交车外　城墙追忆着帝国的历史幻觉
> 西安的雨是黄色的　十分钟后聚成黄色的河流
> 郊外的麦地广阔而平坦……
>
> ——《长诗：地方》

漂流的船，对于远方城市的这种描述是多么不恰当，又是多么恰当。船在记忆里、在隐晦的时光里起伏，这种时过境迁之恍惚感受，相信有很多人和我一样，都有。年轻的胡桑善使长句，长句的难度在于，既要表现出抒情诗歌的舒畅与自然，又要很好地消解在诗句中表现出来的修辞的"水分"，它所面对的一个事实是，怎样让这些修辞做到合理、恰到好处和必要，因而在其张扬的过程之中，事实同时也是一种写作的相对节制，这是一种把写作技巧高明隐藏的技巧，一种暗性的写作取舍，能处理好这一点，也即充分实践和完善了一首抒情诗。胡桑在这方面的处理正步入成熟，他的诗歌使技术呈现出一种纯熟的多元化样式。有意思的是，在中国，受过高等教育或有相关文

凭的写作者对于文化与知识的态度，与未拥有这些人造条件的写作者往往是换位的，正因为没有而强调，这已是相当部分虚荣的写作者的习惯了。我看到，置身知识环境中的胡桑对成文的知识保持了相对的距离，他竭力"运用"或尝试的是个人经验的收拾与整治，在这过程中他并不急躁，他从容而怡然自得，若有所思。

> 你是一个粉红色的黎明
>
> 所有的日子在你的发间集结
>
> 像一支忠于你的军队
>
> 你是它的公主
>
> 热衷于爱情而不热衷于统治……
>
> ——《生日：给刘晶》

> 我省下日子
>
> 让它们在暗处冻结
>
> 像一些北风里的冰
>
> 我省下词语
>
> 放进日子的空隙
>
> 让它们成为冰的皮肤
>
> 时针、窗帘和水杉构成我
>
> 在不大的空间里
>
> 光线被省下来
>
> 装饰成我头脑的边陲
>
> 诗歌处在恰当的位置
>
> 犹如一只固执的器皿

盛进我省下的激情、目光和夜晚

——《节省》

无疑，这种跨越式的或宽厚状态的写作实践对于他是有难度的，是有考验的，但并不阻碍他的自信与从容。这种自信与从容涌现在他的字里行间，有时又会令人以为他是在进行着一种迷宫式的玩笑：读他的诗，最好不要带着期待，因为聪明的他虽然身在常规道路里，但并不按常规出牌。因为他知道："梦境之中，隐藏着无限的秘密、无意识的幻觉和轻盈的灵魂。……诗歌的光芒，那是贯穿了生活的金线……"

第一次拉到了海的衣襟

和冬天的风一起掀开她泥红色的表面

试探她浑浊的内部

防波堤像一些陈旧的骨头

裸露在大海的关节地方

我看到她美丽的肉体和陌生的表情

如同一位想念多年而素未谋面的情人

她轻微地笑着

犹如超级市场移动缓慢的付款队伍

你在我的右边　作为一种安静的液体

等待着我这只瘦削的器皿……

——《海》

并不只是他，我也是这样，因此我才比较欣赏他的这种诗歌表达方式：用简单、常见的字词构成同样简单、常见的句、段，目标是揭示、插入莫须有的复杂与真实！这也很像一个貌不惊人的魔术师，以貌不惊人之举，展示熟悉之下、之中的陌生，写出也就是说出。因此，也不如说他实际上又像一个戏剧者。而从以下两首诗的结尾，可见这种轻喜剧式的调侃，它们的作用不仅仅使这两首成为诗。

312

大理石地砖运送着鞋跟的声音

汉白玉石雕竖立着

如清晨的梦境不太真实

午后的阳光羞涩 草坪鲜美

照相的人群相互拥挤

里面美女闪烁，像些精致的广告

我从天府书城出来

绕过陕西街、青铜时代网吧、西御街

回到天府广场

我的眼睛保持清洁

把事物洗刷得和天堂相像

一个女孩身着雪白上衣 不慎跌倒

在软草地上留下四肢的形状

更多的人在走动

我的目光在年轻的女人身上停留久些

珠光宝气的女人 小家碧玉

和水一般流淌的女人

她们的存在成为广场的主要依据

——《天府广场》

......

晚年的杜甫生活凄凉

清高的骨头撑起犁过的皮肤

和我优雅地合影

高贵的诗意在闪光中彻底曝光

和茅屋中的清漆家具一起

被相机记住

在这些历史性时刻

老杜始终未见丰腴

并且一脸苦相

与松柏中的鸟叫、喷泉、小松鼠和女人的乳房为敌

——《杜甫草堂》

　　胡桑有着很明显的知识分子气质，或说是诗人气质，这里我指的当然不是外表的刻意与言行的不羁，那种疯癫式的外观其实在今天已经很矫情和落后了，我指的是像血液那般潜流于一个写作者生命中的原汁。这也并非说胡桑就老气横秋，毫无情绪，相反，我看到他的另一种成熟，写诗和在诗中的他与写诗之前、离开诗之后的他是有距离的，如此是很难得的，很多时候我也做不到，它当然不只是人情的练达，大约还应有某些先天的因素在起作用。

　　在此也能看到，散文化的手段，正是他重视"诗意"之所需，因此如果不当，诗意有时也难免会涣散，毕竟散文及散文诗的致命处正是因为更加地强调而恰好失效无力。作为技术的它应该只是作为诗歌表达的候补手段。另外，往往他的表达方向很明确时，表达方式却是芜杂的，可以在同一首诗中同时使

用口语、书面语（当然并无真正区分的必要），以及西方化的抒情语气。也许他会在以后的写作中将这种杂拌做得更融洽。就此，我以为是他为了调整自我的情绪的不得已或主动的强行组合方式。

生命是需要情绪的，更需要节制或节奏。这是一种精神的秩序，它并不是拘束，它使人能充分地感到自己活着，怎样地活着，并感到活着的"我"。在胡桑的诗歌里，还有一个特征非常明显，即明喻一个接着一个，这在"80后"诗歌里是很少见的，因为他太清楚自己想用文字来构建什么样的建筑。拭目以待，在路上，一队队人倒下、跌落、停顿和离开了，但胡桑不会，他会留下，继续，他将作为一个精神秩序的建筑师，也是记录者。

他应将是清理现场之人。

在路上测量天空和证明自我

——孔令剑诗歌读札

一、前　言

　　孔令剑是山西也是全国范围内有代表性的青年诗人。众所周知，在网络时代，代表性、传播率与知名度有时不一定是成正比关系，但这不会影响认真和严谨的诗人如孔令剑的从容前行。近年来，孔令剑在进行文学服务工作的同时亦辛勤创作，先后出版了诗集《阿基米德之点》和《不可测量的闪电》，引起关注和好评。

　　如果说诗集《阿基米德之点》是关于个体精神演进的阶段回望，是正常而必需的趋于"平衡"的自省自悟过程，那么《不可测量的闪电》则似前者的掘进与再总结，也因此更为自在和多彩，语言感觉和表达技术上也更为熟练。所谓"阿基米德之点"，通常用于指一个能够把事实与理论统筹起来的关键点，想来孔令剑前本诗集的命名是有"预谋"的，表明他的写作早有个人性倾向和方向，而《不可测量的闪电》则使这些向度更

315

下编　林木：代际截面与诗歌现场观察

为明确。从《阿基米德之点》到《不可测量的闪电》，孔令剑持续紧贴和依托于城市文化环境，绕开了作为传统诗歌文化主脉的（广义的）乡土主题，这保障了写作的某种"真实性"。

严格视之，对乡土意境或"三农"环境缺少真正理解的年轻一代的写作，在传播惯性和阅读资源共识现成的条件下，后来多呈被动，"乡"字号的诗歌写作多已陷入浅层的失真的技术性复制和虚情矫情状态。乡土写作的精神指标通常是已明确和已常规的，城市题材的写作则更丰富复杂，也更能对人性对诗歌美学进行多样探索。孔令剑对平凡生命环境、日常生活处境和个体性心境的匠心琢磨，对现实的尊重和对日常经验的艺术呈现，让我们看到现实与诗意与诗歌间的关系融贯与出新的可能性。而他并非简单复写现实事象和堆砌日常文化特征，而是始终清醒地保持恰当距离以"测量"天空，以"证明"自我。

二、小隐于日常，从生活中得到证明

换言之，这也是关于日常生活如何有效审美、审美如何对日常进行有效摄取的问题。略微比对国内同龄诗人的写作，孔令剑选择的是"中路"，即不甚偏激。"过偏"，易陷于过度的情绪化和主观，在语言的探索途上也易于破坏或暴力，失去艺术性与美感；"过正"，则会因过于谨严或保守，自我复制或重复。孔令剑的"中路"步法，并不大声张罗，而是尽可能地发现和呈现，值得肯定。

我们对这人间的领悟

无非就是周末了，爬爬山

喘着气把自己一点一点抬高

仿佛一抬手，就够着了天

仿佛一喊，整个世界

就有了回应

——《领悟》

　　这首诗表面看不在意场景，实则又很场景，因为它是众所熟悉或经历过且还将继续经历的"周末"，"周末"如今本身就含有多重意味。这种诗貌似简短，读罢却又可以触发联想，有些相关场景也就随着闪回：在山顶自拍一下，仿佛在高处已到尘世高处一游？山中闲游，吃喝尽情，仿佛与大自然真正拥抱了一回？诸如此类。孔令剑捕捉并有效记下了这不像感慨的感慨，诗意的感慨，感慨后的诗意。一般来说，诗人是多情或多愁善感的人，这确实并非贬义。其实诗人更是有心之人、多心的人，他往往比一般人有更多心灵感应，随时、随地，细处留心，处处有心。孔令剑类似的诗作不少，它们在立于现时，反映现实的共同气息之外，通常都篇幅短巧，点到为止，小中见大，大里有小，言简意赅又言外多意。

　　应该说，自世纪之交以来，"70后"和"80后"诗人绝大多数的视角与笔触明显转向现实呈现路径，这与"第三代"（诗歌文化资源之一）的影响有关，也与网络传播环境（诗歌文化传播工具及渠道）的逐步茁壮和推进有关，更与这个"时代"的变化有关，诗歌中的相当部分因此重于叙述或叙事，这一度带来辨识之困，即无论是口语化的叙述还是知识分子式的叙事，都对约定俗成的传统诗歌的形式与内容，或对往昔印象中的诗歌本体特征带来了冲击和修订，也让诸多写作不时乱了阵脚，这话题说来话长；而孔令剑选取的"中路"步姿，自有某种补短功效，这似表明他是一个独立性和消化能力皆强的写作者。

消化能力好，也就能更好地认识、汲取和排除、过滤，关于人、人世、人道、人性，关于目所能及的时空里的种种生发流变，种种自然的社会的甚或非人的大小环境的存在与虚无。其实，也就表明了"事事关心"与入世的主动性。而孔令剑其实更知，日常环境作为土壤，是公平公正的，一个有为的诗人并非简单地让思与诗落地生根，他在初步寻找自己的"阿基米德之点"之后，稳步深化，或可说，从《阿基米德之点》到《不可测量的闪电》，是一个由实到虚、虚实互补的迂回，是表层抒情与内在思辨妥帖融洽的转变。

清晨洗脸，对着镜子
吹几声，走在路上
对着空气
看见鸟儿，它不叫
对着它的羽毛
抬头看看天——
这天蓝得让人心酸
那天上到底有什么
吹几句，仿佛太阳
大了一圈，升高了一点
就像一个无人驾驶的热气球
正去往谁的故乡

——《口哨》

正如类似《口哨》的诗作，将客观发生与存在与主观感觉、想象接榫，很日常现象的"生活"于是呈现它的多维与肉眼看不见的方面。这样的诗看起是轻松的、随意的，却又是莫名的"心酸的"，它似乎没有特别讲究技法却又得心应手，它的内容不离奇，却巧妙抛出了一个永远属于谜团的"球"。日常节奏里按部就班的众生，能不能、能有多少时候感想到那些似乎不实在的：遥远，虚无，流逝，以及若有若无的寂然感？

孔令剑正是这样，擅于抓住现实"生活"的点滴，或拆卸或整合地切入日复一日的"日常"，艺术化地加以拼接、变形，在无诗意处嫁接诗意，让人讶然继而恍然。他不动声色地将一个个时光细节与感觉碎片组合，在这过程里他若隐若现，有时让"我"有意模糊，有时又是作壁上观的姿态，隐多于现，而其实他一直在，一直在自我剪裁、梳理和打量"我"，一直在声声入耳地聆听，"一定有一个时代在你身上 / 在此刻，一阵热风吹过 / 庭院里老树晃动，而你 / 就在这枝叶繁茂的阴影中 / 剪裁自己，聆听声响"（《影子之二》）。他在生活的平面之上重塑超生活的凸面或易被忽视的敏感点，这一度让我赞叹。可以说，他的写作类似一种"折叠"，初看是这样，平铺直叙，细看又暗藏机锋，抽象怪诞，一首诗显得有形有影，诗外有诗，而他，则在轻淡的语言褶皱里自在地安放着朴素而特色的考虑与哲思。

"世界"是孔令剑诗中重要的一个词。这是个处理时会有相当难度的常用大词或宽泛概念，在孔令剑精心的"折叠"及细化下，虚实有机结合，"世界"便可知可感可歌可泣。在他关于"世界"的这组诗里，从各首标题看，"情感""梦想""尺度""镜子""幻境""爱恋""答谢词"等构成了长诗《声音或最初的世界》。这组诗，实则也是个人精神史的阶段性素描，读来让人感动，它们一气呵成，每一首又可以自成一体，独自呈现，用语考究，情感充沛到位，诗人对人间、时间、空间不断变换角度和态度进行着观望、回望，进行着反照、观照，澄明之身与"不羁的灵魂"间的关系在自我的辨识中亦忧亦喜，既疑惑又不失实诚的谢意……这是有相当质量的一个系列诗组。而在长诗《声音或最初的世界》里，精彩的警句更是频出，诸如：

"孤独：声音到处飞翔／却无枝可栖；悲伤：声音被声音淹没／水被水淹没；想象：把一幅虚构的图画／用真实的声音表达；呐喊：从生锈的喉咙中／声音擦出新的光亮；自语：声音和字词完美结合／在某一个秘密时刻；秘密：声音躲在阁楼上／永不出嫁；真相：声音爆炸后／落下事实的灰尘；无题：在声音里飘来飘去／他的故乡没有名字；耳朵说：谎言的秘密在于／它总是被大声说出……"类似的主观短语如果单独剥出，它们也是分别成立的，孔令剑却以"声音"为绳，将它们合理地收束在一起，条款般的诗与思形成留白度更大的合力，一个个音符于是组成有创意的饱满的和谐呼应的复调心弦，而他在其中声东击西，自由地省察和命名"世界"——也是对"现实"的"测量"与判断。

而他总归保持着情理兼容的清醒。他用"诗歌说：我发出的每一个声音／都要试着从生活中得到证明"，这，当是孔令剑诗观的核心。他的诗总体源于具体而形象的"生活"环境，为此，也就让想象和语言这双翅膀有实在的可信的依据，在不脱离生活本真意味和借助日常意象的基础上，他保证了想象的逻辑与写作的真实性。

三、求真于日常，证明另一种生活

世界大千，环境大同，人在人海，如何求真求实，找到、保持和完善自我？这是诗人与诗歌始终不渝的精神命题之一。多年来，孔令剑从自己的角度捕捉寻思，在现时世界与虚拟时空里无中生有又有中寻无，安静地体现着他作为一位诗人的创造力。

日常是创造力的底盘，这似乎老生常谈，又是创作的常见问题之所在。就诗歌而言，古老的《诗经》如今看活灵活现，唐诗宋词亦如是，日常物事或生活万象始终重要，到了"新诗"这儿，则在表达上不那么尽如人意，要么真实性凌空蹈虚或只见皮毛，要么就是过度依附于现实发生而口水式鸡毛蒜皮。也就是说，后来至今，一位有为的诗人必然也是一个明白和能用语言处理好真实性、艺术性、思想性关系的智者。孔令剑让我们看到了努力与尝试。

> 曾经被雪访问的城市
> 此刻，正搅拌在一片声响里
> 越来越稠。前方十字路口
> 红绿灯交替，终于打出一个死结……
>
> ——《红灯》

> 也许有了路灯的看护，街道
> 才不至于走弯路，也许秋风
> 本无意，才能把落叶送去所归……
>
> ——《夜窄巷》

当阳光在地板上打开一扇窗

秋天骑着白马越窗而来

同来的还有秋风，携带落叶

柳树的沉默在大地之上

应答天空。……而这扇虚幻的秋天之窗

仍将在日升日落的环形中

耐心等待着我和你

来把它轻轻打开，或者关闭

——《秋天之窗》

背负时间之舟，溺于

时间之水，秋天之光

下午四点的玻璃窗

雨水来过，留下一些痕迹

……高处的天空空无一物，除了蓝

除了远，除了它自身

没有什么令人遗忘和怀念

——《窗外》

可见孔令剑在"具象→抽象→具象"间的腾挪，所见所知的真实存在与内在的矛盾感在字里行间如浪如澜起伏转化，情景交融又言之有物，在表达上亦点到为止，疏密得当，这充分体现出孔令剑已然具备相当层级的——包括个人经验、阅读经验与书写经验的审美判断力和平衡技术。换言之，年届不惑的令剑应已通过了创作的常见瓶颈，已知"为何写""写什么"，并能理智地努力于"如何写"。

生活本身就是个永恒的命题，"日常"按理也并不存在庸俗与高雅之分，它其实是现时、目前或此在，是远方、高处和未知某地、某时，甚或是一下动人心弦的声响，一个明亮的瞬间，亦似"不可测量的闪电"。显然的是，孔令剑的诗歌关于日常性的重视，关于现时存在及现实发生的探究，却不仅是为了人生趣味的摄制和精神寄存，我以为更是一种求真意识使然，一种对另一种不可知的可能的生活的注意和主动"测量"。

与多数诗人、与诗歌倾心于或惯性依赖于记忆性题材（方式）有别，令剑的诗通常是想象多于记忆，现时多于回望，从内容上说总体是开放的、可接受和可接近的状貌，他提供的是常见的，或可以让读者感同身受和并不陌生的物事情况，他常能精心取点聚焦，读来让人会心莞尔——"最先醉倒的人 / 和酒量无关，也和酒 / 无关，就像经济社会 / 最先富起来的人 / 和金银无关"（《酒事琐记·之 8》）。应该说，在先期面世的诗集《阿基米德之点》里，孔令剑就已完成了离自我最近的时间与空间的个人化理解，在《不可测量的闪电》里，则已开始对生活之外的另一种生活的打量和证明。从目录亦能看到，在诸如"睡眠""场景""吞咽""耳鸣"等诗作标题之外，有不少诗分别以"部分的部分""恐惧""言说""请你猜谜""领悟""来源""高度""永恒""形象""第三人""多和一""被命名与命名""时间的论证"等幽玄、思辨和概念性词语为题，以此观之，孔令剑实已能同步面对和处理身体与精神、生理与心理等基本问题并进行新一轮自我塑造。而塑造，本身就表明了个人理性反思及扬弃，以及道德的自我完善。

孔令剑的诗歌写作虽然以城市文化背景、工商文化环境为寄托，但其审视实则又是反向、内向的。反向，体现在他对时尚文化、流行文化有意无意地婉拒，或说它们并非诗人真正留神和抒写的目标，而只是一种证明自我所在的参照物；内向，则体现于诗人活于现实，混迹于现实，但身在曹营心在汉，即说他认同现实生命、生活环境的合理合法性，又自持和保障着诗的方向感和思的个人性。这也可谓孔令剑诗歌的一个重要特色。他顺应日常而不盲从，也不逃避和脱离现实，他是一个表面上与众同乐与风景共欢，同时暗里又不露声色若有所思的游客，抑或游侠，随身暗藏袖珍之刃，在不同的事件、空间和场景中随时可以自行出手刻画，批评兼自我批评。

自我批评其实是一种自我观，也是一种勇气。不绝对地看，在一定的历史条件下，20世纪后期以来的中国诗歌更多是从"我"出发，更多对"我"之外的世界的反思、反抗以及相关的一边倒的忧愤、埋怨及介入，或网络式的欠缺文学性的调侃、针砭与反讽，以此为乐为趣。这也使得我们所见相当数量的诗作常显小气，亦似一次性的情绪化的平淡产品、快餐。其实，考虑和解剖自己，进行深度的自我认识和审问，本也是诗人的基本性任务，就此而言，孔令剑的写作倾向是有价值的，他对世界保持热爱，也保留着怀疑、反省和持续性的自我反诘习惯。

在夜晚想起夜晚

总是另一个

每一个，都有一盏灯

坐在未眠的窗前，静静

阅读时间的空白……此刻，所有这些影子坐在一起

正谈论一个话题：

沿着一颗星星钻探的隧洞

如何开掘这夜晚之上的

另一片天空

——《话题》

爱怀疑的鸟飞过夜空

隐于夜色有如隐于自身

爱怀疑的鸟不相信一盏灯的熄灭

与头顶的星星有关……爱怀疑的鸟也不信任彩色气球

在自我意志的地平线之上

被包裹的虚无仍是虚无

它只在上升的贪恋中获取意义

——《爱怀疑的鸟》

其实，每位诗人都有、都是一片天空，它是可知已知，也是未知和不可知，是此在也是彼在，甚或是不存在，而有为的诗人当不计结果必当如"爱怀疑的鸟"，"只在上升的贪恋中获取意义"。令剑当如是。

四、结　语

以上仅是对孔令剑写作的局部读感。在诗界，关于孔令剑已不乏关注，上述之外，个人以为他的写作尚有多个方面值得展开探索，比如前面略微提及的城市诗歌写作，比如语言及表达亦可圈点。在当下盛大的传播环境里，诗歌写作者对现实题材和日常发生的无序依附，常会落入为写而写的俗套，失却创作主体意识，而孔令剑是自律的，这让他的诗歌人与文同一、和气而不失自我。这种自我呈现仍是自律的，或说孔令剑给人一种现时空里若有所思者的形象，却不咄咄，也不露骨地叫苦，大同地感伤，或所谓底层式的明理示德，他的理性成分稳妥地支配和支撑着感性成分与知识及神性气息，这份自律也促使他的写作维护着语言清洁度与雅量，现代感与愉读感兼备。又如，孔令剑的写作自然轻快，朴直真挚，跃动且灵动，却又非单调的线性正面表达，他将思考或观念巧妙融入字里行间，有时甚至不露声色地以理性对应着"空间"，以感性对应着"时间"，这和诸多写作者的倾向或习惯反了过来，这恰好是他的写作的一种看点和优点，应该也是尚可持续的生长点。

如今，新世纪已经二十载，在这纷繁变迁的过程里，高远的日月也始终在凝望、检验和过滤着可谓"漂泊的一代"之中国"80后"诗人群体，从青春之梦到不惑之思，本也是个动态的对世界的测量之途，持续的自我证明之路，也是一个不知所终的未尽之旅，坚持在路上，在路上求真思变化，则是前提性硬道理，任重道远，必须继续！唯有继续！近期，在一个访谈里，与孔令剑同龄的郑小琼也恰好自律地认识和谈及了这点。可以期待，从而立到中年，现在到以后，作为诗人的孔令剑应该还有新的答卷。

（本文曾发表于《黄河》2020年第3期）

诗人是种什么样的"器官"

——读"80后"代表诗人刀刀的诗

一

诗歌与诗人本身似乎是时间的一种器官，以此看中国"80后"诗歌之先行者、先锋者和代表诗人刀刀，贴切且特别。这些年，刀刀一直提倡和实践着他所谓的"器官主义"，成效明显。这是一个易生歧义的概念，其实，若从诗歌角度看"器官"，狭义可以理解为本能的自然主义的范畴，甚或是青春激情的动机与发生，它表面上和年龄息息相关，实也是反叛心理使然，这心理当然又含着文化的因素，其中也包括那种对诗歌陈规及固定模式的敏感与不可忍。从宽者看，它是思与诗合成的精神结构，用以实践自我诗歌图景——梦想与现实的交错、矛盾、辩证、平衡，这些变化及进化，无疑在反复的起伏中时有困难、苦恼和欢喜，但它们又是应该的，也深刻了刀刀后来及现在的写作。

机遇与挑战总是同步的。刀刀和同时代诗人们的写作有幸遇到了貌似宽敞的传播环境，而宽敞并非宽容，宽容也并非理解。世纪之交以后，经过一段时期的喧哗和忙乱，诗歌网络终究开始了对"异样"的过滤，这是刀刀和同时代的不安于诗歌现状的诗人共同面临的，他们的写作因而在接受方面并不顺风顺水，他们在诉议中自我膨胀和成长，而这，如今看来正是刀刀们存在的重要意义之一。

为什么要不安于诗歌现状？潜因是对传统农业文化图景与地方性文化心理交合下的文学流水线产品不满。这种产物本也正常和必需，但当它仍然难以解决常规情感与个体情感的关系时，当它成批量地茬茬涌现时，结局又会不妙。从刀刀身后的河南，从中原到全中国，诗歌之花树随时随地、有礼有节地在规整的风景里活动和开放，诗神却远远地看见，这些花树存在的目的，仿佛就是为了让庸碌的游客看见。它们在竞相开放中忽略了自己。

而诗人写作的第一动因是为了自己。认识自己，解放自己，理解自己，由此，才能胸有成竹，从容对外，更好地审视世界。刀刀的"从我开始"由此很值得肯定。虽然，这会让他不像那些同龄的温和派，不像那些进行"路线正确""安全写作"的年轻的"老诗人"们通常能较早和顺利地登上舞台或被认可，显态地取得像模像样的成绩单。

"器官主义"是一个很庞杂的可粗可细的对象。诸多关注者与诗人先后对其进行了不同层面的解读。在此，我并非要强调这似乎有着青春抒情滋味的肉感的倡导在学术原则、在写作上的可行性以及成效，而是要重申，当一个年轻的写作者在上路时有思想、有原则、有方向——且不论它的实践效果——这种主动的发自内心的"变奏"，首先就值得点赞。

多年已经过去，多年还要过去，其间，若干"80后"诗人

328

渐渐有名无实，转向，掉队，或上气不接下气地厮混，只因其中最重要的"器官"已被消磨，留下的更多是"阑尾"。而刀刀没有。多年来，刀刀致力于通过身心的荒诞、反动、对抗来探寻他所理解的想象的精神"出路"，即便这种坚持在初期仍有农业文化环境导致的不彻底痕迹，亦有前代诗歌所带来的牵导性影响，但这种有方向且坚持不懈的状态，有倾向且乐此不疲的姿态，本身就是价值。

二

和常见的赞扬或强作愁式抒发不同，刀刀紧紧围绕身心的诗意抒放更多地通过反讽来推进。在他这儿，"诗人"仿佛鬼鬼祟祟于平常时空中，或诗人本身就形若一种反讽的器官。显然的是，反讽帮助了刀刀在总是一团和气又时常空空如也的常规化诗歌界的移形换位。

时间总是在逐步证明一些按部就班的诗歌的失效，同时突出类似刀刀式尖刻与戏谑的必需。在阅读其新著《五书四经》时，我更加肯定了这种必需，同时也注意到刀刀的锋芒有所变化，它不完全是毕露而更多是抒情的伪装，或说不是青春勃勃的霸王硬上弓而是常有回马枪、拖刀缓行、虚晃一枪之类的欲擒故纵，以及身着迷彩服不动声色的埋伏。

他的写作日益显出沉着与从容，同时情景、情意的成分得到了合理的添加。我曾以"器官中的沉静部分"为题，选过下面这首《临出门》放入《特区文学》的评读专栏。

小女友开始对照镜子

看里面的人，气色不错，眼神忽闪

因为熬夜而显出的黑眼圈
像一块脏抹布，放在擦净的茶桌上
她沾着粉霜，轻轻地擦去暗沉
她拿化妆刷的手势和画家一样

脸面是一块画布，它对得起颜料的粉红
它有时希望开出一朵玫瑰

而岁月的犁铧，发出持久的尖叫
在老去之前，它的脾气还比较隐忍

当装扮妥当，小美人离去后
她的从前还挂在墙上，镜子的后面

　　此诗如画，貌似古典文艺中的观人梳妆，两个变化使它明确地指向现时：首先是巧妙圈定了一个让人不陌生的日常时空，其次它用语浅白，平铺直叙，且有一定阅读快感。如果始终平铺直叙，那诗就完全成了简单的场记或平面画了，聪明的诗人当然不会这样。
　　诗人在行进中保持了叙述的力度与情绪克制，腔调冷静，使一首诗就似对一条日常的时光之链的近视、透析。或一首诗也像一条蛇，蛇本无动态，有的是诗人的心态观感；他划出一个地盘，带你我旁观，一步步靠近其目的，结尾句，才使我们注意到，原来我们是从尾部开始看这条通体圆润平伸的蛇的，这是一条倒挂的蛇！最后的一句，似乎突然袭击，平静之蛇猛抬头，诗眼在这里。

这是短诗，两行体式，并且基本按照上句客观呈现下句主观判断的方式推进，这就很冒险，但作者轻松过关了，这有赖于他成熟稳健的表达力，匠心独运。比如光标题来说就很好。标题好不好，一个简单的判断方法就是：它，是否巧妙地成为首句的一个部分。

表面看，这种诗的格调略显江南化，但我感到，它更像是器官中的沉静部分——再昂扬的器官也有低调和沉思的时辰，没静也就没了动。它是如此的场景化，诗人显然在场却又似乎不在场，诗人用自己之外的中介物间接地表示出了关于时间的无所不在与不可控，以及由此而生的隐约的感伤。

这诗值得圈点之处当然还有，表面的坦然写实与暗底下的感慨、与提示和谐共进，细节提取形象准确，情景交融得当，而其"共鸣"效果，也似应对了托尔斯泰所言：如果一个人读了某一作品，不必费劲思考，也不用改变自己的处境，就能体验到一种心情，这种心情把他跟另一个人结合在一起，那么，唤起这个心情的作品就是艺术品。

其实，诗歌本身就也等于诗人的心情（如树之萌动着的枝叶）。刀刀从热火冲天的器官主义，到相对沉静雅量的自我时空，这是自我控制也是节制的过程，也体现着他的进步。其时，反讽的力量，更多地接过了语言的炽热甚至是容易产生粗硬的暴力倾向。

> 一层层石灰，从租房的屋顶
> 掉上吧台，掉进碗里

像雪一层层掉下，把脏地

逐渐感染，使它病情恶化，加重

随时都能扯上白床单，遮住它

狰狞的脸面，而这世界

是巨大的停尸房，将一具具村庄

城镇、大厦，都塞进外观一致的抽屉

雪掉下，从小到大

我被它的洁白迷惑，以为雪里

只有清贫却热火朝天的童年

现在我已浪荡多年

拥有一身提前到来的老年病

现在我明白，它的白，所有的白

不过是在展望未来，搭建灵堂

等我死去，才算竣工

——《雪掉下》

在此似可想起"要留清白在人间"的古句，但刀刀肯定不是这层意思。引入这首是想说明刀刀的另一种进步，或说对无标准无主题、貌似芜杂但又表达清晰的——"情感"的再融贯再表达。这种诗的信息量较大较杂，需要相当的技艺来平衡这种东拉西扯又声东击西的揉拌。这样的写作需要相当的才情。

类似的诗作在刀刀诗集里还有很多，它们既是一种宽容包容的态度，又在自我自在的判断中，有意呈现着传统文化与现时流行文化环境的多样层面。刀刀类似的诗歌——即便是儿女情长之"美好题材"，也难免尖刻与自嘲，正话反说，好话歪讲，透露着反讥与玄机。这样的表达与交融需要相当的经验。

世界，通常在人们看来它有喜有悲，而更多的时候中间总是有一个跷跷板。世界不可以无喜无悲吗？不可以以喜观悲、以悲应喜吗？刀刀用诗回答了，可以。那么，说沉静的器官，其实也可换向视为相反，它，不等于器官的沉静。对此，其实始终揣着理想主义的"无事生非"的刀刀是个明白人。

三

　　时间会如何改造诗人这种器官以及折磨诗人的器官呢？

> 从一个城，到另外的城。
> 两者的距离，恰够安插四个汉字和
> 半杯烈酒。
> 梦里睡去，梦外醒来。
> 故乡与异乡，肉身辗转的夏天。
> 道虽不同，却已同谋。
> 即使雨洗城市，洗了很久。
> 插进空中的烟囱，很快就能把白云
> 射得满身污浊。
> 跳出那段残垣断壁，我以为
> 来到新天地，其实在哪儿
> 都是原地。
> 而一切新鲜，会在隔夜之后
> 黎明归来之后，撕掉伪装
> 依然陈旧。
>
> 　　　　——《一切崭新都是旧的》

身与心的不断"漂泊"，结果是一切都如过眼烟云？这种体会人皆时而有之，刀刀的感觉似更明显。与其说这表面上说的是地理的位移，不如说是时间的洗刷与戏耍，它让身心疲惫颓然但又必须年复一年日复一日地持续。

但是人在其中，是身不由己的被动且只能被动吗？至少对于诗人不是。时间会消耗身体的本能与梦想的黄金时期，却又会在不断无奈的日常中磨炼出成熟练达的心灵。刀刀正是这样，他以诗为器，声东击西，自在地记载这继续的行进以及转变。

当代诗歌传播以及文化信息的茁壮，使"诗歌"已然进入诗意普遍及文本过剩的时段，一个诗歌文本对于不同的眼睛，其诉求效果、反馈结果是不一致的，这正好反映了诗歌的进步。我的意思是，我对刀刀诗作的理解只是我个人的，每个读者都会自有理解甚至是再度创作。我的意思还是，刀刀诗歌文本的有效性体现，也包括了它们可以针对不同的眼睛并产生不同的效果。刀刀的写作并非单向，他似已不再习惯于单线条的描绘。其诗可以通过多重路径变身，让不同的眼睛可以看到不同的点面，这表明，刀刀的写作已从原形毕露的骨感，转变成了有内容有装饰的丰腴，这是重要的。这是判断写作是否成熟的重要分界线。

这同时也是重新判断我国"80后"诗歌的一种准绳。"诗歌代际"是一个始终有争议的概念，一个概念产生不同见解，有时更能表明它是活的进行时态的。"80后"诗歌我已关注数载，去粗取精、去伪存真是"诗歌代际"的必然结果，对于每个年龄段的写作者都是这样。换言之，具体到后来，"80后"或"70后"的称谓将渐渐意味着一个诗人的年龄情况，逐步不再指其往昔或持续的具体写作情况。这样看刀刀或看类似刀刀的同龄诗人们（当然越来越是少数）也是合适的。现在及后来，当我们说刀刀是我国"80后"诗人重要代表之一，表面上是指其生理年龄，其实已更多地指示出他的写作本身及其重要性。

时至今日，曾达数千人的中国"80后"诗歌队伍在时光的召唤与过滤中，出现了理所当然的变化，众声喧哗泥沙俱下、皆大欢喜有我有你的乌合往昔，已发生太多变数，转换成大多数的退出和退步，停止或庸碌。能坚守的，通常是少数的。作为这少数之一，"自觉"与"兼容"或许是支撑着刀刀的支柱？是的。而这需要相当的文化感悟、求上进的意识和自我救赎的精神。

而在刀刀这里，我以为"救赎"的特殊性更凸显。就其近年的写作看，早期的刀刀在语言的快感表达中的愤、颓相对显态，在其后期的写作中，能看到他对人之常情、人之本能的挖掘与自我平衡越发有力有效。日常生活与七情六欲当然难分难舍，但，庄谐可并重，是亦是非，刀刀可以把它们当成"资源"和营养，转化为精神救赎的能量。这能力，多少有些让我赞叹中难免生妒意了。

四

刀刀《五书四经》诗集的书名挺有意思，仿佛是朝着文化重构角度纵深挺进，我更以为它是一种把戏；至少，也是一种别有用意的玩笑，延续着刀刀式的反讽思路。从内容看，诗集里充满人生片段，零散故事，尘世忧喜，情色审视，细读之，便深深地知道，刀刀不只是为记而记，为忆而忆，他通过撕裂自我展现出我们其实并不陌生但容易忽略的方面，他同时用心与当代流行的"浅诗歌"拉开着距离。

他紧抓着"抒情"，却又不只是为抒而抒，为情而情，他不时将文化的印象和理解、历史的感觉和揣测与古典诗词意趣、个人审美倾向压缩在精短的诗歌炉子里，进行搅拌实践，时而是看似粗糙的冷盘，时而是烫人的怪味汤菜，其结果我们已欣喜地看到了，在这本诗集里，可以同时看到世俗世相，又隐约感到某种"宏大"——也就是说：刀刀其实用了巧妙的障眼法，一首诗仿佛是一颗颗珠子，但整体看，则是一串项链。

他在用非史诗的感性的方式创作值得称道的个人性史诗。这种作为，如果打个比方，仿佛不是要天堑变通途而是在通途里虚投天堑。是的，不论是以前还是现在我都认为，若以其为个案，观察世纪之交以来生于 20 世纪 80 年代的诗人创作及相关情况，作为我国年轻诗群里不甘静止的另类，刀刀应是其中绕不过的亮点，或曰星座。

我曾经谨慎地向她说起，我无法

抵达您的城市，在外围

种满了带刺的植物和铁丝，我不能

靠近您的房子。接下来我说

我在看天，天上的星座受够了

彻夜悬挂，伺机坠落，掉到山谷

山腰，愉快地成为万家灯火

在今夜，成为我和你赞叹的素材

至于它们背后的艰辛，苦难，泪水

都看不到了。现在很黑，山风很大，我们很冷。

——《星座图》

这是从《五书四经》里随意摘出的一首。它让我突然联想到"欲望"这个无辜而总是显得亏心的词。

欲望是诗人与诗的基本器官？简言之，欲望是本能目的，是更高的要求，是梦想。从这首《星座图》看，从这本新诗集《五书四经》看，欲望何在？或它整容变身成了什么了？与反讽合体的刀刀是在做着摧毁欲望的事？或是相反——在一次次写作、一次次对虚无感的体验之后，反复地重造和努力地证明存在感？我当然宁愿以为是后者。（广义的）欲望如同理想，是人皆有之的需要，是需要控制但没有还真不行的。欲望与理想可以相辅相成，它们相似，均可被反复栽培与损毁，这是让人性呈现、让个性出现、让诗人成熟的必然过程。

于此我相信刀刀的精力在内耗之前，有一个从表入里的过程，这同时也是"欲望"回首"理想"转化的过程，刀刀的写作，则喜忧参半地、雅俗相拥地印证着这种复杂的徘徊。这些唤作诗的东西，让沉重而颓荡的肉身开始坐落于沉着而自在的人生阶段。而我看到，在其中理性与感性并不是冲突的，是相互鼓励，轮番上场的，它们在生存困境、文化环境、复杂心境之间不断换着气息和体位，相亲又相轻——这模糊意识与复杂糅合，表明了诗人心境的丰富和诗文本的丰腴。

欲望如同理想，无则让人心如死灰，有之，则体现在对时间的在意与介入，它们就像始终在磨损或病变、在再生与更新中存在的器官，始终对应着生命与生活。而诗歌如果是一种器官，或许其功用更多体现于生命与生活衰弱、迟缓和无力之间？这是正常的规律，我注意到刀刀的诗歌节奏正更缓慢，或可以为，他正发现和靠近另一种平和及宽容之境？对于诗歌写作而言，节奏的明显变化有时也暗示出欲望或理想的动态，这或许意味着，作为时间器官的诗人下一步还会有新的发现与展现。

诗让我们认识。诗歌其实也是诗人理解一切的器官，理解的后期来自知识与经验，产生方向与倾向。"对欲望不理解，人就永远不能从桎梏和恐惧中解脱出来。如果你摧毁了你的欲望，可能你也摧毁了你的生活。如果你扭曲它，压制它，你摧毁的可能是非凡之美"，克里希那穆提这话在此引之，是因我对刀刀的重新理解。而如何在路上继续调整好审美力，如何把美逐日从不可战胜的生活中挑拨出来挽留下来，如何继续艺术深加工？这是刀刀——这时间的器官、反讽的器官、欲望的器官让我想到的诗歌问题。这也是我们共同面临的问题。

我们用什么来估计世界

——冯娜诗歌简读

一

随着冯娜的娓娓道来，时间真是恰如"唱词里的流水"："在云南，人人都会三种以上的语言／一种能将天上的云呼喊成你想要的模样／一种在迷路时引出松林中的菌子／一种能让大象停在芭蕉叶下，让它顺从于井水／井水有孔雀绿的脸……／那些云杉木 龙胆草越走越远／冰川被它们的七嘴八舌惊醒／淌下失传的土话——金沙江／无人听懂，但沿途都有人尾随着它"，这种表达朴素得可亲可近，且让诗歌有了可观的亲切感，这当然不只是因拟人化方式而导致的貌似轻松。冯娜的诗，常以轻表重，很有家常味，不故弄玄虚或外表华丽，却暗含可以反复咀嚼的意味，可以应对不同的层面的阅读。这样的诗歌，其实很纯粹。

平常心、善意与简朴的语言，这三个重点构成了一个有合适温度与湿度的抒情界面，冯娜用它们来估计而后描绘她所知所想的世界。作为近年国内颇具活力的"80后"女诗人和全国少数民族文学骏马奖诗歌奖获得者，冯娜以文雅的漫步和心思对西南地理文化进行记忆及刷新，这是一种有感情的文化回望和语言归纳，其"文化"，则体现在对语言传统的良好感觉与滤取、对传统审美观念的坚守和个体情感的有度表达。过程中，她有序地把过去与现在、城与乡、西南内地（它其实是一种文化象征或背景）与沿海（另一种文化象征或背景）的关系重新梳理组合。过程中，如果她适当注意节奏、凝练，或许其文本就会更具弹性和含蓄。

二

冯娜的诗还体现了女性诗人主体性的明弱暗强，她以诗为器，至真至善的倾向发自内心，溢于言表……这种女性意识无疑是非常顽强的，这也构成了她个人的同时也是其诗歌生态的精神逻辑。"女性诗歌"肯定是一个长期性的话题与问题，当学院批评仍着力于20世纪的"黑色风暴"，在现成的陈词滥调中相互仿袭、不断注解、拉锯学术时，现场的情况已是事实变幻，又一茬写作者已自然自在地挺身而来。冯娜身在其中。

其实，对所有的诗人而言，性别意识都是存在的。由于文化传统等因素男性诗人的性别表达往往被遮蔽被忽略被不以为意了；女性意识则因晚来而屡成话题与关注对象，女性诗歌中的女性意识也屡屡被误识。冯娜的写作对此似乎是种修正，在温婉细腻之类的共性之外，她在努力通过个人性的表达，通过对非城市化的境界的漫游，着力捕捉和留存记忆中相对自然自在的人、物与事、情。这种眼光显然相对高远。其间，世界的静与远、简与杂便在语言的编织中得到新的构造，自我身心也因此得到锻炼。

如何看出一群人中的一个？或许要看其以什么姿态用什么方法来命名和绘制其面临或置身的世界。冯娜的优点或许正是她的包容性，特别是相对于那些常见的情绪化、极端化、过度日常化的文本而言。与众不同的她从"居室"到"单位"，到"城市"，到自然的外面的"世界"，这是一个聪明的写作者在喧哗的时代环境中主动呵护心灵的有效方式。

三

沿着冯娜的诗歌"轨迹"，可见其以"回"为主。这种回，是回顾、回忆，也是回避？这似乎体现出"80后"诗人的一些特点，即突围与逃遁其实同步，梦想与现实纠缠不休。她和同龄人一样边打量着深不可测的身外"世界"，边自以为了解地命名，她以为与现在保持着距离的同时，实则不断与"现在"相交、纠缠。虽然，冯娜的自控力似乎要强得多，但是人们常做的事是打开一扇窗的同时，往往也就关上了其他更多的窗口。冯娜后来似乎也意识到了，通过一个窗口能看见"世界"，但它只是世界的部分。

每一个人都有清楚的来路，却可能去向不明。但有时终点便是在路上，在起点。冯娜背靠西南，面临岭南，这种时空的移变，使她对故地对经历的回望多了旁观和重识的可能性，也为其诗歌世界添加了独有的元素。于此，当我们阅读和漫步于她有特色的人文地理关怀的字里行间，能感觉其澄静优雅的情怀，这样的诗人其实多么自在和幸福。

当然，精神的背景如果能融为内在的力量，而不是直接作为主题，那么对写作的助推力会更强大。在冯娜的诗中，怀念多于反思，热情超于忧思，叙述大于抒情，她似乎还未有关注自身所栖的现时环境，也未涉及其实如宝藏般的具体身心。而这似乎也表明，她有非常的潜力与后劲，很值得期待，因为这种纯正的"基本功"恰是很多诗者先天欠缺的关键环节。

诗歌也是一个诗人的成长史、理想史，当冯娜逐日经过不同的"世界"，经过一个女人将经过的一切，自在于生命、生活与存在的迷宫，她对世界的估计与打量，应将逐步变换为胸有成竹的梳理与判断，其"世界"亦将趋于丰腴、成熟和有特色。这是一种不断地体认与展开自我的诗与思的行进。其实，她现在已经开始了。

（本文曾发表于《诗刊》2011 年第 20 期，本次出版有所修订）

沿着那伤害并美好我们的时光

——麦岸诗歌印象

一、那么多年，纸包住了火

对"形式"的讲究，似证明麦岸正从与年龄特征相关的纷杂的情绪中抬起了头。并非情绪这时已不重要，而是表明他已然有了储藏的习惯。这是一种好习惯，这能让作为"当事人"的作者知晓什么时候、什么情绪是有效的。而如何表达更是重中之重，这个每位诗歌写作者都须解决之难题目前正好摆在了麦岸的眼（面）前。我看到了他的努力、自信和认真的创作态度，显然，这实在之态度本身就是钥匙之一。

……献给成捆的奖状和不复返的辉煌
献给陪伴我达三年之久的破自行车
献给打群架住集体宿舍的好时光
献给越走越远的云和小县城的一角
献给不停接纳我抛弃我的汽车站

献给间隔变长的归期不存在的归宿

献给相遇又错过各奔前程的兄弟

献给四年的边边角角与花花草草

献给未来的不可捉摸失去的悲与喜

献给漫长的花期八分之三的奇迹

献给青春，献给回忆，献给那一切……

——《蝼蚁镇》

在这片段里，情绪何其沉重。时光把拥有当作失去，又把失去当作记忆。麦岸在此以"献诗"来回忆总结可歌可泣的青春，是苦中之乐，是百感交集的梳理，就此片段可以看到他的形式感之强烈，同时又可见局限是明显的，类似的以动词、介词之类作为发动机，并凭惯性将情绪一拉到底的方式在麦岸的写作中不少见。诗歌一如万物，终是要配以合适的形式表达，但若一直按偏好使用同一种外套，虽合适自己，却又可能慢慢地会不适合诗歌了。在此，我想提醒麦岸，若对自己苛刻些，就该命令自己每一首诗都首先要保证外套的相对"新式"。

这确实是每个诗人一直不能真正解决的难题。我也坚持认为形式之探索绝对是种先锋性自觉。只要涉及"形式"这一问题，就会产生诸多让作者难以解决的问题，这也是我本人在分行练习时常不解的和受阻的遗憾，时常在最后会把一首诗完全枪毙，让人沮丧不已。

写无人喝彩的回忆录，昼伏夜出

写漫长的旁若无人的鬼的一生

写喜鹊不是乌鸦不是猫头鹰

写不出半行字的夜晚泪流满面

写灰白的上半身，残缺的下半身

写无人可及的远方，臆想的痛

写从未出生的故乡和乡亲们

写栩栩如生的麦田，干燥的面粉

写照进生活的光亮，写太阳

写无数赞美诗，写序跋和题记

写聪明的童年，智慧的晚年

写灿烂的轶事，写改编的自传体……

——《喝彩》

此首诗很能体现麦岸的归纳与联想力，一个个镜头在闪动中时实时虚，时近时远，组成了一支跳跃度极强的个人悲怆曲，但其不足处亦是明显的，除了与经历有关的想象的局限，除了前述的重视形式但因惯性表达而对形式创新意识不够，我还想指出的是来自他自身的两种矛盾。第一种矛盾是对世界（细节）的综合判断，作为必将永远跟随写作者的这个问题的"解决"办法，只能是继续写作，在知识的过程中逐步变化和完善，所以在此也只能是提醒而无须再赘言。第二种矛盾是迫在眉睫。即他拥有在年轻诗人群中并不多见的对"全面"的收束能力，但他所选择的"关键词"又相对陈旧，表面上看这属于想象力的原因，实际上更多的是生活的积累原因，这样说，可能麦岸会不以为意（如果是这样，我也理解，毕竟"经历"的自以为充分一向是每个诗人所自我坚持和自信的），那么换种说法，即虽然他已注意到"情绪"这个东西的优劣以及它与生活的关系，而在表达中他仍不时会反过来依赖"情绪"，在强调形式时反被其牵制——这时又出现了一个小矛盾，他本可以通过着力于语言、精选内容或重视细节来解决这一小矛盾的，但他忽略了这个方面，想象的潜力因此跟着受害。不妨试验一下，如把这首诗的关键词放在一起："回忆录""一生""泪流满面""下半身""远方""麦田""太阳""赞美诗""序跋""题记""童年""轶事""自传体"，不知麦岸可否意识到什么？

> 我们看不见白天，星星眨眼睛
> 就像美好被美好轻轻遮蔽
>
> 然而，灯是如何爱上笼的
> 有时猛烈、暴风；有时微弱、呼吸
> 从房间到街上，火焰在闪烁
>
> 然而，灯是如何爱上笼的
> 吵闹与隔音，置彼此于死地
>
> 多年来，灯笼一直危机四伏
> 可是，那么多年，纸包住了火
>
> ——《灯笼》

二、反复搓洗之后的"真"

同时这种"受害"还可以指他的诗中所潜伏着的先锋本能被强烈的"激情"亮度覆盖了。可是这么说我也感到有些小小的困惑，麦岸最大的优势也正是激情，但激情却又阻碍了他的综合创造力和发挥，这好像是不可兼得的？"激情"这一概念如果拿来评介诗歌与诗人似乎是很过时的了，在麦岸这儿却体现出相对的真！现当代传媒之大害之一就是对"真"的驱逐与抹杀。麦岸的这种真情实感更靠近东方文化环境一些，因此可赞！尤其是比较那些对西方诗歌的年轻的模仿者来看。所以即便他的诗作在形式建设与内容选择上都不算明亮，但其相对的朴素却使在他那里暂时束缚保管着的先锋性显得可信！

如果没有了激情，诗歌写作就可能成为做作，成为勉强的虚荣；如果这激情掺假，麻烦就会更大。在中国，涉过而立之年的一茬茬诗歌写作者一天天流失的正是这个，当生活逐日缩小了包围圈，他们中的大部分慢慢成了戴着真皮面具的空心人。激情当然也是一种真，在阅读麦岸时我感觉到，目前的形势局限在以后会因他的真情、真实而得以有效解决。

同时"真"也是先锋之思想基础之一，由于上述所提及的第一种矛盾，对现在的麦岸可以不管"去伪存真"，所以他的"以实求真"至少使其先较好地保持了自我，这种位置，使诗人能在这个梦想紊乱、道德蒙尘、虚伪和假恶丑、趾高气扬、生命陷入方向难辨的空前模糊的时空里耳清目亮，不至于像随波逐流的浮萍。

在诗歌写作的实践中，如果对形式已有努力却往往事倍功半，这是否也有"细节感"没有处理好的原因呢？细节是情绪的浓缩，它有一定顺序和色彩，如果设置合适，那么效果自然好。但是怎么设置？这确实又是一个关键问题，但在这个问题之前我们或许先要解决如何确定细节的问题——这似乎又绕到上述的第一种矛盾方面去了，是以，这里先不管上述的第一种矛盾，麦岸也是可以从其他方面来尝试的，比如，对细节的不断斧正、比较、过滤和精炼——以细节的矫正来改善形式方面的限制。这像是一种取巧。这也是一种借力——当我们对形式一时无策时不妨采用"精炼法"。对比一下下面麦岸的原作与我试着的"精炼"：

> 十年前，它从一块木板变成搓衣板
> 接下来五年，它和妈妈包揽起全家的脏衣物
> 岁月和力量，渐渐磨平它的棱角
> 有一年，它被扔在天井的角落里
> 后来，它被垫在门前做过三年台阶
> 再后来，它被父亲晒在屋顶上
> 半个月后，被当初制造它的斧头砍成柴
>
> ——《搓衣板之歌》

> 从一块木板变成搓衣板
> 它和妈妈包揽起全家的脏衣物
>
> 棱角渐渐磨平
> 被扔在天井的角落里
>
> 被垫在门前做过三年台阶
> 被父亲晒在屋顶上
>
> 最后，被当初制造它的斧头砍成柴
>
> ——《搓衣板之歌》（精炼版）

这样看，似乎改变了原作形式的"常见"感，并对节奏有

了相当的明确（分段能起到对时间动感的"暗示"效果）。当然我在此的精炼也不一定就是"不常见"，毕竟审美观就像指纹，各人均是有差异的。只是说，这，或许是种可以试试的方法。

三、生活从来没有对谁另眼相看

麦岸的时间感觉是明显的，也几乎贯穿并成为其诗歌创作的一个明显线索。时间好像回忆，诗歌对一些人而言是一种独特的记录，它来自生活，通过生活再反照自我，这本身也就是一个选择、整理和判断的过程，麦岸也看到了，虽然主观、低沉和感伤，但不像他的诸多同龄人那样要么偏激为乌合之众，要么没有主意地缺乏自我的思考。

　　　　我看见潦草杂乱的生活
　　　　奄奄一息
　　　　被判无期徒刑

　　　　我看见昔日横冲直撞的人们
　　　　体内的河流濒临干涸；或浪迹天涯
　　　　或沉默不语，目光呆滞，在冬天的门前咳嗽

　　　　我看见万里高空之上的
　　　　和深埋地下的
　　　　一样坚硬。忍耐着永无休止的纷争

　　　　废墟上飞舞的碎纸屑

字里行间的害虫；被蚊虫叮咬的人们心宽体胖
转念之间又是新世界

我看见路上的人们
千姿百态
而生活从来没有对谁另眼相看

——《生活练习册》

麦岸有组诗作题为《蛛丝就像回忆的触须缠绕着旧年的蝼蚁镇》，长达 850 行，整体语气颇佳。当然一向不接受长篇的我更喜欢他的一些短制，我一直偏执地认为诗之短更是"真"的体现。另一方面，真也须由细节构成，本文所谓"时间""形式"也是这样。好诗之好具体说来也是指细节感的相对完好，这样它就能组合成一个有弹性和张力的整体，整体感不一定体现于宏大与绵长，因为当其作为有机的整体，便能达到一种自足。

那个蹲在阳光里打盹的老人
他是我们的父亲吗，棍棒变成拐杖
岁月迫使他低头弯腰
已认不出当年离家出走的小杂种

——《小令》

相信读了这两首的读者大约都会有较深印象，这是很生活化又提炼得相当成功的"中国化"文本，尤其是第一首，短短几行却在时间的大环境中几乎装载或覆盖了"雅俗古今城乡悲欢……"，第二首谐谑味较显。这两个短诗语感颇佳，场景画面感都表达得较好，且形成了较为自足的"整体"图景。而当我们读罢，在此我想到的是，这些年来常在诗界起伏的关于"口语""诗歌西化"的争鸣联系，我们又会有什么联想呢？在格律与意味之外，一首诗终要落实到具体的型、句、词、字上，其实不仅于此，它从大到小，像一个漏斗，形义均向那个越来越小的口子集中，最后也是最佳的落点是那个字（词、句）的背面。

以上是对"80后"代表诗人麦岸部分诗作的读后感。并不一定妥当和准确。诗歌对于作者与读者其实也不需要准确和妥当。最后的精准只能是语言本身。最后的妥当只能是作者对语言的把握。显然，在此又不得不绕回到上述的第一种矛盾上——它其实也是一个复杂的谜团，包括价值观、艺术判断、文化感、信息的判断等——如果在以后的写作实践中他能对此有所改进，对生命与生活的理解与表达将会更完善，那现在对他的读后感将更加不准确和不妥当。

真心希望在将来是这样。

351

月光下，有一条深色的河流

——颜小烟诗歌初读

一

"午后的光，缓缓从柴荆枝头上下来 / 纯白的云朵，在天空中越堆越厚 / 废弃的园子里，荒草淹没了时间的沙砾 / 遥远的笑声还浮在浅绿色的空气里—— / 真好，我喜欢这样一个怀有心事的下午 / 风一吹，我就微微有些厌倦安妥的生活"。这诗题为《心事》，这似可作为颜小烟诗作的某种阶段性概括。

心事，即心中挂念思虑的事，或向往期待的事。心中有事，会徘徊迂回，会让人与众不同，诗在其中则起着过渡交通作用，这同时也是过滤与平衡的过程，这能让自我趋于充实，宁静致远。集中地阅读颜小烟的诗作时，这份宁静和这宁静后面的忧郁以及自得其乐跃然纸上。在今日熙熙攘攘的诗歌超市，这位"80后"女诗人与她的诗实在而自在；更让我们明白，有些诗，有些诗人，是需要用心阅读的。

二

　　小烟的吟咏是低调又是贴心走心的。这很重要。诗歌可以包容很多，宏大叙事或重大题材的选择会让诗人获得注意及受到相当面积的认可，但我们也不能忽视生命与生活的日常内容与细节发生，如今我们也注意到了，随着诗歌传播环境的大幅度开张，诗歌仿佛重新降临人世、梦里、心间，像艺术化的雕塑随时随地出现，而往昔被遮掩被忽视的敏感点逐日突出，暗色与残缺的部位也不再被删除和隐瞒。这也好，与我们息息相关的精神世界里的真实、丰满与复杂就可能得到细致呈现。颜小烟的诗歌正是沿着这样的曲径幽雅而至，那淡然笔墨中蕴含的偏执情感如细水而长流，那总是敏感总是善感的心扉于无声处总会发出由近及远的低分贝律动。她仿佛静坐于诗歌的摇篮里尽情假寐，每一次诗都是一次小心翼翼地回望与想象，每一次回望与想象都喜忧参半，就是这样，美与美中不足如影随形，这正是诗意本来的过程甚至是目的之一。

　　诗歌并非快乐之源，它不提供快乐但它可以让快乐经过，可以让我们认识快乐以及快乐的反面，有时这过程会分泌出貌似快乐的汁液。我的意思还是，快乐正如幸福、爱情之类，其实是无标准的，由此诗人与诗歌才有了更新变化的可能。小烟似乎也是不快乐的，但是——也并非悲伤的，我觉得她有意无意的优势也正在这儿，忧愁、遗憾、慨叹、压抑、惆怅……这些情感的大同小异的花色品种对于每个人都是常有常规，像个人精神空间里的多姿多彩的盆景，关键是如何看待与栽培。小烟的处理多少有些令人惊讶，她终归是不以物喜不以己忧，无苛求索取之心，又有自我平衡和谐之愿，自然而悠然地漫步字里行间，从中我们能看出她那内在的对复杂情感的消化能力。

三

说心事，亦即事事关心？诗歌与诗人当然可以对世界敞开胸怀，但并非凡事皆可纳入心中或字里行间，太多事，终是过眼云烟，并且作为本能来说，须与"我"息息相关。这就涉及诗歌主题与题材的话题，现在这还算话题吗？

想来想去，人生事世间事貌似多杂，为什么最后留存记忆的总是少之又少？但这恰好考验着一个诗人——她的价值观念，她的审美趣味，以及如何把挑选出来的时光迹象与莫须有的记忆巧妙地通过语言呈现出来。如此看，小烟其实也是一个理性的诗人，她从容淡静，张弛得体，但并不影响"百感交集"之艺术表现。"百感交集"不仅是诗人的情感基础，更是一种觉悟，正如关于痛的表达，不一定非得有夸张的表情和非要叫出声来。这点，小烟做到了，那种情与理的兼容与平衡，反映出她的内心秩序讲究，有条不紊。这种知性、细腻、节制的气质或气息，亦可唤作诗歌教养。

四

在路上，无论大静若空还是熙熙攘攘，总会有发生，总会"有些日子，慢得发白／光线越来越亮，屋子很空／忧伤的影子淡淡的，躺在手心"。是不是诗人都喜欢在自设的角落里发呆想事呢？小烟似乎这样的情况居多。她有些诗题直接取名为"心事""清明叙事""小叙事"，她一次次喋喋的"存在"或"虚无"常以"事"为铺垫，有时是这所谓的"事"形若明线，有时似隐约之暗痕。诗歌通常都是"事"后总结，或秋后算账的，在此或许可以说，诗歌的事，小烟的事，都是"往事"。

对往事的重视与珍惜，透露着诗人的善心与纯朴情怀，其中的坐标轴，则是"时间"。这样说似乎就更清晰了些，虽然不知小烟自己是否感觉到这个方面：她的"事"是外衣，内在的或她所敏感的东西其实是时间（变化）。我觉得这是诗人小烟最重要的内质所在。她并不排斥但又不局限于情绪化式的小抒情，她让诗歌呈现出了"见证"的意义。

诗人本是好"事"者，诗歌本就事事关心，当今诗歌散文化或散文诗化的大趋势，从某种层面来说是生命时空的丰富多彩与复杂多维使然，同时也可理解为讲述或说出的需要之合理。在此值得肯定的是，小烟似乎热衷或依赖于"叙事"，但清醒地明白诗意的生活与生活的诗意之间的界限，这也反映出她其实对语言、形式建设的良好把握。读其诗，我们会有种故事的期待感，却不感觉累赘；相反的是，我们每每会为她的叙述力度、节奏控制力度会心赞叹——这份形散而神不散的技术，让诗没有涣散成散文，反而有效地保留了足够的诗意。这是说表达得体合体，类似的比喻可以说是有些人的穿着让衣物终是像布而已，而小烟却是让随意的布能成为可观的衣物。

在此我也想提醒的是，小烟有些诗作标题和时间直接相关，如"月夜""向晚""秋深了""霜降""午后""一个人的黄昏""流动的夜""清晨""深夜""被一片月光吵醒""挨着一片秋天坐下""春天的味道""一天""冬至""春日""花期""立冬"等，这固然可以体现和强调上述的"时间感"，但是否也

355

下编 林木：代际截面与诗歌现场观察

表明有些属于写作（及思维）方面的习惯可以试作创新？看起来，另如"时间的刀""午后，写给时间背面的信""夜晚的倒影""最美的时光""月光下的河流"的标题更有意思得多。

五

"那么多的凉，从暮色中滴落／天空隐去。细风吹过窗户，／扶桑的呼吸有些急促……"或许这样的表达可以粗略地归为小清新风格。记得《诗刊》主编曾对颜小烟部分诗作说过这种印象。我想这词是中性之意。

一个时代有一个时代的诗歌（诗意或诗意的环境），诗可以涉及一切，也可以超越一切或自主选择"切片"。看到关于"小清新"的解释，以为然：无论是作为一种理想的生活方式，还是个人的美好意境，小清新都是秉承淡雅、自然、朴实、超脱、静谧的特点而存在着的。"她们有个共同的，和谐的美好心愿：现世安稳，岁月静好。"

这不也是诗歌的心愿吗？一般认为，小清新多是指唯美旗帜下的融形式与内容于一体的诸如"小情节""小情绪""小生活""小细节""小憧憬"的意味，大生活大憧憬终归也是要落实到细节与局部的。那么，让我们先安心于用心于小吧。诗歌终是观念性的审美表达，无思则无诗，透过温婉、随意、和气的表面言辞，我们看到小烟若隐若现的种种自察自审与自我观照努力，它们终是倾向于"现世安稳，岁月静好"，这，本也是诗心与人心所向。

当然了，岁月静好是个过程，身在路上总会有遭遇，梦在梦中总会有意外，过程自会存在种种阶段矛盾，如此也就不难理解，伤感忧郁的音符不时穿插于小烟的抒情音律中。像"仿佛雨水从未降临，日子小而忧伤"，或像"这个午后，微风在轻轻地吹拂，日子在静静地流淌，/ 没有人知道，/ 我的木房子开始盛满了淡蓝色的悲伤……"矛盾感其实是必需的。在正常中寻找非常，是自我苛刻，是力求内心的完善，就像照镜子，从反面印证正面。

六

"月光下，有一条深色的河流"，日光下又该如何？没光之时呢？但读到这句、这首、这一首首诗时，我知道小烟已另有打算了。诗人之眼也像探照灯，日月之间的曲径上陆续来去的一茬茬小女子、小少妇或徐娘或老妪……小烟已有将这些人生及人性诸种"阶段"串联的构想与能力。虽然现在我们看到的是她的过去式。

但现在，她正从过往的回望与怀念中转身。她明白，在路上，事很多，还有很多正在分泌或就要发生——但终是以"我"为中心！这样就颇感欣慰。诗让我们认识，让我们不断地认识自己。她已对"自我"进行了定位，对于"月光下的深色河流"，她已意识到可静观其变，也可挺身而出，可远观近视，也可置身其中甚或置之不理。所谓自在。

自在的小烟是独具慧眼的。我喜欢她温婉的格调、日常的色调、个人化的腔调，每首诗都如同用心制作的纺织品，工整，娟秀，如信件，更似信念。确实，在相当部分的诗歌倾向于对日常性生活进行拆卸、破碎和消解之际，在空洞的口语成堆，粗鄙之风气随意吹拂的当今，她坚持着自己的艺术感受，自在而内秀地琢磨着特色个人经验，温润而充实，充分显示了作为一个优秀的实力诗人的良好素质。

（本文曾发表于《海拔》2015 年 6 月号，本次出版有所修订）

向着内心的方向独行

——关于吴小虫与他的诗歌

一

吴小虫是"80后"诗群的晚出者也是努力者。后来，他参加了中国作协《诗刊》社"青春诗会"，出了几个诗集。他的进步很明显。

说到诗歌的进步，会引起反对和不以为意。有观点认为诗歌是不存在进步之说的，然说到诗人的进步，这话通常易于接受。这有点矛盾，诗人的进步不等于诗歌的进步？这话题说起来复杂。现在说诗人吴小虫，他进步了，我们当然是以他的诗歌写作来判断的。

曾经，我向《特区文学》推荐吴小虫诗作时用的评论标题是《一次诗似一次精神生态认识》，众所周知，一首诗的读与写，其实也是作为平常精神个体的一种或又一次有选择的生态认识。如果这种读写过程扩展为一个时段，一个诗人的进步状态就会更饱满。现在，小虫的状态真应了"刮目相看"这个成语了。

二

印象中，小虫的初期写作带着明显的青春情绪，这本正常，没有情绪不成诗，不过当时也令我刮目的是，他的情绪并非儿女情长式的自我心灵鸡汤调制，他关注的点面"大而空"，这是个好的开始，也是难得的自觉。还值得称道的是，他的语言已经靠近成熟，我特别喜欢他那种刚柔相济又腾挪自如的表达。

情绪（情感）和语言（思）不平衡，一直有冲突，不断错位，这是很多诗人或自以为写了大半生的诗人（其实终究与诗无关）的天生缺陷。我感到，像小虫这样的，是幸运的，因为在他这儿，诗歌似乎就是在漫不经心且慢慢遛着弯儿行进的。

在《延河》杂志上，评论家黄昌成曾以《神游者的现实世界》为题，对小虫的诗歌有过深入的探讨。我认为如今似可反过来看，作为诗人的小虫可谓现实世界里的神游者，这么说时我感觉有些悲怆……他似在自我边缘化，而他的心却真正地向着诗歌的方向不断开着痛感之花。

"诗是欢乐、痛苦和惊奇穿插着词汇的一场交道。"（纪伯伦）

三

如果简略分割，从语言方式的偏好程度看，世纪之交以来的中国"80后"诗歌在起初自愿地归于三个阵营。第一种是传统诗歌路线上的常规文艺腔表达，这种貌似正面的腔调最普遍也最宜于见诸报刊。另外两种分别是咬文式的书面语或所谓知识分子表达和日常性审美倾向的口语表达。事实上这种划分是非常粗暴和对诗歌不礼貌的，但这样的状况在诗界基本都知晓，而我的意思是，吴小虫的状态是跨界的。

或说，主动的他能够清醒地在各个区间进进出出，择优取用。

或说，在路上的意思，就是以不变应万变；同时，以万变促进自变，从而更新。

四

作为诗人的小虫在变。而这前提必须是身心的位移或"漂泊"吗？从古中国的核心地转进西南，从报刊编者变成寺院工作者，权且视作这是正常而简单的生存的变化吧。他的经历是他的财富。一个人的社会地位、经济基础、文化程度对于诗歌是有作用的，但通常不是决定性的作用。通过诗作，我注意到小虫的心思在沉静，在沉淀中有了鲜明的安详与自在的成分。

没有不安，何来安详？没有内省，何来自在？

这两者同样是需要同在和平衡的。这也同样是太多诗歌写作者不同时具备的。小虫现在有了。

五

人若情绪化很可怕，若没了情绪更可怕。如何是好？这是数年前对小虫说的。现在看，他对这个挑逗和制约着诗歌表达完善的矛盾好像已解决得得心应手了。往昔的怪异、颓然、放纵有所收敛，其诅咒、玩笑、牢骚、反嘲等均被加工了，诗歌就是一种加工，用情绪、语言去加工情绪与语言，思想、经验、身心体会及对环境的感觉等方面则不断混入其中。

小虫以前的诗作曾存在的有限度的"小破坏"，我视之为有意为之的"恶作剧"式小手术。就像在一首歌里有意发出变奏与惊叫，或者对既定的常规和共识的"和谐"整体进行挑衅。后来，我一度认为是其诗歌看点的这种自然的小伎俩不多了，这或许是诗人心渐软了？应该不是，想来应是小虫心不在焉了。这表明他有了更新的选择。

六

选择不都意味着正确，但凡人都需要选择，随时随地；选择也不一定意味着进步，进步也不一定是外在的表征。现在，小虫走的是一条内在的内省的"歧途"。好诗人都必须进入这个阶段。虽然很多称为诗人的人从未进入或来不及进入这个阶段，但他们仍然自称或被称为诗人。

往回走，向着内心的方向独行的诗人确实不多。小虫肯定是其中清醒而执着的一个、孤独又自在的一个。"再一次我在诗里爱上每一个人 / 理解他们的偏执，更理解他们的 / 悲凉。理解从生到死的一瞬 / 我的内心留下许多梦幻的脚印"（《局部的苍凉》）。

从俗世中来，离开，再回到俗世中去。在这过程里，小虫已然丰满。下一步，他离可能的丰富应已不远。

（本文曾发表于《大观》2015 年第 9 期，本次出版有所修订）

美好的事物正在路上

——韦忍诗歌印象

从传播的角度，作为贵州"80后"诗歌代表之一的韦忍也许属于晚出，事实上，他起步甚早，一直在路上。相对于传统纸本时代，数字化环境的变迁使诗歌的写作、阅读和评判越发依赖于传播情况，也因此常生误识。后来，我们也知道了，写作者的行走速度与现身频率，与写作成绩时常并非成正比关系。印象中的韦忍，出现在我的视野里有近十年了，他的写作始终保持稳中有进的良好态势，这在贵州本土诗界中也属稀有。

韦忍栖居之地，曾是贵州历史文化和传统诗歌文化的富集之区，人才辈出。就新诗而言，直接的文本影响通常不会集中到具体的诗人，但这种人文荟萃的氛围，显然对年轻的韦忍无疑有着明显的促进作用。

韦忍人诗统一，安静又热情，平易近人。如今，在几无门槛的传播大环境中，如韦忍般独立写作的作者需要特别的定力。他是从容自在的，他并不跟风。多年来，他持续地辨识熟悉的生活，写着他所认为的诗，捕捉他观察的诗意。他有反思，但不咄咄式反抗。对于诗歌文体，强词并不能真正夺理，它的力量在太极般地婉转，静水流深，脚踏实地，自在地在字里行间面对和处理内在的精神冲突与灵魂疑虑。韦忍的诗，多半如此，表面看是一幅静态精短的简笔画，静观之，则可见静中有动，以静制动，动静相宜，常让人感同身受、共情且沉思。

在韦忍的诗中，常规化言志或励志套路其实被他清醒地搁置了，他给我们提供的，或明或暗里提醒的，是一种感同身受的静物，一种明摆着的参照物，让读者看到原来常见的却容易被忽略的方面，诸如环境、普通的生命及生活状态等，便在"诗歌"的艺术化裹挟里，通俗易懂地呈现出另一种鲜明与真实。正是这样，诗本如镜子，它静置，你若看它，它就会反映你所未在意的本来的种种面目。韦忍的写作，亦像制作一面面镜子，有山水、有人、有情、有生活，也有此伏彼起的隐秘记忆、与生俱在的忧伤，重要的是，它们并非平面的、单调枯燥的，技术越来越好的韦忍知道如何更好地把握语言，更知道如何生动地以内容带动形式。

其实，之所以说他是贵州青年诗人的代表，是因为他诗歌技术的相对完好。技术是一位诗人能从数量众多且不断层出的诗人队伍里立身和获得真正识别的前提。好技术的前提，则在于观念更新，在于对尘世百态、生活环境、个体经历与阅读经验的综合认识，韦忍的综合处理能力是很强的，其诗歌表达深入浅出，既有传统诗歌文化的化用，也不乏现代感，这种灵活也表明了他的聪明与成熟。

韦忍身居黔北，近百年来，这一片传奇的水土一直是贵州传统诗歌文化及乡土文学的中心区域，也是贵州新诗第一生成区，最早进入全国新诗视域的前辈诗人廖公弦，就是韦忍的同乡。廖公弦以山水田园诗为主的传统性乡土抒情写作，极大地影响了一茬茬贵州诗人，功莫大焉。没人会怀疑地方对个体生命及生活的影响。对于诗歌，这同样存在一个度的问题。也就是说，前辈们关于新诗文体与贵州环境结合的有效实践，同时也会给潜心向前的后进者带来创新的难度，这类似于山路早已有，后进者，如果不盲目重复，就得重新设计绘制既现实又精神的路线图。于此，我以为韦忍最值得圈点的，正在于对传统的承继中的主动出新。

在贵州诗歌最大集散地的黔北，关于"乡土性"写作的主动性及创新意识在各年龄段诗人群体也有鲜明呈现。近年来，从"60后"的廖江泉、"70后"的刘兴华，到"80后"的韦忍，可以窥见同在大娄山下、同饮乌江水的他们同源异流，各自进步，各有风格，都在传统"山水诗"或"乡土抒情"的基础上自寻蹊径，令时光刮目。

当然，情感丰富的诗人经历和面对的远不止乡土情感，从韦忍诗集《美好的事物正在路上》看，对亲情、爱情等人之常情亦多有涉及，将其写作倾向笼统归为乡土抒情，是从大面上说，同时也指广义的乡土气息在他的各类诗作中，几乎是一种固有的底色。这很正常，其实我不认为这意味着他就像约定俗成印象中的乡土诗人。在今天，可以将"乡土"理解为更为宽泛的"地方性"，而不是貌似具体、亲切，实则难免芜杂、无典型意义的表面式地理描绘。韦忍的写作，恰好印证了这种似小实大、似近实远的诗意延伸的可能。他以本土为内核，而这核心却是能动的。

从前，强调民间气息、地理表达的写作，潜意识里可能更多地属于一种辨识和求证需要，或在心理上它是诗人对历史与现时环境、文化交流和对自我精神定位的愿望。而在新的时期，传播环境的变化以及多种文艺体裁的介入也给相关主题或题材的诗歌写作提出了新的要求，这也意味着，诗歌在关乎一方水土、一片地理、一个地方之际，观念与视角的适度转变也是必要的。自然天成，表象地、以诗的形式单纯地歌之赋之，这常会抑制诗意的深度，更易陷入人云亦云式的仿袭合唱。而韦忍显然是一位匠心独运的独奏者。

或许，对于诗歌，合唱似乎体现共性，而个性，亦是"个人性"，对于有为的诗人，至关重要。韦忍让我想到，诗歌如何在承运"乡土中国"的同时，创新地找出"我的环境"或"环境中的我"，需要别出心裁地将文学性、地方环境及文化传统、个体情感等要素相对合适地融贯，这样的诗作便会更丰腴，也更可信。韦忍已经充分认识到了这种统一，这种"地理的乡土""文化的地方""自我的存在"三者的艺术统一。在他所擅长的以小见大、从零到整的表达中，不难看到，他对于开掘生命与生活环境的现实感、多样性和梳理风土人情深层纹理的努力。他似乎在安静地讲故事、讲地方、讲生活日常、讲自我，在地理条件的差异性被淡化的同时，更多泥土味、生活味与人情味得到新的糅合，人、人性、真实性也得到了本该素朴的保证。

如果抒情于韦忍如翅，内容的不断更新则可使他持续换位出新，当反思与审视突出，他就会做出新的价值与审美判断。显然，诸如局部切入、日常抓取、细节渗透、静观姿态、现时摄录等韦忍式的取景方式，使既有的乡土抒情、日常性表达得到"小而实"的翻新和新瓶装旧酒式的改造，于此，也就稳中有进地构筑出一种有特色的精神语境，它既温婉又倔强，仿佛随意，更意味深长。

以上，只是对韦忍写作的概观。这些年，成熟又明智的韦忍在厚重的传统抒情环境里脱颖而出，令人关注和欣喜。一本诗集，就是一个阶段性的精神回顾，读之，可见作为诗人的韦忍，虽自谦"在低处"，然而实则居高，"站在山巅"；更能见他的诗中有心，有平常心、上进心，还有真心、好心与善心。相信他的今后，将如其诗：美好的事物正在路上。

后　记

本书是关于中国诗歌进程的又一本诗评诗论集。与此前的结集一致的是，它依然立足于求真和独立的审美观察原则。

立足于个体视角、求真态度，围绕新传播环境中诗歌的变化演进及相关现象，有效进行个人性理解和情理并重的持续体认，行文客观真挚，是我的努力，也是习惯。身兼诗人与诗评者，置身现场，我想我的观察应该融经验与真情实感于一体，有较强的现时感和参考价值。

此前，曾有自编集《当代诗观察》，出版了《泥与沙：浅诗时代的个人之见》《变化：在本土道理与外地风水之间》。由于出书于不同时期和观察的持续更新，使得每类本有呼应的话题都略显分散，未能在数量与分量上相对地集中，是件憾事。

我喜欢把诗歌评论或批评笼统说成"诗歌观察"。"观察"，无论从任何层面来理解，它必定是诗歌知觉的前提条件。诗歌观察必须阅读，广泛地阅读，这似乎是个老话。观察本身也是一种特别的阅读，对种种诗歌美学及观念、现象的反复测量、揣摩与自我理解。

诗人涉及诗评本属常见，在这方面我能够持续，也有我诗歌写作方面持续的原因，诗歌文本的练习对于诗歌观察是另一种有效的补充式路径。回想，我的诗歌观察偶然又必然地始于本世纪初，这正是国内数字化传播环境铺开之始，但因写作至今属于业余爱好，似乎没有任务式的压力，便不自觉和勤奋，多为偶尔的兴趣，也欠缺必要的、规范的相关训练。这也是件有待弥补的憾事。

　　思路也是诗路，评论写作的过程，其实也相当于是对我的诗歌写作的观察、对作为诗人的我的校正。或者也是一种相互的交流，尤其是对于同行的诗歌评论者、诗人。所以此次结集，依然是不安的。

　　衷心感谢本书的组织者与编者，感谢多年来的良师益友，感谢无形之诗。

2023 年春于贵阳